MANFRED GREGOR

DIE BRÜCKE

Roman

WILHELM HEYNE VERLAG
MÜNCHEN

HEYNE ALLGEMEINE REIHE
Nr. 01/5237

11. Auflage

Genehmigte, ungekürzte Taschenbuchausgabe

Printed in Germany 1990
Umschlaggestaltung: Atelier Heinrichs, München
unter Verwendung eines Standfotos aus dem Film »Die Brücke«
Gesamtherstellung: Ebner Ulm

ISBN 3-453-00597-x

Heinrich

Diese Geschichte ist den Müttern gewidmet

Der Zufall hatte mich wieder in die kleine Stadt geführt, und es waren zehn Jahre vergangen.

War es ein Zufall? Als ich abends auf der Brücke stand und in den Fluß hinabblickte, wußte ich, daß nicht der Zufall, sondern einzig und allein mein Wunsch, wieder auf dieser Brücke zu stehen, mich hierher zurückgebracht hatte. Jetzt stand ich also auf dem breiten Gehsteig am Geländer, schaute ins Wasser hinab und wandte hin und wieder auch den Blick zu den Ufern links und rechts.

Es ist eine schöne Brücke, und die kleine Stadt kann stolz darauf sein. Mit ihren wuchtigen Steinquadern hält die Brücke jedem Hochwasser stand. Es ist ein Erlebnis, auf ihr zu stehen, wenn der Fluß im Frühjahr das Schmelzwasser aus den Bergen bringt. Wenn hin und wieder ein auf den lehmgelben Fluten herantreibender Baumstamm gegen die Pfeiler donnert und brodelnder Gischt, ohnmächtig gegen die Kraft der Brücke, ihre Standfesten umsprüht. Es ist ein Vergnügen, an schönen Sommertagen die Paddler den Fluß herabkommen zu sehen. Braungebrannte Körper in schnittigen Booten.

Als ich an diesem Maienabend auf der Brücke stand, führte der Fluß kein Hochwasser und es kamen auch keine Paddler. Von der Brückenhöhe aus schien das Wasser seicht zu sein, man konnte bis auf den Grund sehen. Etwa in der Mitte des Flußbetts lag ein großer Felsblock. Er blieb damals im Jahr 1935 übrig, als man die Brücke baute. Gleich unterhalb des Felsblocks gab es eine Stelle im Grund des Flußbetts, die sich in Jahrzehnten kaum verändert hatte. Hier verhinderte der gewaltige Stein mit seinem breiten Rücken jede Ablagerung von Geröll, und man sah das Gewehr noch heute, das dort auf dem Kiesgrund lag. Es war ein Sturmgewehr. Herstellungsjahr 1944. Das Magazin war leer.

Die Waffe fiel einem deutschen Soldaten am 2. Mai 1945, abends um 17.20 Uhr, aus der Hand, rutschte zwischen Brückenkante und Geländer durch, blieb mit dem Magazin an der Kante hängen und pendelte hin und her. Ungefähr eine Sekunde lang. Dann sackte der Soldat in sich zusammen und stieß im Fallen das

Gewehr endgültig in die Tiefe. Der Soldat hatte genau einen Monat früher seinen sechzehnten Geburtstag gefeiert, und als er in sich zusammensackte, bewegten sich seine Lippen, als wollten sie die Worte eines Gebets formen. Ich wußte, daß ich ihn und die anderen nicht vergessen würde.

Es begann damals vor zehn Jahren in der Kaserne einer kleinen deutschen Stadt. Am 1. Mai 1945. Genau durch die Mitte der Stadt verläuft der Fluß in einigen sanften Krümmungen und teilt sie so in zwei Hälften. Aber von Ufer zu Ufer reicht die massive Brücke. Die Stadt liegt inmitten einer herrlichen Landschaft. Sie ist von weiten Wäldern, Hügelketten und sattgrünen Wiesen umgeben. Einmal kamen zwei Wanderbrüder auf einem der Hügel vor der Stadt zusammen.

»Ich möcht' hier begraben sein!« seufzte der eine. »Ich nicht«, sagte der andere und weitete die Lungen in einem tiefen Atemzug, »ich möchte hier leben!«

Und sie meinten beide das gleiche.

1

Karl Horber hatte sich gerade unter die Dusche im Waschraum gestellt und ließ das eiskalte Wasser über seine mageren Schultern rinnen. Er tat es vorsichtig, so daß der kalte Strahl weder voll auf seine Brust noch voll auf seinen Rücken traf.

Entlang der Wand des Kasernenwaschraums und unter der halboffenen Tür lümmelte der ›Verein‹ herum und verfolgte mit spöttischem Interesse, wie sich Karl Horber den Schmutz herunterspülte, der bei der Übung im Granerfeld an ihm hängengeblieben war. Der ›Verein‹ hatte seine Freude mit Karl Horber. Man nannte ihn kurz ›Zack‹, seitdem Horber einen Tag lang als Schanzaufsicht eingeteilt gewesen war und jedes Kommando mit den Begleitworten »aber zack, zack« versehen hatte. Horber gehörte selbst zum ›Verein‹ und war wohlgelitten. Mit seinen abstehenden Ohren, dem sommersprossigen Gesicht und dem brandroten Schopf war der Sechzehnjährige an Spott gewöhnt.

Auch jetzt, unter der Dusche, zeigte er sich hart im Nehmen, denn der ›Verein‹ sparte nicht mit lehrreichen Hinweisen: »Mach den Bauch nicht naß, Zack, sonst rostet der auch!«

»Leg die Ohren an, damit der Hals auch was abkriegt!«

»Schade, daß dich dein kleines Mädchen nicht sieht, die könnte sich nämlich nicht satt sehen!«

Jedesmal schallendes Gelächter im ›Verein‹, und prompt suchte der nächste eine noch treffendere Bemerkung an den Mann zu bringen. Und Karl Horber lachte mit. Nicht weil das die beste Gegenwehr war, sondern weil Horber so voll Fröhlichkeit steckte, daß er über Witze und Blödeleien einfach lachen mußte. Auch wenn es Witze über ihn selbst waren.

Horber lachte, und alles an seinem mageren Körper, die schlaksigen langen Beine, der Bauch, der krumme Rücken und die spitzen Schulterblätter, alles schien mitzulachen. Dann stand plötzlich Schaubeck im Türrahmen. Unteroffizier Schaubeck, genannt ›das Vieh‹.

Kein Mensch wußte, wer den Spitznamen erfunden hatte. Aber es hatte auch noch keiner danach gefragt. Es hieß, daß Schaubeck den widerspenstigsten Rekruten ›fertigmachen‹ konnte, und keiner zweifelte daran. Er sah ganz harmlos aus, solange er nicht sprach. Aber in seiner Stimme lag Unheil. Schon wenn er jovial, betont munter und immer ein bißchen spöttisch sein militärisches

Wissen an den Mann brachte. Noch deutlicher, wenn er brüllte, und erst recht, wenn er flüsterte. Jetzt flüsterte Schaubeck.

»Horber«, flüsterte er, »Sie Jammerlappen! Können Sie sich nicht einmal ordentlich waschen? Muß wohl erst die Frau Mama rufen, daß sie dem Herrn Horber den Hintern wäscht?«

Dann lauter: »Unter die Dusche, maaarsch!«

Horber stand bewegungslos unter der Dusche, Schaubeck drehte auf, riß den Hahn herum, so weit es ging, und schenkte dem sommersprossigen Häufchen Elend unter dem niederprasselnden Wasser nichts. Gar nichts. Und in diesem Augenblick ertönte es aus der Ecke, in die sich der Verein verzogen hatte (mäßig stramme Haltung), leise, aber nicht zu überhören: »Dreh zu, du Drecksack!«

Pause.

Schaubeck brüllte: »Wer war das?«

Schweigen.

Lauter: »Wer war das?«

Schweigen.

Und dann Schaubeck, ganz leise: »Ich will wissen, wer das war, versteht ihr? Oder ich schleife euch, bis euch das Arschwasser kocht!«

Lähmende Stille beim Verein. Plötzlich die gleiche Stimme wie vorher: »Das kannst du gar nicht, du Drecksack!«

Eine ruhige, satte, beinahe gelangweilte Stimme. Jeder im Verein wußte, das war Ernst Scholten, der Snob unter den sieben: leidenschaftlicher Musiker, schwärmt für Bach und kann Mädchen nicht leiden. Einmal Jugendarrest wegen Waldfrevels.

Der Verein war stolz auf Scholten, aber gleichzeitig fürchteten den Sechzehnjährigen alle ein bißchen, der – geistig weit über sein Alter hinaus – Dinge tat, an die ein Sohn braver Leute normalerweise nicht einmal denken sollte.

Auch jetzt wußte der Verein nicht, was Scholten eigentlich wollte. Gut, Schaubeck schikanierte Horber, aber den würde ja schließlich das Wasser nicht umbringen. Warum also gerade jetzt gegen Schaubeck anstänkern? Der Verein begriff im Augenblick nicht, daß bei Ernst Scholten der kritische Zeitpunkt gekommen war, daß es ihm einfach reichte. Die Schikanen der letzten vierzehn Tage hatte keiner der sieben so schmerzlich empfunden wie er. Es hatte begonnen, als er Schaubeck zum erstenmal gegenüberstand.

»Name?«

»Scholten«, kleine Pause, dann zögernd: »Ernst – Ernst Scholten!«

Schaubeck wunderte sich: »Komischer Name, Scholten, nie gehört. Mann, wie kann man bloß Scholten heißen?«

Schaubeck machte gern solche Witze und wartete dann, bis die Rotte lachte. Aber die sechs, die in diesem Augenblick um Schaubeck und Scholten herumstanden, lachten nicht, weil sie noch nicht gelernt hatten, wann man bei Schaubeck zu lachen hatte und wann nicht.

Schaubeck fuhr fort: »Schon mal was von Zivilisation gehört, Scholten?«

»Jawohl, Herr Unteroffizier!«

»Das heißt nicht jawohl, Sie Schlumper, das heißt jawoll, und zur Zivilisation gehört der Haarschnitt! Er ist eine Errungenschaft der Zivilisation, verstanden?«

»Jawohl, Herr Unteroffizier!«

»Los Mann, gehn Sie, lassen Sie den Urwald roden. Möglichst Kahlschlag. Wegtreten!«

Zugegeben, Ernst Scholten hatte eine Frisur, die von einem militärischen Haarschnitt ziemlich weit entfernt war. Aber bisher hatte kein Mensch Ernst Scholten gesagt, wann er zum Haarschneiden gehen müßte. Und als er eine Stunde, nachdem er das Kasernentor passiert hatte, beim Friseur im Kasernenkeller saß, empfand er jeden Schnitt der Schere, jedes Rucken der Schneidemaschine als Schmach. Das und viele andere Kleinigkeiten, die sich im Lauf der vierzehn Tage in Ernst Scholten zusammengeballt hatten, standen jetzt im Duschraum drohend wie eine Ladung Dynamit hinter jedem Satz, den Ernst Scholten aus sicherer Deckung seinem Unteroffizier entgegenschleuderte.

Eine seltsame, spannungsgeladene Atmosphäre: Zitternd, splitternackt unter der immer noch laufenden Brause, die Hände an die Oberschenkel gepreßt und gar nicht mehr fröhlich, Karl Horber. Mit dem Rücken zu ihm gewandt, das Gesicht auf die sechs in der Ecke gerichtet, kalte Wut im Herzen und lauernd, Unteroffizier Schaubeck. In der Ecke der Verein: Walter Forst, Siegi Bernhard, Albert Mutz, Jürgen Borchart, Klaus Hager und Ernst Scholten.

Die fünf um Scholten kamen immer noch nicht recht mit. Aber

sie begannen zu spüren, daß hinter dieser Auseinandersetzung mehr steckte als einer der bekannten Streiche von ›Winnetou‹.

Scholten hatte diesen Spitznamen schon seit langem. Sein pechschwarzes Haar, das hagere, gelbliche Gesicht mit der jäh vorspringenden Nase und dem spitzen Kinn hatten etwas Kämpferisches an sich. Es gab Leute, denen war Scholten vom ersten Augenblick an widerlich. Schaubeck gehörte zu ihnen. Wie würde diese Auseinandersetzung enden? Wie überhaupt konnte sie nur enden?

Gerade als Schaubeck Mann für Mann fixierte, ihnen in die Augen starrte, als müßte sich der Sprecher so finden lassen, ertönte die Sirene.

Fliegeralarm!

Schaubeck flüsterte: »Wir sprechen uns noch«, und zog ab.

Unteroffizier Schaubeck und der Alkohol

Jahrgang 1903. Vorname Alois, Alois Schaubeck also. Berufssoldat. Spezialist im Umgang mit Menschen und Material, Weibern und Alkohol. Legt keinen Wert auf Qualität, weder bei den Weibern noch beim Alkohol. Hauptsache viel und möglichst noch mehr. Schönste Zeit: Nachturlaub.

Wie war das doch damals mit Schaubeck? Wie war das doch? Ach ja, Schaubeck hatte geheiratet. Ganz schnell. Vier oder fünf Tage hatte er Kitty gekannt: Aber Mensch Kitty, Kitty ist ja 'n süßer Name, aber du kannst doch nicht Kitty heißen, sagen wir Käthi, klar?

Kriegstrauung.

Das dauerte vier Wochen. Dann kam Schaubeck nicht mehr nach Hause. Oder nur noch selten. Kitty ging wieder ihrer Arbeit nach und Schaubeck dem Alkohol und den Weibern. Und wenn er mit einem Kumpel in die Orlandobar kam und von seinem Tisch aus hin und wieder einen Blick zur Kitty hinter der Messingtheke sandte, konnte es nach der zweiten, dritten Flasche Wein passieren, daß Schaubeck sagte: »Siehst du die Rote hinter der Bar? Das ist die Kitty, mußt du wissen. War mal meine Frau, 'ne feine Sache, mußt du wissen. Tolle Feste gefeiert, hahahaha!« Und dann konnte Schaubeck lachen. Kollernd und polternd. Und dann konnte er trinken. Und wenn er genug getrunken hatte, zeigte er, daß er auch Einblick in die höhere Literatur gewonnen hatte: »Kennste den ... Frau Wirtin hatte ...? Hahahaha, hahaha!«

Aber das ist nicht alles über Alois Schaubeck. Die Darstellung wäre unvollständig, würde man nicht erwähnen, daß er seinen Haufen in mustergültiger Ordnung hatte. Daß ihn seine Vorgesetzten nicht schätzten, aber die Erfolge seiner Ausbildung anerkannten. Daß kein Mann sich so schnell exakt in den Dreck schmeißen konnte wie einer, der durch Schaubecks Schule gegangen war.

Schaubeck verbrachte den Krieg in der Heimat. Manchmal prahlte er mit einer Verwundung, aber hin und wieder hatte er das Pech, daß einer zuhörte, der es besser wußte. Dann hieß es: »Halt bloß die Luft an, Schaubeck, sonst wirst du gleich noch mal verwundet!« Schaubecks Verwundung stammte von einem Verkehrsunfall. Aber das wußte Ernst Scholten nicht.

Die sieben rasten aus dem Duschraum zu den Flak-Batterien, Karl Horber bloß mit seinem Trainingsanzug und dem Stahlhelm bekleidet. Sie schleppten Munition.

Die einzige amerikanische *Mustang*, die nach erfolgtem Flak-Beschuß aus dem hoch oben am nächtlichen Aprilhimmel dahinziehenden Bomberverband ausscherte und einen kurzen Trip über die Kaserne flog, tat ihnen nichts. Sie erwischte im Tiefflug bloß das Unteroffizierskasino.

Dort saßen zwei Unteroffiziere beim Siebzehn und vier und einer Flasche organisiertem Rotwein. Unteroffizier Heilmann hatte sich von Schaubeck die Geschichte mit dem Duschraum und Karl Horber erzählen lassen. Er wollte Schaubeck gerade erwidern, daß er die Sache gar nicht lustig fände und daß er es hasse, wenn man die jungen Kerle für nichts und wieder nichts schikaniere. Da blieb sein Blick an der Kasinodecke hängen.

Unteroffizier Heilmann erstarrte.

Es ging alles blitzschnell, und doch entging ihm nichts von dem, was passierte. Ein Loch nach dem anderen erschien an der Decke des langen Raumes. Die Löcher marschierten schnurgerade auf Unteroffizier Heilmann zu, kamen immer näher, und plötzlich riß sich Heilmann vom Tisch los.

Ließ sich nach rechts fallen.

Deckenverputz prasselte herunter, ein Krachen, und dann war

es vorüber. Als Heilmann wieder aufstand, hing Schaubeck in seltsam verkrümmter Haltung quer über der Tischplatte, besudelt mit roten Spritzern. Rotwein und Blut.

In den weitaufgerissenen Augen Schaubecks lag Staunen. Die Hände waren zu Fäusten geballt.

2

Der Verein fand sich später vollzählig auf der Bude ein. Leutnant Fröhlich war gekommen, Horber hatte Meldung gemacht, und dann war Fröhlich bis zum ersten Spind herangetreten und hatte folgendermaßen zu ihnen gesprochen:

»Kinder. Schaubeck ist tot. Der Ami ist noch dreißig Kilometer weg. Alles geht kaputt. Mir wär's am liebsten, ihr würdet abhauen. Schnellstens. Ich kann's euch nicht befehlen, ich darf's nicht. Aber der Posten an der Westmauer weiß Bescheid. Der läßt euch durch.«

So hatte Fröhlich gesprochen. Dann hatte er jeden der sieben angesehen, so lange, daß es den Jungen fast peinlich wurde. Und dann hatte Fröhlich etwas gesagt, was noch kein Mensch bis dahin in dieser Form aus seinem Munde gehört hatte. »Scheißkrieg, verdammter!«

Es war nur ein Murmeln, wie es manchmal aus Kehlen kommt, die mühsam das Schluchzen zurückhalten. Aber jeder im Raum hatte es gehört.

Fröhlich machte kehrt, wie auf dem Exerzierplatz. Und verließ die Stube.

Zwei Stunden vor dem Alarm hatte er die Nachricht erhalten, daß die Russen jene deutsche Einheit völlig aufgerieben hatten, bei der sein Sohn seit drei Monaten eingesetzt war.

Leutnant Fröhlich galt die ganze Liebe der sieben Buben. Er war neben dem Unteroffizier Heilmann der einzige in der Kaserne, der sich ausgiebig mit den Sechzehnjährigen beschäftigte und dabei keinen Schliff kannte. In der riesengroßen Kaserne kam sich der Verein verloren vor. Die sieben Jungen waren das letzte Aufgebot aus der kleinen Stadt.

Man hatte sie Mitte April aus dem Klassenzimmer weg zum Volkssturm geholt, mit feldgrauen Uniformen ausgerüstet und jedem einen funkelnagelneuen Karabiner 98 k in die Hand gedrückt. Schaubeck hatte sie damals begrüßt.

»Mensch, was kommt denn da für ein müder Verein?«

Und dann, jovial: »Na, der Krieg dauert noch lange genug, damit man aus euch Menschen machen kann, ihr Nieselprieme!«

Seitdem hießen die sieben in der Kaserne der ›Verein‹. Sie selbst hatten so lange mit dem ›müden Verein‹ geprahlt, bis dieser Name an ihnen hängenblieb und sogar hin und wieder im Dienstverkehr auftauchte.

Schaubeck hatte dann seine Versuche begonnen, dem Verein die militärischen Grundbegriffe einzupauken, und ansonsten kümmerten sich in dem katastrophalen Durcheinander, das in diesen letzten Kriegstagen in der Kaserne herrschte, nur noch Leutnant Fröhlich und Unteroffizier Heilmann um die Buben. Fröhlich führte lange Gespräche mit ihnen, fragte sie nach ihrem Zuhause, Heilmann beschränkte sich auf geheimnisvolle und düstere, aber stets wohlgemeinte Prophezeiungen im Vorbeigehen.

»Mensch, haut ab!« Oder: »Ich sage euch, das Ding geht schief, macht die Schotten dicht, geht bei Muttern!«

Sie mochten den Heilmann gern, obwohl er selten lachte, keinen Witz erzählte und, wenn er zu den Buben sprach, über sie hinwegschaute, als sehe er in der Ferne drohendes Unheil heraufkommen.

Den Leutnant Fröhlich aber liebten sie, und an dem Abend, als er ihnen den Tod Schaubecks berichtet hatte, fühlten sie instinktives Mitleid mit Franz Fröhlich, der in seiner Leutnantsuniform so gar nicht dem entsprach, was sich ein Sechzehnjähriger im Frühjahr 1945 noch unter einem deutschen Offizier vorstellte.

Leutnant Fröhlich und Gaius Julius Cäsar

Leutnant Franz Fröhlich ist von Beruf nicht Leutnant. Er ist Studienrat. Strategie und Krieg machten ihm Spaß, solange es sich um die Strategie und die Kriege Gaius Julius Cäsars handelte. Die Strategie des Zweiten Weltkriegs bereitet ihm keinen Spaß. Überhaupt nichts mehr macht ihm Spaß, jetzt, nachdem er seine Schule, seine Buben verlassen mußte. Und seinen Sohn haben sie auch geholt. Er konnte das nicht verstehen. Der Flori war doch noch so klein, er spielte doch noch mit der Eisenbahn – und mit Soldaten. Ja, auch mit Soldaten.

Und er spielte mit. Der Studienrat spielte mit, baute Schützengräben und Wälle und Burgen, und er erklärte seinem Sohn Flori die Strategie.

Und mitten drin mußte Florian Fröhlich fort, zum Militär.

In einer Uniform mit viel zu langen Ärmeln und einer Feldmütze, unter der das magere Gesicht des Jungen noch schmächtiger erschien, so sah Franz Fröhlich seinen Sohn zum letztenmal.

Dann kamen diese sieben Buben in die Kaserne, und Fröhlich kam einmal dazu, wie Unteroffizier Schaubeck daran arbeitete, aus dem ›müden Verein‹ Menschen zu machen.

Und er sah, wie Schaubeck den stämmigen Albert Mutz Kniebeugen pumpen ließ, mit dem Karabiner in der Hand.

Schaubeck zählte: »Dreiunddreißig – vierunddreißig – fünfunddreißig – los, los, schlaf nicht ein, du müder Sack, reiß dich zusammen – sechsunddreißig – siebenunddreißig.«

Und Leutnant Fröhlich sah plötzlich anstelle des rotbackigen, blonden Albert Mutz seinen eigenen Sohn. Sah ihn pumpen und keuchen. Knie beugt, streckt, Knie beugt, streckt.

Und dann ließ der Leutnant den Unteroffizier Schaubeck mit zur Seite treten und machte ihn fertig, nach Strich und Faden.

Was hat der Leutnant Fröhlich jetzt noch? Er hat zu Hause eine Frau, von der er sich im Lauf der Jahre entfremdet hat. Er hat einen Schrank voller Bücher über Strategie, Cäsar und anderes. Er hat die Leutnantsuniform. Er hat keine Schule mehr. Keine Schüler. Nicht einmal mehr einen Sohn.

Bloß noch die sieben Buben in der Kaserne.

Er denkt: Ich muß mich um sie kümmern. Aufgepaßt, Fröhlich! Das ist deine Aufgabe!

3

Der Alarm erfolgte gegen 24 Uhr. So wie man das geübt hatte. Mit schrillem Pfeifentrillern.

Manchen rissen die Pfeifen aus dem Schlaf, aber in der Stube des Vereins traf der jähe Alarm sieben hellwache Buben.

Die Sechzehnjährigen hatten nach der Ansprache von Leutnant Fröhlich keinen Schlaf finden können, sie diskutierten noch. Sollten sie türmen? Sollten sie den Wink befolgen und sich über die Westmauer davonmachen? Selten herrschte unter den sieben eine solche Uneinigkeit wie an diesem Abend.

Karl Horber war für Türmen. (Scholten: »Na, dann mach aber, zack, zack!« Alles wieherte vor Lachen.) Klaus Hager, Spitzname ›der Schweiger‹, hielt eine Rede. Es war die erste seit Tagen. Manchmal brachte er stundenlang den Mund nicht auf. »Kinder, wenn wir gehen, dann sind wir desertiert, und Deserteure werden erschossen! Bleiben wir da, werden wir vielleicht auch erschossen. Sicherer ist, wir bleiben da. Gehen können wir immer noch!«

Das war typisch für Hager. Wenn er so etwas sagte, dann hatte er das überlegt. Es mußte deshalb noch lange nicht stimmen, aber immerhin, er hatte überlegt. Albert Mutz schimpfte auf den Scheißfraß. Er wollte heim, in das kleine Haus am Stadtrand. Dort könnte er, so hoffte er wenigstens, auch die anderen verstecken. Ernst Scholten lag auf dem zweistöckigen Bett, oben natürlich (wegen der Höhenluft, sagte Scholten). Er äußerte bisher keine Meinung. Schoß bloß hin und wieder eine seiner zynischen Bemerkungen ab und schien mit dem Lacherfolg zufrieden.

Walter Forst war fürs Dableiben: »Mensch, glaubt mir's doch, das wird noch höllisch interessant!« Scholten: »Klar, Mensch, gleich spielen wir Indianer!« Siegi Bernhard: »Mir ist es Wurscht, ich bleibe da, wo ihr bleibt!« Jürgen Borchart: »Ich will doch nicht hier verrecken! Ich gehe stiften, und zwar sofort!«

Borchart hatte das so gesagt, daß keiner, der ihn nicht näher kannte, an seinen Worten gezweifelt hätte. Aber der Verein kannte ihn. Jürgen Borchart würde genau dann gehen, wenn die anderen auch gingen. Er äußerte stets sehr bestimmte Meinungen, ohne unbedingt die Konsequenzen zu ziehen. Sechs hatten nun ihre Ansicht gesagt, jetzt wollten sie alle die siebte hören.

Karl Horber richtete sich in seinem Bett auf, fuchtelte theatralisch mit den Händen in der Luft herum und deklamierte: »Freunde, Stallgefährten, wir wollen den Worten unseres weisen Häuptlings lauschen; Winnetou soll entscheiden!«

Und damit hatte er Scholten den Einsatz gegeben.

Der sprach, ohne sich vom Bett zu erheben, gegen die weißgetünchte Stubendecke, als wäre er allein im Zimmer.

»Wenn der Fröhlich meint, daß wir gehen sollen, dann meint er es gut. Wenn man das ganz genau nimmt, war es fast ein Befehl von einem Vorgesetzten. Wenn man es ganz genau nimmt. Und der Mann hat Erfahrung. Aber wir haben keine Erfahrung. Oder bloß wenig.

Die Frage ist also, hauen wir ab, weil der Fröhlich Erfahrungen hat, oder bleiben wir da, weil wir keine haben? Wenn ich mir euere Meinungen besehe, dann kann ich bloß kichern. Aber an dem, was der Forst gesagt hat, ist was dran. Es wird höllisch interessant. Es wird bestimmt höllisch interessant.

Fragt sich bloß, ob's nicht *zu* interessant wird. Ich denke an den Schaubeck. Für den war's auch interessant. Andererseits, wenn wir auf Draht sind, können wir warten, bis es interessant ist, und wenn's zu interessant wird, dann können wir immer noch abhauen. Vor allem – wenn wir jetzt türmen, sind wir dann nicht, strenggenommen, Feiglinge?«

Als fiele es ihm jetzt erst ein, daß er ein Feigling sei, wenn er türme, fuhr er aus seinem Bett hoch, blickte triumphierend in die Runde und schrie:

»Menschenskinder, Feiglinge sind wir, wenn wir abhauen. Jämmerliche Feiglinge! Die wollen doch was von uns, wenn sie uns hier ausbilden. Die geben uns doch die Uniformen und die Karabiner nicht zum Türmen! Kinder, die wollen doch was wissen von uns!«

Und dann gnädig: »Ihr könnt ja machen, was ihr wollt, ich bleibe da. Winnetou hält die Stellung, das ist er seinen roten Brüdern schuldig! Hugh, ich habe gesprochen!«

Horber hatte ihn kaum ausreden lassen und hing jetzt an der zweistöckigen Bettstatt wie ein Affe. Sein brandroter Schopf, das magere Gesicht und die abstehenden Ohren ragten gerade über die Bettkante, und er brüllte Scholten an. »Sag das noch mal, daß ich ein Feigling bin, sag das noch mal, und ich schmeiß dich aus dem Fenster!« Scholten lachte ihm ins Gesicht, und während

Mutz und Borchart den Horber an seinen Füßen kitzelten, patschte Scholten ihm mit der Ferse genau auf die Nase, so daß Horber die Bettkante loslassen mußte und auf dem Stubenboden landete.

Sofort war dort unten eine Riesenkeilerei im Gange. Scholten schwang jetzt seine Beine ebenfalls über die Bettkante und ließ sich mitten in den Knäuel der raufenden Burschen fallen. Wutschreie, Gelächter, Krach mit Tisch und Stühlen – und das alles kurz vor Mitternacht. Gerade in diesem Augenblick kam der Alarm.

Sofort hörte die Rauferei auf, man horchte auf die Alarmpfeife. Sie trillerte weiter, es war also keine Täuschung. Alles stürzte an die Spinde, riß die feldmarschmäßige Ausrüstung heraus, und in fieberhafter Eile zogen die sieben ihre Klamotten an. Rucksäcke, bereits fertiggepackt, wurden auf die Rücken geworfen, Koppelzeug, mit Bajonett, Spaten, Patronentaschen, umgelegt, Stahlhelme aufgesetzt, Gasmasken umgehängt, und dann rasten die sieben auf den Gang hinaus. Schnappten sich im Vorbeilaufen die Karabiner aus den Gewehrkästen und trapp-trapp-trapp-trapp knallten die beschlagenen Marschstiefel auf den Steinplatten der Gänge. Dann die Treppen hinunter in den Haupthof der Kaserne. Dort schlossen sich die Sechzehnjährigen dem zweiten Zug an. Dem Zug Fröhlich.

Die Kompanien waren im Geviert aufgestellt. Durch den Rundbogen des Westtrakts näherte sich ein grauer Kübelwagen. Drei Leute stiegen aus.

»Irgendwelche hohen Tiere«, bemerkte Scholten flüsternd. Dann wurden die Kompanie- und Zugführer zur Besprechung beordert. Die Besprechung dauerte etwa eine halbe Stunde. Währenddessen standen die fünfhundert Soldaten in Appellformation angetreten und warteten.

Schließlich kehrten die Zugführer zurück. Kommandos hallten über den Platz, und eine Formation nach der anderen setzte sich in Bewegung. Leutnant Fröhlich, Feldwebel Wehnelt und Unteroffizier Heilmann rückten mit dem zweiten Zug zur Turnhalle, die sieben trotteten hinterher. Dort bildete der Zug einen Halbkreis um den Leutnant.

»Die Amerikaner stehen noch dreißig Kilometer vor der Stadt. Die Stadt wird verteidigt.« Fröhlich sagte diesen letzten Satz, als kostete es ihn eine riesige Überwindung.

»Wir beziehen Stellungen, die zur Verteidigung der Stadt gehalten werden müssen!«

Irgendwie hatte er jetzt den Faden verloren, und sein Blick irrte zu den sieben am linken Flügel hinüber, als könnte von dort Hilfe kommen.

»Wir haben mit verhältnismäßig wenigen Männern einen verhältnismäßig großen Raum zu decken. Wir fassen jetzt scharfe Munition, Waffen und Panzerfäuste — und eiserne Rationen!« Abrupt drehte Fröhlich sich um und stapfte auf die Turnhalle los.

Feldwebel Wehnelt brüllte: »Ohne Tritt — maaarsch!«

Der Zug, zweiundvierzig Mann stark, bezog Panzerfäuste. Zwei Stück pro Mann. Dann Sturmgewehre. Als Unteroffizier Heilmann zu den sieben am Ende der Reihe gelangte, fragte er: »Wer von euch kann mit so einem Ding umgehen?«

Scholten sagte: »Ich.«

Er sagte das so gleichgültig, als hätte ihn Studienrat Fröhlich gefragt: »Kannst du die Leichenrede des Marc Anton?« Keiner vom Verein wunderte sich.

Man hatte sich daran gewöhnt, daß Scholten alles konnte. Warum sollte er nicht auch mit einem Sturmgewehr umgehen können.

Horber bekam ein russisches Schnellfeuergewehr. (Scholten: »Dabei macht der Kerl schon in die Hose, wenn er mit dem KK schießt!«) Der Rest behielt die Karabiner. Und die Panzerfäuste. Zum Schluß kam noch ein Kasten mit Munition auf den Tisch. Jeder steckte an Rahmen ein, was in den Taschen Platz hatte.

Eine halbe Stunde später kletterten die zweiundvierzig Mann auf zwei Lkw, und wieder drei Minuten später ließ Leutnant Fröhlich die Lastautos auf der Brücke der kleinen Stadt halten. Unteroffizier Heilmann stieg ab und brüllte: »Na, wo bleibt denn dieser müde Verein?«

Verdrossen sprangen die sieben von der Rampe des Wagens auf die Straße. Leutnant Fröhlich: »Die Brücke ist ein strategisch wichtiger Punkt! Ihr haltet die Brücke besetzt. Unteroffizier Heilmann hat das Kommando!« Dann leise zu Heilmann: »Sowie der Zauber hier losgeht, haut ihr ab! Verstanden? Sie sind mir dafür verantwortlich, klar?«

Und da geschah das, auf das der Verein in den vergangenen vierzehn Tagen vergebens gewartet hatte. Über das Gesicht des Unteroffiziers breitete sich ein frohes Lachen aus. Nahm von jeder Falte, von jedem Winkel in diesem grobflächigen Gesicht Besitz, und Heilmann sagte: »Jawoll, Herr Leutnant, ich habe völlig verstanden!«

Unteroffizier Heilmann und der Krieg

Fahnenjunker-Unteroffizier Heilmann hatte auf der Kriegsschule binnen dreier Tage seinen Spitznamen weg. Man nannte ihn den ›Spätberufenen‹. Er war damals ungefähr zehn Jahre älter als die Fahnenjunker, die mit ihm die Schulbank drückten. Seine bedächtige Art zu sprechen, die Ruhe, die von ihm ausstrahlte, ließen ihn noch älter erscheinen. Er erhielt bei den Ausbildungsoffizieren weder Lob noch Tadel. Nur vier Tage vor Abschluß des Lehrgangs passierte etwas.

Der NSFO hatte ihm bei der politischen Schulung die Frage gestellt, ob er es für möglich halte, daß ein deutscher Offizier ein guter Offizier sein könne, ohne ein überzeugter Anhänger des Regimes zu sein. Und diese Frage schien dem Fahnenjunker Heilmann so kinderleicht zu beantworten, daß er ausnahmsweise ohne zu überlegen ein: »Selbstverständlich, Herr Oberleutnant!« in den Raum schmetterte.

Als zum Lehrgangsende dreihundert frischgebackene Fähnriche auf Heimaturlaub fuhren, rollte Heilmann in Richtung Osten. Zu seiner Einheit zurück. Nach wie vor Unteroffizier.

Und dabei war ihm jetzt noch nicht klar, weshalb. Denn Unteroffizier Heilmann brauchte immer viel Zeit, bis er sich alles richtig zurechtgelegt und überdacht hatte. »Dabei prädestiniert ihn allein schon sein Name zum Führer«, sagte der Kompaniechef und grinste, als bei ihm der Stoß schlechter Beurteilungen und dann, mit zwei Tagen Verspätung, Heilmann selbst antrudelten. »Mensch Heilmann«, sagte der Chef, »Sie ham's geschafft, Sie sind prima!« Und Heilmann hörte sich das mit unbewegtem Gesicht an. Nur seine Augen lachten.

Am 2. Mai 1944 Angriff gegen russische Hinterhangstellung. Die Russen halten die Stellung verbissen. Der Angriff wird abgewehrt. Unter den Vermißten befindet sich Adolf Heilmann. Kein Mensch weiß, was ihm passierte. Keiner hat etwas gesehen. Er ist einfach nicht mehr da.

Aber in der Nacht erlebt der Posten einer etwa fünf Kilometer entfernten Nachbareinheit einen Heidenschreck. In die Totenstille, die ringsum herrscht, drängt sich plötzlich ein Klappern und Schleifen, kommt immer näher auf ihn zu, und da verliert der Posten die Nerven. Er denkt nicht an seine Maschinenpistole, nicht an die Handgranaten, er denkt an gar nichts mehr. Hat nur Angst vor diesem Furchtbaren, was da geradewegs auf ihn loskriecht und brüllt: »Alarm!« Dann noch mal: »Alarm, der Iwan!«

Der Posten steht da, entsetzt über die eigene Stimme, stemmt den Rücken gegen die bröckelnde Erdwand seines Schützenlochs und starrt in die Nacht hinaus. Und dann ist es ganz nah vor ihm, gerade wie die Kameraden links und rechts, keuchend vom raschen Lauf, in die Löcher und Gräben plumpsen. Ganz, ganz nah. Und dann spricht es: »Mensch sei bloß ruhig, oder ich knall' dir eins in die Fresse!«

Und dann schleppt sich eine große, massige, graue Gestalt die letzten paar Meter zur deutschen Stellung, rutscht kopfüber in den Graben und bleibt liegen.

Am nächsten Tag erfährt Heilmanns Kompanie, daß Unteroffizier Adolf Heilmann nicht mehr vermißt ist. Mit einer schier übermenschlichen Zähigkeit hat sich der Schwerverwundete zu den eigenen Linien zurückgeschleppt: Er hat die paar tausend Meter auf dem Bauch kriechend zurückgelegt.

Und jetzt stand Unteroffizier Heilmann mit sieben sechzehnjährigen Buben auf der Brücke. Der Lastwagen mit Leutnant Fröhlich und dem restlichen Zug war weitergefahren, in Richtung Westen, den Amerikanern entgegen. Und Heilmann spürte bedrückend, daß er für die sieben verantwortlich war.

4

Irgend etwas muß ich jetzt tun, dachte Heilmann, ich muß die sieben beschäftigen, sonst werden sie nervös. Aber es fiel ihm nichts ein, gar nichts. Und so sagte er zu Ernst Scholten, weil der ihm am nächsten stand: »Jetzt wollen wir erst einmal abwarten und Tee trinken!« Und Scholten, der sonst immer reserviert und erwachsen wirkende Scholten, zog eine richtige Lausbubenschnute und fragte ohne jeden Respekt: »Mensch, warum setzen die uns denn hier ab? Jetzt sind wir wieder nicht dabei, wenn's interessant wird!«

Heilmann sagte müde: »Es wird noch interessant genug werden, warten wir's mal ab.«

Und es wurde interessant. Jetzt, spät nachts, gingen bloß noch wenige Zivilisten über die Brücke. Ein paar Kolonnen fuhren in Richtung Westen, den Amerikanern entgegen. Dann rührte sich nichts mehr. Die sieben lehnten am Geländer, Heilmann ging spazieren, auf und ab.

Zu dumm, dachte er, daß mir nichts einfällt!

Unten, zwischen den Ufern, plätscherte das Wasser über Kies und Geröll. Der Fluß arbeitete. Unablässig. Er schleppte Sand und Steine mit sich. Wenn es lange regnete, wuchs er zu einem gewaltigen Strom, in trockenen Sommern aber schwand er zu einem kleinen Rinnsal. Man konnte ihn dann leicht durchwaten. Die sieben hatten einmal einen Aufsatz geschrieben: Der Fluß, ein Sinnbild unserer Stadt! Karl Horber hatte eine glatte Eins gebaut. Er hatte den Fluß malerisch geschildert, mit seinen grünen Wassern, mit den sich neigenden Weiden an seinen Ufern.

Scholten bekam eine Fünf. »Thema verfehlt«, stand auf seinem Aufsatz. Er hatte den Fluß sprechen lassen, wie einen Menschen, und zog aus der Benotung die Erfahrung, daß das nicht nach jedermanns Geschmack war.

Mitten in der Nacht, die Gruppe Heilmann hockte eng zusammengedrängt am östlichen Brückenende, setzte der Rückzug aus dem Westen voll ein. Ununterbrochen fluteten jetzt die Kolonnen über die Brücke. Kraftwagen, Pferdegespanne, Geschütze, hin und wieder ein Panzer. Dazwischen Männer, abgehetzte, total erschöpfte, wankende Gestalten, in dreckverschmierten Uniformen, mit hohlwangigen Gesichtern, unrasiert, bleich, mit gebeugtem Nacken, als säße dort ein Gespenst und schwinge unermüdlich die

Geißel. Manchmal rief einer aus der Kolonne den am Boden kauernden Jungen zu: »Was wollt denn ihr noch? Haut doch ab!« Dann wandten die Buben verlegen die Gesichter und starrten in den Fluß hinunter, und Unteroffizier Heilmann schalt sich einen Trottel, weil ihm immer noch nichts eingefallen war.

Es begann leise zu regnen. Die acht auf der Brücke schnallten die Zeltplanen von den Rucksäcken und hüllten sich fröstelnd in den groben Stoff. Sie ließen die Kolonnen an sich vorbeiziehen, und bei jedem Marschtritt spürten sie deutlicher, daß sie dem vielleicht größten Abenteuer ihres Lebens entgegengingen. Und die sieben Jungen hatten Angst.

Keiner hätte es in diesem Augenblick zugegeben, kein einziger. Aber es war so.

Sie rauchten. Heilmann hatte Zigaretten und verteilte sie großzügig an die Sechzehnjährigen. Sie steckten sich die Dinger zwischen die Lippen, brannten mit klammen Fingern Streichhölzer an und sogen den Rauch in tiefen, hastigen Zügen ein. Nur Albert Mutz hustete. Er mußte immer husten, wenn er rauchte, die anderen hatten sich längst daran gewöhnt.

Im Lauf der Nacht wurde der Strang der Kolonne dünner und riß zwischendurch auch einmal ab. Dann kamen wieder Fahrzeuge mit regenschweren Planen, unter denen abgekämpfte Landser lagen. So ging es fort. Fahrzeuge — Pause. Fahrzeuge — Pause.

Und dann hörte die Kolonne plötzlich ganz auf. Das war beängstigend, bedrohlich. Immer waren Fahrzeuge vorbeigefahren, Fuhrwerke, Autos mit Menschen. Jetzt waren die sieben mit ihrem Unteroffizier auf der Brücke allein. Und Heilmann überlegte und grübelte.

Er war nahezu dankbar, als plötzlich ein Kübelwagen die Brückenauffahrt von der Altstadt herunterkam und mit quietschenden Bremsen bei dem kleinen Häuflein hielt. Heilmann ging auf den Wagen zu, bereit, ein gemütliches Gespräch mit irgendeinem Cheffahrer anzufangen, und erstarrte. Was da im Fond des Wagens saß, sich jetzt erhob und mit elegantem Satz aufs Pflaster sprang, war ein leibhaftiger General.

»Unteroffizier Heilmann mit sieben Mann auf Brückenwache«, meldete er. Etwas Vernünftigeres fiel ihm beim besten Willen nicht ein.

Aber der General legte offenbar nur noch geringen Wert auf Formen. Er übersah die sieben heranstolpernden Buben mit ihren umgehängten Zeltplanen geflissentlich und sprach leise, eindringlich auf Heilmann ein.

Die Jungen hörten bloß ihren Unteroffizier.

»Jawoll, Herr General!«

»Nein, Herr General!«

»Zu Befehl, Herr General!«

Und dann sprach der General lauter, so daß ihn auch die sieben verstanden. »Ich erwarte, daß die Brücke unter allen Umständen gehalten wird. Verstanden? Unter allen Umständen! Sie bekommen noch Unterstützung!«

Und dann war der General wieder weg, genauso schnell, wie er gekommen war.

Unteroffizier Heilmann dachte einen Augenblick lang, er hätte das alles geträumt, aber Jürgen Borchart riß ihn in die rauhe Wirklichkeit zurück: »War das ein richtiger General, Herr Unteroffizier?«

»Das war ein richtiger General, mein Junge«, sagte Heilmann wütend, und dann fluchte er, ellenlang, dreckig und ordinär.

Aber die Flüche schufen ihm keine Erleichterung. Ich möchte bloß wissen, dachte Heilmann, wie die Unterstützung aussieht. Das möchte ich wissen!

Und er brauchte gar nicht lange zu warten. Ein Lastwagen tauchte auf, kam genau wie vorher der Wagen des Generals die Brückenauffahrt herunter und spuckte acht, neun, zehn Gestalten in grauen Uniformen aus. Heilmann ging auf die Soldaten zu, sah sich die Leute aus der Nähe an und sagte bloß: »Oh, du heiliger Strohsack!«

Sonst gar nichts.

Die Unterstützung bestand aus zehn alten Männern. Alle um die Sechzig und darüber. Offenbar während der letzten Stunden zusammengetrommelt, aus den Häusern, von den Küchentischen weggeholt. Sie trugen die Waffenröcke noch nicht lange. Aber was machte das schon aus. Die Röcke waren bewährt, ein bißchen zerschlissen, etwas geflickt. Die Männer, die ehedem in ihnen gesteckt hatten, waren längst tot. Sie lagen irgendwo in Frankreich oder Rußland. Man hatte ihnen die Röcke ausgezogen, als man sie zerschossen auf die Operationstische legte. Die Röcke konnten wieder geflickt werden.

Die zehn alten Männer hatten den gleichen Befehl bekommen wie die Sechzehnjährigen. Sie hatten nichts zu dem Befehl gesagt.

Die Jungen nicht und die Alten nicht. Sie hatten ihn in Empfang genommen, so wie man zum Jahresschluß das Zeugnis in die Hand nahm.

Und Unteroffizier Heilmann dachte nach und wußte, daß er irgend etwas tun sollte, aber er wußte nicht, was.

Die achtzehn hatten Gewehre, Panzerfäuste, Munition und eiserne Rationen. Die eiserne Ration bestand aus einer Büchse Blutwurst, einer Büchse Rindfleisch und Zwieback. Man hatte die Büchsen gefaßt, wie man Panzerfäuste faßte. Eine in die linke Hand, eine in die rechte Hand.

Vielleicht, so überlegte Heilmann, ist es nicht gut, wenn sich Sechzehnjährige und Sechzigjährige auf einer Brücke treffen, um einen Befehl auszuführen. Die Ansichten über Befehle im besonderen und über den Krieg ganz allgemein gehen zu weit auseinander. Und keiner weiß, wie man eine Brücke verteidigt.

Und ich selbst, so sagte sich Heilmann, weiß es eigentlich auch nicht. Ich weiß nur, daß man eine Brücke auf keinen Fall verteidigt, indem man auf dieser Brücke herumsteht. Man müßte eine Stellung beziehen, von der aus man die Brücke beherrscht. Aber wo? Und wie? Und man braucht ein Maschinengewehr.

Jawohl, das war die Erleuchtung. Jetzt konnte man etwas tun. Freilich – das Maschinengewehr!

»Borchart, Mutz, Horber, spurtet mal rauf zur Kaserne und sagt, die sollen uns ein MG zur Brücke schicken. Ein leichtes MG und ein paar Gurte Munition. Viel Munition, versteht ihr?«

Die drei erklärten, daß sie ihren Unteroffizier verstanden hätten, und zogen los. Sichtlich froh, dieser Warterei auf der Brücke wenigstens für eine Stunde entgangen zu sein.

Die Alten standen in einer Gruppe zusammen und unterhielten sich im Flüsterton. Als könnte schon ein lautes Wort irgendeine Gefahr heraufbeschwören. Dann plötzlich sprach einer lauter. Ein Mann mit schütterem, silbergrauem Haar und einer dünnen Stimme: »Es ist Schluß, hört ihr, es ist Schluß!«

Er sagte das in die Nacht hinein, aber dann blickte er schräg zu Unteroffizier Heilmann hinüber.

Heilmann antwortete nichts. Der alte Mann zog eine Uhr aus der Uniformtasche. Eine altmodische Taschenuhr mit Sprungdeckel, vielleicht die Firmuhr. Als ob ihm die Firmuhr irgendeinen Rat gegeben hätte, stellte sich der Alte schließlich in Positur und rief: »Ich geh' nach Hause!«

Niemand antwortete, obgleich der alte Mann eine gute Weile verstreichen ließ.

Dann sagte er noch: »Der Befehl, die Brücke zu halten, ist undurchführbar!« Und nach einer kleinen Pause nochmals: »Ich gehe!«

Er sagte das fast ohne jede Betonung, ganz leise. Dann lehnte er seinen Karabiner sorgfältig an die steinerne Brüstung und ging mit schnellen, kurzen Schritten weg.

Damit war der Anfang gemacht. Einer nach dem anderen stellten die Alten ihre Waffen an die Mauer und gingen. Am Ende lehnten zehn Karabiner an der Bruchsteinumfassung der Brücke, und auf dem Boden lag ein Haufen Panzerfäuste. Bloß ihre eisernen Rationen hatten sie mitgenommen.

Unteroffizier Heilmann sah dem Abmarsch der zehn Männer zu, ohne mit der Wimper zu zucken. Breitbeinig, mit hinter dem Rücken verschränkten Armen, stand er da und beobachtete. Er war ratlos. Du mußt etwas tun, Heilmann, du kannst sie nicht einfach gehen lassen, das ist Meuterei! Die Gedanken jagten sich in seinem Schädel, aber Heilmann rührte keinen Finger.

Als der letzte der zehn gegangen war, drehte sich Heilmann zu den Buben um und war überrascht, mit wieviel Eifer und Verehrung sie ihn anstarrten. Als warteten sie geradezu auf einen Befehl aus seinem Mund, um ihn auszuführen. Heilmann war in ihren Augen ein Held geworden. Gerade, weil er die Alten hatte gehen lassen. Auf sie sollte er sich verlassen können, schworen sich die Buben. Dann kamen Mutz, Borchart und Horber zurück, auf einem Lastwagen. Sie luden zwei Maschinengewehre ab, mehrere Kisten Munition. Dann rumpelte der Lkw wieder los.

»Erst wollten die uns überhaupt nichts geben«, prahlte Horber, »dann sind wir zum General gegangen!«

»Fein habt ihr das gemacht«, bestätigte Heilmann ohne Begeisterung und ließ sich von den drei Buben erzählen, wie es in der Altstadt und in der Kaserne aussehe. Keine Feldgendarmerie unterwegs, registrierte sein Gehirn, keine Gefahr, wenn man plötzlich türmen müßte! Dann stellte er mitten auf dem Brückengehsteig die beiden Maschinengewehre zusammen und begann zu erklären. So wie er das MG an die tausendmal von irgendwelchen Rekruten erklärt hatte. Mittendrein hielt er an. Jetzt hätte er doch den Sechzehnjährigen um ein Haar erzählt, wie man ein

Maschinengewehr reinigt. Als ob diese beiden Gewehre jemals noch gereinigt werden müßten.

Im Osten dämmerte der Morgen herauf, da war Heilmann mit seinem MG-Unterricht am Ende angelangt. Theoretisch hatte er dem Gesagten nichts mehr hinzuzufügen, und die Praxis — die würde er den Burschen schon ersparen. Heilmann mußte plötzlich an Leutnant Fröhlich denken. Wo der wohl steckt? Und dann fiel ihm wieder jener Auftrag ein, den ihm Fröhlich erteilt hatte: »Sowie der Zauber hier losgeht, haut ihr ab! Verstanden? Sie sind mir dafür verantwortlich, Heilmann!«

Bei diesem Gedanken fanden die Überlegungen des Unteroffiziers Heilmann ihr Ende. Er wußte jetzt, was zu tun war. Und warum das aufschieben, was geschehen muß?

»Kinder«, sagte er, »hört mal zu! Das Ganze hier hat überhaupt keinen Sinn. Zu Hause warten eure Eltern, und ihr wollt hier Krieg spielen. Ich habe Leutnant Fröhlich versprochen, daß es nicht soweit kommt. Ihr müßt mithelfen, daß ich mein Versprechen halten kann!«

Eine so lange und sorgfältig ausgedachte Rede hatte Heilmann selten gehalten, er war richtig stolz darauf. Und um die Jungen gar nicht erst zum Denken und Antworten kommen zu lassen, fuhr er fort: »Ich mach' mich jetzt auf die Socken und walze durch die Stadt. Schaue, ob die Luft wirklich rein ist. In zehn Minuten bin ich zurück, und dann geht's ab nach Kassel! Verstanden? Keiner geht weg, bis ich wiederkomme, und dann gehn wir mal richtig elegant stiften. Das kann auch recht interessant werden!«

Die Tatsache, daß Unteroffizier Heilmann nun aus seinem Rucksack eine Ziviljacke hervorkramte und sie über den Waffenrock anzog, bewies, daß er trotz langsamen Denkens nicht völlig unvorbereitet den Zeitläuften gegenüberstand. Aber trotzdem unterlief ihm ein Rechenfehler.

Er hatte nämlich die Kreuzung bei der Brücke kaum überschritten, hatte nur wenige Meter der Straße zur oberen Stadt zurückgelegt, da polterten beschlagene Stiefel gerade aus der Hofeinfahrt heraus, an der er vorüber wollte. Zwei unbewegte Gesichter unter scharfen Stahlhelmkanten starrten ihn an. Zwei Metallschilder blinkten ihm entgegen.

Feldgendarmerie, dachte Heilmann. Und: Jetzt ist alles aus!

Er zeigte seine Papiere, mußte sie zeigen.

»Warum Ziviljacke«, fragte der eine der beiden mit eiserner Miene. »Wohl vorzeitig aus dem Staub gemacht, was?« witzelte der andere.

Heilmann ging zwischen den beiden her und überlegte fieberhaft. Dabei dachte er gar nicht so sehr daran, wie er seinen eigenen Hals noch retten könnte, sein ganzes Denken war bei den Kindern auf der Brücke. Er zermarterte sich das Hirn: Mensch, wie kann ich denen bloß Bescheid sagen, was kann ich bloß machen. Ich muß etwas tun . . . ich muß etwas tun!

Seine Faust traf den einen der beiden Gendarmen voll auf der Nasenwurzel. Dann zog er das Knie hoch und trat ihm mit aller Wucht in den Leib. Aber den zweiten erwischte er nicht richtig, und da blieb dem Unteroffizier Heilmann bloß noch eins übrig: laufen, laufen, um sein Leben laufen.

Das erste Geschoß aus der Null-Acht des Gendarmen surrte knapp neben Heilmann gegen die Hauswand, flirrte ein paarmal auf Stein und klatschte dann in den Verputz. Heilmann schlug ein paar Haken.

Wie ein Hase werde ich aussehn, wie ein Hase! Dann verspürte er einen dumpfen Schlag gegen den Rücken, wollte weiterlaufen, aber da waren plötzlich keine Füße mehr. Heilmann schlug in seiner ganzen Länge aufs Pflaster. Zweimal versuchte er noch mit letzter Kraft, sich auf die Ellbogen hochzustützen, dann war der Unteroffizier Adolf Heilmann tot.

Der Feldgendarm fand in der Brieftasche des Unteroffiziers neben den Ausweispapieren, dem Soldbuch und achtundfünfzig Reichsmark in Scheinen ein silbernes Madonnenmedaillon und die Fotografie eines blonden Mädchens im Badeanzug. Die Brieftasche mit Papieren und Medaillon steckte er in die Tasche seines langen Mantels. Das Bild betrachtete er im Lichtschein seines Feuerzeugs.

»Kesse Puppe«, sagte der Mann. Dann kümmerte er sich um seinen Kameraden, der mit vor dem Leib verschränkten Armen stöhnend an der Wand kauerte.

Auf der Brücke warteten sieben sechzehnjährige Buben auf ihren Unteroffizier.

5

»Es schießt!« sagte Horber, und alle horchten. Doch es blieb bei dem zweimaligen dumpfen Dröhnen.

»Vielleicht hat sich einer umgebracht«, flüsterte der stämmige Mutz und fühlte, wie ihm ein leiser Schauer über den Rücken lief. Aber Scholten bezeichnete das als Quatsch. Innerlich war ihm freilich nicht wohler zumute als den anderen. Verflucht, wenn bloß der Heilmann zurückkommt.

Ein unangenehmes Gefühl, da mutterseelenallein auf der Brücke zu hocken und zu warten. Allmählich wurde es Tag. Über die Hügel im Osten drängte die Helligkeit. Der Regen hatte etwas nachgelassen. –

»Mensch, wenn uns der Heilmann im Stich läßt . . .?« murmelte Mutz.

»Der Heilmann läßt dich nicht im Stich, du Waschlappen!«

Scholten konnte manchmal richtig grob werden, fand Mutz. (Man wird doch schließlich noch etwas sagen dürfen!) Aber Heilmann ließ sie doch im Stich. Aus den zehn Minuten waren inzwischen genau zwei Stunden geworden, und die sieben auf der Brücke stritten sich wieder darüber, ob Heilmann stiftengegangen sei oder ob er irgendwo aufgehalten worden war.

Schließlich hörten sie auf zu streiten. Es hatte ja auch keinen Sinn, weil keiner etwas wußte. Es war ja auch gar nicht so sehr wichtig. Inzwischen war es nämlich richtig hell geworden, und bei Tageslicht besehen, sahen die Dinge viel harmloser aus als bei Dunkelheit.

Horber brachte Stimmung in den Haufen.

»Mensch, wir haben ja das Frühstück ganz vergessen!« Alles lachte. Interessiert sahen die anderen zu, wie Horber mit seinem Bajonett der Wurstbüchse zu Leibe rückte. Zweimal rutschte er ab und einmal stach er sich in den Finger.

»Kinder, ich verblute, schafft mich ins Lazarett!«

Die sieben wieherten vor Lachen, sie waren ausgelassen wie auf einem Schulausflug. Da ertönte Motorengeräusch. Scholten horchte: »Seid mal einen Moment ruhig!«

Jetzt horchten alle, die Schulausflugsstimmung war wie weggewischt.

Der Motorenlärm kam nicht aus dem Westen, er kam aus der Altstadt. Und wie in der Nacht, raste ein Kübelwagen die

Brückenauffahrt herunter, hielt mit quietschenden Bremsen. Der General. Diesmal vorn, neben dem Fahrer, zwei weitere Soldaten im Fond.

Die sieben spritzten vom Boden, nahmen stramme Haltung an, so gut sie es gelernt hatten. Scholten stotterte eine Meldung herunter. Er hatte einen hochroten Kopf bekommen.

Der General unterbrach ihn mit einer Handbewegung: »Wo ist der Unteroffizier?«

Scholten schwieg, aber Mutz, im Übereifer, sagte: »Der ist weggegangen, Herr General!«

Im gleichen Augenblick wußte er, daß er den Heilmann verpfiffen hatte (pfui Teufel, der Verein würde ihm das nicht verzeihen!), und hing geistesgegenwärtig an seinen Satz an: »Der Herr Unteroffizier wollte noch Munition besorgen!«

Ganz glatt, ganz unverfroren, ging dem blonden Mutz die Lüge über die Lippen, aber dann durchfuhr es ihn: Mensch, jetzt hast du einen leibhaftigen General angelogen, wenn das bloß gutgeht!

Der General, kurz, knapp, sachlich: »Wie lange ist er weg?«

Mutz, bleich im Gesicht: »Seit zwei Stunden, Herr General!« Der General überlegte und sah dabei fast aus wie Napoleon auf dem Bild im Geschichtsbuch, wie es Albert Mutz vorkam. Nur die Stirnlocke fehlte. Der General überlegte weiter, und plötzlich huschte ein Grinsen über sein Gesicht, tauchte auf und war wieder weg, blitzschnell.

Er drehte sich im Wagen um: »Schlopke!«

»Jawoll, Herr General?«

Der Mann links im Fond nahm im Sitzen stramme Haltung an. Sein ganzes Gesicht schien Aufmerksamkeit.

»Schlopke, steigen Sie aus. Sie übernehmen den Laden hier!« Wieder das Grinsen auf dem Gesicht des Generals: »Wollen mal abschließend auch noch ein bißchen in Krieg machen, nicht wahr, Schlopke!«

»Jawoll, Herr General!« sagte Schlopke diensteifrig, und du kannst mich mal, dachte sich Schlopke.

Er sprang aus dem Wagen, kam federnd auf der geteerten Fahrbahn auf, wie ein trainierter Turner.

»Sie halten die Brücke, Schlopke, verstanden?«

Der General sprach leise; dann lauter: »Sie haben hier sieben prachtvolle Kerle. Ein paar tausend mehr von der Sorte und wir könnten den Krieg noch gewinnen, Schlopke!«

Die Sechzehnjährigen bekamen jetzt rote Köpfe, vor Stolz und Aufregung. Sie würden die Brücke halten! Und jetzt hatten sie auch wieder einen Unteroffizier. Er hieß zwar nicht Heilmann, sondern Schlopke, aber er war aus dem Wagen des Generals gestiegen.

»Macht's gut, Jungens, ich verlasse mich auf euch«, sagte der General und fuhr ab.

Schlopke, leise hinter dem abfahrenden Kübelwagen her: »Hast wohl noch Halsschmerzen auf deine alten Tage?«

Und dann, voller Wut: »Sollst krepieren, du Aas!«

Die sieben scharten sich vertrauensvoll um Unteroffizier Schlopke. Und der hielt ›aufbauende Reden‹.

Der General fuhr inzwischen zu einem Bauernhof, vier Kilometer östlich der Stadt gelegen, trat in die niedere Stube und begab sich zu der großen Karte an der Wand. Mit gespreizten Beinen stand er eine Zeitlang sinnend davor. Dann nahm er einen schmierigen roten Stift und machte einen dicken Ring um eine Stelle auf der Karte.

Ein General und sein Befehl

Er wurde General, weil er mehr konnte als die Kameraden vom Kriegsschullehrgang. Er war für Sauberkeit und konnte ›trübe Tassen‹ nicht leiden. Man muß sich zwar manchmal mit solchen Burschen umgeben, weil sie nützlich sind, dachte er, aber es bietet sich auch wieder die Gelegenheit, ihnen in den Hintern zu treten.

Der General freut sich, wenn er an Schlopke denkt.

Ansonsten hat er die Brücke vergessen: Eine Angelegenheit, die gut versorgt und deshalb nicht mehr wichtig ist. Er denkt an die sieben Buben, hat für Sekunden ein ungutes Gefühl, aber dann funktioniert der ›Scheibenwischer‹ im Gehirn des Generals. Sieben Mann. Schön, gut. Junge Kerle, fast noch Buben. Wahrscheinlich geht es ihnen dreckig auf der Brücke. Aber sie haben Ehrgeiz, haben Stolz, und – sie haben noch nicht die richtige Angst. Gott sei Dank. Sie werden den ersten Vorstoß amerikanischer Spähtrupps abwehren können, und das bedeutet – der General blickt auf die Uhr und rechnet – das bedeutet mindestens zwei Stunden Zeitgewinn.

Drunten im Tal liegen Truppen, an die siebentausend Mann. Sie sind im Abziehen begriffen, in die Bergstellungen im Osten. Es steht nicht nur ein Gegner im Land. Ein paar Stunden können reichen. Dann könnten die siebentausend aus dem Kessel heraus sein, könnten unterwegs sein in die andere Richtung. Aber wenn der Amerikaner über die Brücke vorstößt, wenn er durchkommt, dann ist der ganze Kessel beim Teufel.

Der General überlegt weiter: Die Brücke sprengen? Gleich? Nein, das ist falsch. Wenn man sie sprengt, weiß das der Ami, bevor er angreift. Er hat seine Aufklärer. Dann probiert er's gar nicht bei der Brücke, sondern kommt gleich mit Pionieren und allem Tod und Teufel. Nein, der Ami muß herankommen und meinen, er könne stillvergnügt über die Brücke marschieren. Und wenn der erste *Sherman* auf der Brücke steht, muß es Zunder geben.

Dann werden sie sich zurückziehen, werden Jabos bringen, dann wird es zehn Minuten ganz ruhig sein, und dann werden sie wieder kommen. Das Ganze könnte – der General sieht wieder auf die Uhr – vielleicht sogar drei Stunden dauern.

Ja – und nach dem ersten Angriff müßte man die Brücke sprengen. Gerade dann, wenn der zweite beginnt. Dann brauchen sie erst Pioniere und das dauert noch mal seine Zeit.

Der General vor seiner Landkarte hat feuchte Hände bekommen. Er marschiert im Zimmer auf und ab.

Der erste Angriff!

Halten!

Dann Jabos, dann zweiter Angriff.

Im gleichen Augenblick fliegt die Brücke in die Luft – macht insgesamt drei Stunden.

Der General reibt die Hände aneinander, um das ekelhafte Gefühl der Feuchtigkeit loszuwerden. Er denkt nochmals an die Sieben.

Im Gehirn des Generals arbeitet wieder der Scheibenwischer.

6

Sieben Buben waren begeistert. Unteroffizier Schlopke schien genau das, was sie gebraucht hatten. Mit ihm würden sie die Brücke halten. Was hieß ›mit ihm‹? Sie würden die Brücke in jedem Fall halten! Ein General hatte es gesagt. – Er hatte gesagt: »Macht's gut, Jungens!«

Ja, man setzte Vertrauen in sie. Vertrauen! Schlopkes aufbauende Reden hatten ihren Zweck erfüllt.

Die sieben hingen begeistert an jedem Wort, das über seine Lippen kam, fühlten sich unter Männern, wenn Schlopke jeder seiner Binsenweisheiten ein schlüpfriges Pendant gegenüberstellte.

»Mit dem MG machen wir auf die vordere Brückenrampe, dort, wo der Mauervorsprung reingeht!«

»Aber dort ist kein Platz!«

»Schön, schön, das macht der Liebe auch kein Kind, dann spurten wir mal nach rechts!«

»So, dort geht's!«

Sie stellten das Maschinengewehr am östlichen Brückenende hinter den Mauervorsprung, der von rechts auf die Brücke hereinlief und einen gewissen Abschluß bildete.

»Eine Pfundsstellung«, meinte Unteroffizier Schlopke, und die sieben glaubten es. Nur Scholten äußerte Bedenken.

»Das ist doch keine Stellung!«

Aber Schlopke machte ihn mit zwei Sätzen mühelos zur Schnecke.

»Erzähl mal 'nem alten Soldaten nicht, was 'ne Stellung ist, Kleiner!« Und: »Mach dich bloß nicht naß, Kindchen!«

Plötzlich, Horber beschäftigte sich wieder einmal mit seiner Blutwurstbüchse, hatte Schlopke eine Idee:

»Kinder, ich geh' kurz weg und organisiere Sandsäcke!«

Schon war er weg. Mit ruhigen, gelassenen Schritten verließ er die Brücke, überquerte die Auffahrt und verschwand in der Straße zur oberen Stadt. Kein Wort, wann er wiederkommen würde, was sie inzwischen tun sollten. Nichts, gar nichts.

Horber sagte, immer noch mit dem Bajonett über der Blutwurstbüchse: »Sandsäcke sind gut. Da werden sich die Amis anschauen!« Aber er stieß auf keine Begeisterung.

»Wetten, daß der nicht zurückkommt?« Das war Scholten.

»Klar kommt der zurück!« Horber war empört, er hatte die Büchse jetzt auf, aber erst mußte er diesem widerlichen Scholten Bescheid stoßen: »Wenn der nicht zurückkommt, fresse ich einen Besen – mitsamt der Putzfrau!«

Darauf Scholten: »Daß du dich bloß nicht verschluckst, du Vollidiot!«

Unteroffizier Schlopke und der Feldgendarm

Schlopke schob die Straße entlang wie ein Indianer. Adlerauge sei wachsam, sagte sich Schlopke, und erfaßte bei jedem Schritt mit einem einzigen Blick die Lage. Aber die Hofeinfahrt übersah er.

Vielmehr, er kam zu früh vorbei. Vielleicht um fünf Minuten zu früh. In der Hofeinfahrt beluden zwei Feldgendarmen ein Beiwagenkrad. Der eine der beiden Männer hielt Schlopke an:

»Ihre Papiere, Herr Unteroffizier!«

Aber Schlopke, der fünf Jahre ohne Kratzer überstanden hatte, war nicht gewillt, eine Viertelstunde vor Schluß der Tragödie noch hopszugehen.

»Keine Zeit, Sonderauftrag vom General!« schnarrte er, »GEKADOS, verstanden, Kameraden? Ein andermal, jetzt wirklich nicht! Es geht nämlich um die Brücke, im Vertrauen!«

Vertrauen weiß man immer zu schätzen. Die Sechzehnjährigen auf der Brücke wußten es zu schätzen und auch die Feldgendarmen. Vor allem, weil sie sehr in Eile waren. Der eine, der den Unteroffizier Schlopke hatte filzen wollen, trat einen Schritt zurück und sagte: »In Ordnung, Herr Unteroffizier!«

Ohne jedes Anzeichen von Nervosität marschierte Schlopke weiter, nicht zu langsam, nicht zu schnell. Äußerlich lässig, innerlich gespannt bis zum Bersten. Er spürte im Weitergehen, wie ihm der Schweiß in kleinen Tröpfchen aus den Poren trat, und sprach sich selbst Mut zu.

»Ruhe, Schlopke, Ruhe, nicht schlappmachen. Da vorne das Hauseck, das mußt du erreichen, dann hast du es geschafft. Noch vierzig Meter, noch fünfunddreißig. Herrgott, wenn sie dir jetzt nachkommen.«

Dreißig Meter, fünfundzwanzig, und dann geschah es.

Schlopke hörte hinter sich das Bullern und Dröhnen der schweren Beiwagenmaschine. Seine erste Regung: laufen, abhauen, türmen! Aber er marschierte weiter.

Die Maschine kam näher, jetzt, gleich, noch eine Sekunde, dann haben sie dich. Dann geht's zum Standgericht. Das Beiwagenkrad kam näher, war auf gleicher Höhe mit Schlopke, er wandte den Blick nicht.

Dann fuhr die Maschine vorbei, und der Feldgendarm im Beiwagen winkte Schlopke zu; der vordere saß, ohne den Blick zu wenden, hinter dem Lenker. Jetzt verschwand die Sechshunderter um die nächste Ecke.

Schlopke kauerte sich nieder, wo er stand, und übergab sich. Kommt vom schnellen Laufen, tröstete er sich. Erst später fiel ihm ein, daß er ja gar nicht gelaufen war.

7

Karl Horber war ungefähr mit der Hälfte seiner Blutwurstbüchse fertig, da begann es zu dröhnen und zu wummern, daß die Brücke bebte.

Siegi Bernhard hob den Kopf: »Ich glaube jetzt auch, daß Schlopke nicht mehr kommt!«

Die Stimme des Jüngsten unter den sieben klang weinerlich. Scholten, nervös: »Komm, komm, mach bloß nicht gleich in die Hosen! Das ist noch mindestens fünf Kilometer entfernt. Und außerdem sind da Deutsche vor uns, sonst hätte der Ami keinen Grund zum Schießen!«

Bernhard schluckte. »Ist ja schon gut, Ernst!« Und begann zu weinen.

In trockenen, gleichmäßigen Schluchzern. Es hatte den Bernhard richtig gepackt. Forst, Mutz, Borchart, Horber und Hager standen verlegen herum. Aber Scholten war wütend.

»Hör auf zu flennen, oder ich trete dir in den Arsch, ich mach dich zur Sau, wenn du nicht aufhörst!«

Siegi weinte weiter, und Ernst Scholten trat ihn weder in den Arsch noch machte er ihn zur Sau. Er zuckte die Schultern, ging ans westliche Brückenende und pflanzte sich hinter das Maschinengewehr. Er trainierte. Legte den Gurt ein, schwenkte den Lauf, nahm den Gurt heraus und spähte über das Visier. Dann kam er zurück, holte sein Sturmgewehr und lehnte es neben dem MG-Stand an die Mauer.

»Haut doch ab«, sagte Scholten, »haut doch ab, ihr Hosenscheißer, ich mache das notfalls ganz allein!«

»Aber nicht ohne mich«, brüllte Horber und gesellte sich zu Scholten. Ein Herz und eine Seele, die beiden. Einer nach dem anderen wechselte die Stellung, bis Siegi Bernhard schließlich allein am östlichen Brückenrand hockte, schluchzte, schnupfte und wartete.

Der Regen war wieder stärker geworden. In gleichmäßigen langen Fäden fiel er vom Himmel. Die Zeltplanen und Tarnjacken der sieben stießen das Wasser längst nicht mehr ab. Im Gegenteil, der Stoff saugte das Wasser jetzt auf, und alle waren bis auf die Haut durchnäßt. Von den Stahlhelmen tropfte das Wasser auf die Schultern, dort krallte es sich ein, verschwand im Gewebe. Scholten zog sich die Plane über den Kopf, gab Horber das eine Ende in die Hand und begann am anderen zu winden. Ganze Bäche grüngelber Brühe patschten auf das Pflaster des Brückengehsteigs.

»So eine gottverdammte Sauerei!«

Da endlich unterbrach etwas die Monotonie dieses zermürbenden Wartens. Von Osten her betrat ein Zivilist die Brücke und ging zu den Buben hin:

»Was wollt denn ihr noch hier?« Er hatte eine seltsam zischende Aussprache.

»Geht nach Hause«, sagte er, »macht uns hier keine Schwierigkeiten. Wir haben den Krieg verloren!«

Jetzt bemerkte Scholten, warum der Mann lispelte. Er hatte keine Zähne mehr. Vielleicht hat er sein Gebiß vergessen? Oder es zu Hause gelassen, damit er es nicht verliert, vor Torschluß. Neue Gebisse waren schwer zu bekommen.

Scholten und Horber ließen den Mann ruhig sprechen. Für einen kurzen Augenblick empfand der schwarze Scholten Mitleid mit dem Zivilisten. Er fühlte sich ihm überlegen, haushoch. Dann plötzlich packte ihn die Wut, er wußte nicht, warum.

»Die Brücke wird verteidigt, Befehl vom General!«

Horber blickte seinen Freund erstaunt an — der sprach ja wie ein Erwachsener, kalt und schneidend. Plötzlich fiel es Horber auf: Scholten sprach wie der General. Er imitierte den General; aber es war eine grausige Imitation. Und dann brüllte Scholten. Die jungenhafte, hohe Stimme, die immer so gleichgültig und gelangweilt schien, überschlug sich.

»Was stehen Sie hier herum? Verschwinden Sie, in den Keller! Los, dalli!«

Der Zivilist schaute sie an. Grauen stand in seinen Augen. Dann ging er, fünf, zehn Meter, rannte dann plötzlich, als wäre er das Opfer einer Treibjagd, verschwand. Die sieben schwiegen betreten.

Plötzlich lachte Karl Horber, krümmte sich vor Lachen, hielt sich den Bauch. »Habt ihr das gesehen?« Er lachte weiter. »Gesprungen ist der wie ein Känguruh!«

Aber das Lachen war unecht. Alle spürten es, und Scholten sagte: »Lach dich bloß nicht tot!«

Bernhard weinte nicht mehr. Hager fiel es zuerst auf, und er sagte es zu Borchart, der zu Forst, und schließlich erreichte die Neuigkeit auch Scholten.

Er ging gemächlich zum kleinen Bernhard, klopfte ihm auf die Schulter: »Na, wieder beruhigt, Hosenmatz? Wirst schon sehen, das ist alles halb so schlimm.«

Mittendrin wollte einer wissen, wie spät es war. Nur Horber und Mutz hatten Uhren. Die waren aber stehengeblieben, weil man eine Uhr aufziehen muß, wenn man will, daß sie läuft. Das hatten die zwei vergessen. Auf der Uhr des nahen Kirchturms war es zehn. Zehn Uhr vormittags also. Vorausgesetzt, daß die Uhr stimmte.

»Brotzeit!« verkündete Horber und hockte sich wieder zu seiner Wurstbüchse.

Es regnete nicht mehr so stark wie vorher, im Westen begann es aufzuklaren. Alle verspürten plötzlich Hunger und machten sich über die eisernen Rationen her. Als sie gerade im besten Essen waren, hörte man Flugzeugmotoren. Für jeden alten Soldaten wäre das Warnung genug gewesen, aber die sieben stocherten weiter in ihren Büchsen herum.

Und dann brach es über sie herein.

Mutz hatte die zwei Maschinen zuerst entdeckt. Er hockte auf seinem Stahlhelm und pflückte sich mit den Fingern das Fleisch aus der Büchse, steckte hin und wieder einen Zwieback zwischen die Zähne und kaute lange daran herum. Der Zwieback war eisenhart.

Dann sah Mutz die Flugzeuge. Zwei Stück. Doppelrumpf. Wahrscheinlich *Lightnings*. Hoch über der Brücke zogen sie weg, er schaute ihnen nach und aß weiter. Sekunden später schwoll das Motorengeräusch zum ohrenbetäubenden Lärm an.

Wie der Blitz fegten die Flugzeuge über die Brücke, ein kleines Pfeifen war in der Luft, steigerte sich zum Heulen, zum infernalischen Toben, und dann fielen da ein paar Dinger vom Himmel, die aussahen wie längliche Pakete.

Schräg kamen sie herangetrudelt, plumpsten auf der Brücke auf, eins, zwei, drei, das vierte ging am Geländer vorbei.

Die Pakete schnellten einen oder eineinhalb Meter hoch in die Luft, dann ein Krachen, dann Stille. Das Geräusch der Flugzeugmotoren schwand, war weg. Nur das Grollen in der Ferne hielt an.

Ernst Scholten lag flach auf den Steinplatten des Gehsteigs.

Er hatte sich in den Dreck geschmissen, daß die Knie schmerzten. Er dachte an Schaubeck. (Hinlegen – auf marsch maaarsch! Hinlegen – auf marsch maaarsch!)

Allmählich rappelten sich die Sechzehnjährigen hoch. Der Schock steckte ihnen in allen Gliedern. Wie sie da herumstanden und sich mit kalkweißen Gesichtern anstarrten, fiel ihnen plötzlich etwas auf. Siegi Bernhard fehlte.

Siegi Bernhard und seine Bücher

»Ich weiß nicht, was ich noch machen soll, Herr Studienrat, der Junge hat halt nichts im Kopf, bloß seine Bücher!«

Die kleine, abgehärmte Frau hat es nicht mehr ausgehalten. Einmal mußte das heraus, einmal mußte sie sich das von der Seele reden. Denn so konnte das mit dem Jungen nicht weitergehen. Er ist willig, brav, macht keine Dummheiten, aber er ist kein richtiger Bub. Die kleine Frau mit den verarbeiteten Händen will aber, daß er ein richtiger Bub wird. Sie will einen tüchtigen Menschen aus ihm machen. Dafür hat sie doch gerackert und geschuftet die ganzen Jahre. Und wie dann das Jahreszeugnis herauskommt und neben einigen Dreiern in Deutsch, Geschichte und Englisch nur Vierer vermerkt sind, da faßt sich Siegi Bernhards Mutter ein Herz und geht zu Studienrat Stern. Im Betragen hat Siegi einen Einser, aber im Fleiß ein Mangelhaft.

»Der Schüler wäre bei etwas größerem Eifer zu weit besseren Leistungen fähig gewesen. Er wirkt im Unterricht oft zerstreut und abwesend! gez. Stern, Studienrat.«

Das steht auch noch im Zeugnis.

»Sagen Sie, Frau Bernhard, was liest der Siegi eigentlich für Bücher?«

»Es sind nicht bestimmte Bücher, Herr Studienrat, er liest alles!« Und damit hat sie recht.

Was hatte sie nicht alles versucht! Sie hatte ihm, mit mühsam zusammengespartem Geld, einen Modellbaukasten gekauft. Aber in seiner Hand zersprang das hauchdünne Blatt der Laubsäge nach zwei Zügen. (»Ich habe kein Gefühl für so etwas!«) Er war auch nur mit Mühe an die Werkbank im Keller zu bringen. Wenn er ein bißchen herumbastelte, dann nur, um seiner Mutter Freude zu machen. Eines Tages kam dann wieder der stämmige

Mutz ins Haus, setzte sich mit Siegi für zwei Stunden an die Hobelbank, und mühelos erstand unter seinen Händen das Schiffsmodell, an dem sich Siegi vergeblich versucht hatte. Als seine Mutter kam und das Schiff bewunderte, warf Siegi einen leidvollen Blick zu Albert Mutz hinüber und verließ schweigend den Keller.

»Ritter Curtius sprang also in die Erdspalte, um . . .?«

Studienrat Stern blickte fragend auf seine Schulklasse: acht Mädchen, sieben Buben.

»Na sag's uns, Bernhard, warum sprang Ritter Curtius in die Erdspalte?«

Bernhard steht auf, schaut den Studienrat mit seinen großen, dunklen Augen an und sagt leise: »Er war ein Held, Herr Professor!«

Bleibt stehen und sagt nichts mehr, aber in seinem Blick ist alles, was er sagen wollte: Das war ein Kerl, dieser Curtius, der hat keine Angst gehabt. Wer aus dieser Klasse würde sich in eine Erdspalte stürzen?

Bernhard hat sie alle vor Augen, seine Freunde. Mutz? Nein, der nicht. Horber auch nicht, gewiß nicht. Hager? Auch nicht. Auch Borchart fällt aus. Forst? Der vielleicht. Aber Scholten?

Ja, der wäre dazu imstande.

»Bernhard, wenn du ausgeschlafen hast, kannst du mir vielleicht sagen, weshalb der Ritter Curtius in die Spalte gesprungen ist!«

Die Stimme des Studienrats enthält einen leisen Tadel. Aber Bernhard starrt ihn weiter mit aufgerissenen Augen an. Wenn einen der Kerl bloß nicht so ansehen würde, denkt Studienrat Stern. Plötzlich erhält Siegi Bernhard von hinten einen spürbaren Stoß an den Knöchel. Pfui Teufel, hat das weh getan, aber jetzt ist er wach, und ganz deutlich hört er von hinten das Wort ›Opfer‹.

»Es war ein Opfer«, sagt Bernhard, »ein Opfer, Herr Studienrat.«

Studienrat Stern muß lachen. »Setzen, Bernhard«, sagt er, und: »Danke schön, Scholten, ich hab's auch gehört!«

So also geht es Bernhard in der Schule. Er weiß genau, was das ist, wenn ein Mensch freiwillig in eine Erdspalte springt. Das ist etwas so Enormes, daß man es gar nicht sagen kann. Aber Scholten kann es sagen, komisch, auch die anderen. Und dabei versteht er doch viel mehr davon. Was wissen denn die anderen von Heldentum. Scholten, Mutz, Forst, Borchart, einen Dreck wissen sie. Er weiß es, denn er lebt ja mit lauter Helden zusammen; nur er selbst ist ein Feigling.

Sie haben es nie zu ihm gesagt. Sechzehnjährige können gemein sein, hart und rücksichtslos. Mancher Pauker hat das zu spüren bekommen. Aber zu ihm, zu Siegi Bernhard, sind sie nett. Und er weiß: sie sind nett zu mir, weil ich ein Feigling bin. Weil sie Mitleid mit mir haben.

Er weiß nur, daß es für ihn einen einzigen Platz auf der Welt gibt, wo auch er ein Held ist. Und dieser Platz ist in seinem Zimmer. Er braucht nur in eines der Bücherregale zu greifen, ein Buch herauszunehmen, zwei, drei Seiten zu lesen.

Seine Bücher sind grundverschieden, nur eines haben sie alle gemeinsam. Einen Helden. Und so steuert Siegi Bernhard heute einen Walfänger durch die Bereiche seiner Fantasie, kämpft ganz allein die Meuterei der Mannschaft nieder und begnadigt großmütig die Rädelsführer, obgleich er sie selbstverständlich auch alle aufhängen lassen könnte. Dann wieder rast er auf flinken Araberhengsten durch die Wüsten, besteht jeden Kampf und verzeiht jedem Gegner, nachdem er ihn besiegt hat.

In den letzten Monaten aber kämpft Siegi Bernhard in seinen Gedanken nicht mehr ausschließlich der Gerechtigkeit halber gegen Verbrecher und böse Feinde, viel häufiger kämpft er darum, schöne Frauen vor Tod und Verderben zu retten. Und diese schönen Frauen tragen stets das Gesicht der kleinen Ingrid aus der fünften Klasse.

Einmal hatte Siegi Bernhard Gelegenheit, ein Held zu sein. Das war am Fronleichnamstag des Jahres 1943. Er kam am Vorabend nach Hause: »Mama, wir haben morgen Dienst, Geländespiel, du verstehst schon!« Aber seine Mutter verstand nicht, besser: wollte nicht verstehen. »Wir gehen morgen zur Fronleichnamsprozession, Junge!« sagte sie und sonst gar nichts. Siegi, erschrocken:

»Aber Mama, was meinst du, was die anderen sagen!«

»Welche anderen?« Die Stimme der Mutter klang ruhig und unnachgiebig.

»Na die anderen, aus der Klasse.«

»Du wirst eines schönen Tages allein leben müssen, ohne die anderen aus deiner Klasse, eines Tages auch ohne mich, Siegi! Wichtig ist, was du tust, nicht was die anderen tun!«

Am nächsten Morgen zog Siegi Bernhard in der Fronleichnams prozession mit, er schämte sich entsetzlich. Der Zug bewegte sich über die Hauptstraße der kleinen Stadt, und in diesem Augenblick geschah es. Mit dröhnendem Gesang marschierten an die zweihundert Buben in kurzen Hosen und Uniformhemden auf die Prozession zu, voraus ihr Führer, ein untersetzter, kräftiger Junge von etwa achtzehn Jahren. Das Lied der Uniformierten übertönte die Gebete, die aus der Prozession aufklangen. Zwei Welten standen sich hier gegenüber: Glaube und Demut auf der einen Seite, Stolz und Überheblichkeit auf der anderen.

Würden sie zusammenprallen?

Der Führer der Kolonne war noch zehn Meter von der Prozession entfernt, alle ahnten jetzt, was kommen sollte. Die Uniformierten würden durch die Prozession hindurchmarschieren, singend, lärmend, würden sie damit lächerlich machen. Der Führer der Kolonne trat mit Absicht langsam, der Geistliche mit der Monstranz näherte sich.

Und dann geschah es, blitzschnell. Vier, fünf Schritte hatte der Junge in der Uniform in Richtung Monstranz gemacht, da löste sich ein älterer Mann in altmodischem, schwarzem Bratenrock aus dem Zug der Betenden. Er ging ganz ruhig auf den Kolonnenführer zu und schlug ihn mit einer geradezu provozierenden Lässigkeit ins Gesicht. Zweimal, links und rechts. Ging zur Prozession zurück, reihte sich ein und zog weiter.

Leichenblaß hatte sich der Uniformierte an die Wange gegriffen und war stehengeblieben. Auch die zweihundert Buben hinter ihm waren stehengeblieben, ohne Kommando. Sie sangen noch immer:

»Es zittern die morschen Knochen
der Welt vor dem großen Krieg,
wir haben den Schrecken gebrochen,
für uns war's ein großer Sieg.
Wir werden weitermarschieren,
wenn alles in Scherben fällt —
denn heute gehört uns Deutschland
und morgen die ganze Welt!«

Aber sie marschierten nicht weiter.

Der Führer der Kolonne war jetzt rot angelaufen, immer noch

starrte er haßerfüllt auf die Prozession, dann drehte er sich um: »Lied aus«, brüllte er mit sich überschlagender Stimme und zog ab. In die Richtung, aus der er gekommen war. Die zweihundert trotteten hinterher, ohne Tritt, teilnahmslos. Manche feixend.

Auch die Prozession ging weiter, von Altar zu Altar, und pries den Herrn, ohne weitere Zwischenfälle. Siegi Bernhard schämte sich plötzlich nicht mehr. Er ging im gleichen Zug mit einem Helden, er war selbst einer, weil er bei diesen war und nicht bei jenen. Siegi Bernhard lernte an diesem Vormittag, daß Mut auch in einem schwarzen Bratenrock zu finden sein kann.

Scholten verbrachte den Fronleichnamstag beim Fischen. Da waren alle in der Stadt, und man wurde nicht so leicht erwischt. Die anderen fünf waren beim Baden. Am Tag darauf erklärten sie ihrem Religionslehrer mit betretenen Gesichtern, daß sie ›Dienst‹ gehabt hätten. Ja, leider, da sei wohl nichts zu machen, nicht?

Dem Gefolgschaftsführer sagten sie einen Tag später, sie hätten am Geländedienst nicht teilnehmen können, sie hätten zur Prozession gemußt, die Eltern hätten es verlangt, und da sei ja wohl leider nichts zu machen, nicht?

Und das ging auch ohne weiteres in Ordnung, es war nicht das erstemal, daß man einen geruhsamen Badetag herausgeschunden hatte, indem man ein bißchen schwindelte. Standartenführer Forst allerdings kam an diesem Abend nach Hause und schlug seinem Sohn wortlos ins Gesicht. Auf die Nase, auf den Mund, ins Genick. »Einen schönen Gruß von der Kreisleitung«, sagte er verbissen.

Aber Siegi Bernhard hatte zu seinen Bücherhelden einen neuen bekommen, und er träumte davon, was für eine Tat es sei, wenn ein Betender einen Kämpfer bezwinge. Er hatte die Szene nicht vergessen, und er wußte, daß es nicht die zwei Ohrfeigen waren, die den Sieg entschieden hatten, sondern das Forum, vor dem sie erteilt wurden. Siegi Bernhard träumte auch davon, daß sein Vater so ein Mann geworden wäre wie jener Schwarzgekleidete aus der Prozession. Aber Siegi Bernhards Vater war kein Held. Unter Tage war er gestorben, an seinem Arbeitsplatz. Daraufhin war Mutter Bernhard mit dem damals dreijährigen Siegi in die kleine Stadt gezogen.

Sie hatte ihn erzogen, so gut sie es verstand. Und Siegi kannte seine Mutter nur als unbezwingbar, als unerschütterlich, als Respektsperson. Um so mehr bewegte es ihn, daß sie an jenem Abend, als er in die Kaserne mußte, völlig ihre Fassung verlor.

»Geh nicht fort, mein Junge«, schluchzte sie, »bleib bei mir! Dieser Irrsinn kann nicht mehr lange dauern. Ich werde dich verstecken, bitte, bleib da!« Und er hatte wieder geantwortet: »Mama, die anderen gehen alle!« Aber diesmal war es nicht der kleine Junge, der etwas erzwingen wollte, diesmal war das Beispiel der ›anderen‹ ein Vorwurf für die Mutter, und sie spürte: Der, der da vor dir steht, ist ein anderer geworden!

Und sie ging in sein Zimmer und packte ihm seine Sachen.

Siegi Bernhard biß die Zähne zusammen, als er zum erstenmal eine scharfe Handgranate zu Gesicht bekam.

Er nahm das Ding zweiflerisch in die rechte Hand, riß an der kleinen Kordel, zählte viel zu schnell und konnte es nicht erwarten, bis die Granate flog.

Weg damit, nur möglichst weit weg! Dann kauerte er sich zusammen und wartete auf das Krachen. Aber es krachte nicht. Siegi Bernhard hatte die Kordel nicht weit genug gezogen, die Handgranate war nicht geschärft. Beim zweitenmal hatte es dann geklappt, und die anderen hatten ihm auf die Schulter geklopft, hatten gesagt:

»Siehst du, Kleiner, es geht ja schon. Immer mit der Ruhe!«

Jawohl, er hatte mitgemacht. Er war über die Eskaladierwand geklettert, war über weite Felder gelaufen, hatte sich in den Dreck geschmissen und war beinahe ein Streber geworden, der kleine Siegi Bernhard. Aber er hatte mitgemacht. Mit zusammengebissenen Zähnen stand er durch. Bis zu jenem Augenblick auf der Brücke, als er einsah, daß Unteroffizier Schlopke (der Unteroffizier vom General!) nicht mehr kommen würde.

Da brach die so mühsam aufgerichtete Mauer forscher Kameradschaftlichkeit unter einem Sturzbach von Tränen zusammen. Siegi Bernhard hörte aus der Ferne den Geschützdonner, er hatte nur noch Angst. Aber während er sonst auf Mitleid gestoßen war — jetzt zeigten sie ihm Verachtung.

Und in Siegi Bernhard wuchs ein gesunder Zorn herauf. Er hörte schließlich auf zu weinen. Er würde den andern schon zeigen, was für ein Kerl er war, jawohl, er würde es ihnen zeigen! Doch sowie er sich beruhigt hatte, waren die anderen wieder nett zu ihm.

Aber zeigen würde er es ihnen trotzdem. Mit gutem Appetit

aß er aus seiner Wurstbüchse und erschrak zu Tode, als plötzlich die Flieger kamen. Er sah, wie sich die anderen zu Boden warfen, und plötzlich stand vor seinen Augen die Erdspalte.

Leg dich hin, du Idiot! hämmerte sein Gehirn. Leg dich endlich hin!

Siegi Bernhard aber hörte nicht auf sein Gehirn. Vor seinen Augen stand wie ein Bild die Erdspalte und der Ritter Curtius. »Er war ein Held«, hörte er sich selbst sagen, »ein Held . . . ein Held . . .!«

Nach dem Angriff der *Lightnings* also fehlte Siegi Bernhard. Aber er fehlte gar nicht – die sechs Jungen hatten ihn bloß nicht gesehen, weil er nicht, wie sie, stand, sondern bäuchlings auf dem Gehsteig der Brücke lag.

Scholten ging als erster hin. »Los, steh auf, Hosenmatz, die bösen, bösen Flieger sind wieder fortdedangen«, blödelte er im Tonfall eines Dreijährigen.

Aber Bernhard rührte sich nicht. Scholten trat ihn sanft in die Seite: »Hast du nicht gehört, mein Schatz, du kannst weiterfuttern!«

Bernhard rührte sich nicht, und Scholten blödelte weiter. Nur Horber, der schnelle, witzige, freche Horber hatte etwas bemerkt. Oder besser: er spürte etwas.

Er stürzte auf den Liegenden zu, nahm ihn an beiden Schultern und drehte ihn um. Kein Blut an Bernhards Uniform. Doch die Augen sind starr, weit aufgerissen.

»Bernhard, Mensch, Kleiner! Sag doch was, rühr dich doch, tu doch was, Bernhard!«

Horber schrie, brüllte den am Boden Liegenden an, endete in einem wimmernden Schluchzen.

Bernhard lag da, als sei er völlig unversehrt. Sein Mund war halb geöffnet, leicht verzogen, als habe er gerade noch etwas sagen wollen. Und an der rechten Schläfe hatte Siegi Bernhard eine kleine dunkle Stelle, einen blauen Fleck und ein paar Blutspritzer.

Man hatte es nicht sehen können. Beim Fallen war der Stahlhelm über die Stelle gerutscht.

8

»Verdammt noch mal«, sagte Scholten und ging auf der Brücke hin und her, immer denselben Trott, zehn Schritte rauf, zehn Schritte runter, dann blieb er wieder stehen und sagte erneut: »Verdammt noch mal!«

Die anderen hockten stumm herum. Hager und Forst tuschelten miteinander. Horber kniete immer noch neben dem Toten. Er hatte die Hände gefaltet und schaute dem kleinen Siegi Bernhard ins ständig wächserner werdende Gesicht, als wolle er es sich für immer einprägen.

Aber er wußte, während er neben dem Toten kniete, nicht, daß er ihn anstarrte. Er war mit seinen Gedanken weit fort. Er hörte zwar Albert Mutz, den großen Freund und Beschützer des kleinen Bernhard, fassungslos weinen, aber er hörte es nur, nichts weiter. In seinen Gedanken stand Karl Horber, der lustige Horber, vor dem lieben Gott.

Er hatte seit zwei Jahren keine Beziehung mehr zum lieben Gott gehabt, jetzt stand er vor ihm. Karl Horber hatte ganz genaue Vorstellungen vom lieben Gott. Ein alter Herr, in einer weißen Robe, mit einem langen, silbernen Bart. Die Vorstellung Horbers deckte sich genau mit jenem Bild im Zimmer seiner Großmutter, vor dem er als kleiner Bub so oft gestanden hatte. Jetzt war dieses Bild wieder vor ihm, und plötzlich, nach zwei Jahren, hatte er ihm eine Menge zu sagen.

Lieber Gott, sagte Horber in Gedanken, lieber Gott, warum er? Erklär mir das, erklär mir das doch, oder ich werde wahnsinnig! Warum ausgerechnet der Kleine, der keinen Vater hat, keine Brüder, keine Schwestern, nur eine arme, alte Mutter, die auf ihn wartet? Auf ihn ganz allein wartet! Horber rechnete, haderte, war verzweifelt. Und im nächsten Moment schon flehten seine Gedanken: Bitte, bitte, lieber Gott, wenn du es schon hast passieren lassen, wenn das schon nicht anders ging, bitte, sei lieb zu ihm, nimm ihn zu dir, laß es ihm gutgehen — sehr gut gehen! Er hat keine Sünden, lieber Gott, nicht die geringsten. Er war ja so jung und dumm. Schau mich an, ich hab' sie — viele. Aber er — er war gut.

Das Würgen in seiner Kehle überwältigte den schnoddrigen, sommersprossigen, rothaarigen Karl Horber. Er sackte zusammen, beugte Brust und Kopf weit nach vorn, preßte die Hände vors Gesicht und kauerte so, die Ellbogen auf den Boden gestützt, neben dem Toten. Karl Horber weinte.

Karl Horber weinte am 2. Mai 1945, vormittags 10.45 Uhr. Das letztemal hatte er am 16. April 1939 geweint. Damals war sein Onkel gestorben, und der Zehnjährige hatte geglaubt, er könnte jetzt auch nicht mehr weiterleben.

Scholten weinte nicht. Mit zusammengebissenen Zähnen ging er auf der Brücke hin und her, schaute dann und wann zu den anderen. Die hockten apathisch herum. Horber war jetzt aufgestanden, hatte die Zeltplane gepackt und sie über den Toten gebreitet. Dann ging er auf Scholten zu: »Wir müssen es der Mutter sagen, Ernst!«

»Du hast recht, Karl, aber wer? Wer von uns soll es der Mutter sagen? Ich geh' nicht weg von dieser Brücke, Karl, ich bleib' auf dieser verdammten Brücke und halte sie! Jetzt erst recht, Karl, verstehst du? Ihr könnt ihn wegbringen, ihr könnt es seiner Mutter sagen, ihr könnt . . ., ihr könnt auch beten. Ich kann das alles nicht, verstehst du, nicht jetzt. Jetzt muß ich die Brücke halten. Das ist alles, was ich für ihn tun kann, alles!«

Ernst Scholten hatte sich verwandelt. Alle spürten es.

Da war etwas Fanatisches, Brennendes, Diabolisches in seinen Augen. Das Gesicht von Ernst Scholten war sechzehn Jahre alt, aber diese Augen waren viel älter. Die Leidenschaftlichkeit und der Haß, deren dieser Sechzehnjährige fähig war, die hin und wieder in kleinen, temperamentvollen Szenen jedem seiner Kameraden offenbar geworden waren, sie brannten jetzt unverhüllt in dem spitzen, gelblichen Gesicht. War die Brücke bisher für Ernst Scholten ein Abenteuer mit patriotischer Untermauerung gewesen, so war der Befehl des Generals jetzt mehr. Er legalisierte den Wunsch Ernst Scholtens, den toten Freund zu rächen.

Der Krieg war in Minutenschnelle vom Indianerspiel zur ganz persönlichen Angelegenheit von Ernst Scholten geworden. In diesem Augenblick war es ihm völlig egal, was die anderen fünf machen würden. Sie konnten gehen, gut. Sie konnten dableiben, auch gut. Er würde hinter diesem Maschinengewehr liegen und warten. Er würde so lange warten, bis ein Mensch von der anderen Seite es wagen würde, diese Brücke zu betreten.

Seine Brücke, dachte Ernst Scholten. Er würde ganz genau auf diesen Menschen zielen, so lange, bis ein Verfehlen nicht mehr möglich war. Er würde ganz genau hinhalten, auf den Körper, nicht aufs Gesicht. Dann würde er den Kolben einziehen, den Abzug durchdrücken; und er würde jeden Sprung, jedes Ausbrechen dieses Menschen vor ihm mit einem Schwenken des Laufes verfolgen und auf ihn einhämmern, so lange, bis dieser Mensch zu Boden gehen würde.

Ja, so lange.

Und dann würde er sagen: »Siehst du, Hosenmatz, das war der erste. Ich schenke ihn dir.« Genauso würde er sagen.

Karl Horber trat zu Scholten heran und sagte ihm, scheu zu Boden sehend, daß sie den Toten hinübergeschafft hätten, zu dem kleinen, umfriedeten Platz neben der Brücke, auf dem das Denkmal eines alten Heerführers stand, der in einem der Patrizierhäuser der kleinen Stadt geboren worden war.

»Wir können es seiner Mutter noch sagen, wenn wir hier weggehen«, flüsterte Horber, und dann sahen sie sich in die Augen.

Scholten spürte, mit dem Tod des kleinen Bernhard war noch einmal die Entscheidung aufgeworfen worden, ob sie hierbleiben oder still nach Hause gehen sollten. Und er wußte, für fünf von ihnen war dieses Zuhause wichtig, für ihn selbst nicht.

»Haut doch ab«, sagte er wieder, »macht euren Leuten keinen Kummer!« Er mußte das sagen, er war verpflichtet, das zu sagen. Aber Horber gab ihm keine Antwort, sondern beschäftigte sich angelegentlich mit seinem Gewehr. Erst Jürgen Borchart sagte Scholten seine Meinung: »Entweder wir gehen alle, dann ist das in Ordnung, oder es geht keiner, dann ist das auch in Ordnung. Wenn du sagst, daß du gehst, ist noch lange nicht gesagt, daß wir auch gehen. Wenn du sagst, du bleibst da, dann bleiben wir auch da. Ist doch klar, Menschenskind!«

Albert Mutz trat zu der Gruppe. Links und rechts an seinen Backen liefen weißgraue Rinnen herunter, salzige Spuren des Weinens. »Ich bleibe auf jeden Fall da«, sagte er verbissen.

»Meine alten Herrschaften«, dröhnte Hager, »schlagen mich tot, wenn ich heimkomme!« Zum erstenmal seit dem Tod des kleinen Bernhard wurde im Verein wieder gelacht. Verhalten zwar und flüchtig, aber immerhin.

Seit dem *Jabo*-Angriff waren etwa siebzig Minuten vergangen, der Zeiger am Kirchturm zeigte auf halb zwölf.

Obwohl sie praktisch nichts zu tun hatten, wollte jetzt keiner ans Essen denken. Horber ging einmal auf die andere Brückenseite und kam dabei an der Blutwurstbüchse vorbei, aus der er vorher mit Appetit gegessen hatte. Wie zufällig stieß er im Vorbeischlendern mit dem Fuß gegen die Büchse, so daß sie in weitem Bogen über die Brückenkante hinaus in die Tiefe fiel.

Horber drehte sich ganz kurz um und ärgerte sich. Alle fünf hatten ihm zugeschaut.

Plötzlich erstarrten die Sechzehnjährigen. Artilleriefeuer, ziemlich nahe. Abschußstelle vielleicht fünf Kilometer entfernt, Aufschläge vielleicht noch tausend Meter. Mehr nicht, mehr bestimmt nicht.

»Wenn das so ist«, sagte Karl Horber, »müßte der Tanz in spätestens einer halben Stunde losgehen!«

»Wenn's noch so lange dauert!« meinte Mutz zweifelnd. Aber Scholten erinnerte sie wieder daran, daß ja noch Deutsche vor ihnen stehen mußten, weil doch der Ami nicht zu seinem Vergnügen schieße.

»Höchste Zeit«, knurrte Scholten, »daß wir was tun! Wer nimmt das zweite MG?«

»Ich«, brüllte Horber, bevor Mutz etwas sagen konnte, und der war beleidigt. Weil er, unter Garantie, besser schoß. Aber Scholten, der ohne Widerspruch die Führung des Haufens übernommen hatte, war mit Horber einverstanden.

»Also«, stellte er befriedigt fest, »ist ja alles klar. Mutz kommt mit mir, du führst den Gurt, nimmst die Munitionskästen und hältst notfalls das Zweibein fest, wenn es holpert!«

»Du, Klaus«, er wendete sich an Hager, »machst dasselbe bei Horbers MG! Forst schnappt sich drei Panzerfäuste und legt sich hinter die Brüstung. Du, Jürgen, nimmst das Schnellfeuergewehr von Horber und hockst dich in die Kastanie!«

Von diesem letzten Vorschlag waren alle begeistert! Gut, daß Scholten da draufgekommen war — das war eine fantastische Idee!

Die Kastanie stand am Westufer des Flusses, knapp zwanzig Meter von der Brückenauffahrt entfernt. »Nimm außerdem noch deinen Karabiner mit«, meinte Scholten, »man weiß nicht, ob so ein Ding nicht mal kaputtgeht! Und außerdem nimm Patronenrahmen mit hinauf, gefüllte Patronenrahmen, soviel du tragen und unterbringen kannst. Ganze Berge, verstehst du, Jürgen! Du kannst nämlich nicht mitten im Krach herunterklettern und mal schnell 'ne Kiste Munition holen gehen, du mußt dich für eine ganze Weile einrichten, kapiert?«

Jürgen Borchart bestätigte, daß er das ganz und gar kapiert hatte. Er sei dankbar, daß man ihm das alles sage, weil er selbst kaum so weit gedacht hätte.

Dann grinste er Scholten ins Gesicht, wie ein Wolf, und kassierte sich eine Zeltplane. Er holte eine Kiste voll Patronen vom aufgestapelten Vorrat und begann, Rahmen zu füllen. Hager hockte sich zu ihm, Forst ebenfalls; und schließlich füllte die ganze Meute Rähmchen, so lange, bis kein leeres mehr aufzutreiben war.

Jeder schaute noch einmal in seine Patronentaschen und zählte nach, ob er sechzig Schuß hatte. Bei Hager fehlten fünf, er bekam einen Rahmen aus der Zeltplane. Dann kontrollierte Scholten noch die zwei Magazine seines Sturmgewehrs, sie waren gefüllt.

»Dann wollen wir mal«, sagte Scholten und holte sich drei von den Panzerfäusten. Er trug sie zur Brüstung am westlichen Brückenende, hinter den kleinen Mauervorsprung, und winkte Forst zu sich heran. »Walter«, sagte er, »du bist ein ganz eiskalter Hund, ich weiß es, wir alle wissen es. Ich habe eine Idee, wie du die Burschen fassen kannst. Schau mal hier runter!«

Forst, der während der Ansprache des schwarzen Scholten rot geworden war, als hätte ihn ein General gelobt, beugte sich über das Brückengeländer. Zwischen dem Fluß und dem gemauerten Ufer sah man einen etwa drei Meter breiten Kiesstreifen, den das Wasser im Lauf der Jahre hier zusammengetragen und liegengelassen hat. Dieser Kiesstreifen wurde vom ersten Brückenbogen mit überspannt.

»Wenn du dich«, so meinte Scholten, »unter diesen Bogen stellst und auf die Straße lauerst, so hast du ein etwa vierzig Meter breites und acht Meter von dir entferntes Schußfeld. Das müßte hinhauen. Die brauchen Wochen, bis die merken, wer ihnen da die Panzer knackt. Und es gibt keinen anderen Weg zur Brücke als den über diese Straße.«

Forst war begeistert, genauso hatte er sich das vorgestellt. Er nahm zwei Panzerfäuste und trug sie unter den Brückenbogen, kam wieder und holte die nächsten zwei und so fort — als er auch noch die beiden letzten von der Brücke in sein Versteck herunterholen wollte, protestierten die anderen, und Horber krähte: »Laß mal uns auch noch was da, wenn auch dein Papi ein großer Bonze ist!« Forst nahm das nicht krumm, er hatte es schon viel zu oft gehört, und außerdem hatten die anderen ja recht.

Walter Forst kniete unter der Brücke bei seinen Panzerfäusten und machte sie scharf, eine nach der anderen. Scholten wollte ihm den Karabiner bringen, den er auf der Brücke stehengelassen hatte, und prallte zurück.

»Menschenskind«, sagte er entsetzt, »du kannst die Dinger doch nicht alle scharfmachen und hier stapeln! Ein Wischer, und du fliegst in die Luft!«

»Dann geh mal schnell nach oben, Ernst, damit du nicht mitfliegst«, sagte Forst, lächelte dabei freundlich und zeigte seine weißen Zähne.

Und er hantierte weiter an seinen Panzerfäusten herum.

»Ich weiß«, grinste Forst, »ich hab' nie den rechten Respekt gehabt!« Und schaute Scholten weiter ins Gesicht.

Der sagte ganz kurz und knapp: »Viel Glück, Walter«, und streckte ihm die Hand hin. Aber Forst lachte ihn weiter aus.

»Scholten«, sagte er und ahmte haargenau den Tonfall des Studienrats Stern nach, »Scholten, deklamiere ... von Hölderlin ... Du kömmst, o Schlacht, schon wogen die Jünglinge hinab von ihren Hügeln ... hinab ins Tal – na weiter, Scholten, alte Schlafmütze!«

Und Scholten, den zynischen, sarkastischen Sechzehnjährigen, fröstelte es unter dem Brückenbogen, und er lief weg, hinauf zu den anderen. Das Lachen schien hinter ihm herzulaufen. Komisch, dachte Scholten hernach, jetzt ist wieder alles gut, aber solange ich bei Forst unten war, hatte ich ein seltsames Gefühl, ein ganz seltsames Gefühl. Ich glaube direkt, das war Angst. Und ich habe glatt den kleinen Bernhard vergessen, dachte Scholten, aber ich darf ihn nicht vergessen, dann habe ich nämlich auch keine Angst, jawohl, dann habe ich keine Angst.

Und er dachte an Bernhard, er brachte es noch einmal fertig, in Wut zu geraten, in kalte, bösartige Wut, aber er fühlte dabei: »Hoffentlich kommen sie bald, sonst kann es mir passieren, daß ich nicht mehr die richtige Wut habe.«

Borchart hatte inzwischen seine Siebensachen in der Zeltplane verstaut. Er hängte sich das Schnellfeuergewehr auf den Rücken, den Karabiner dazu, bat Hager, ihm die Zeltplane zu tragen, und ging auf die Kastanie zu.

»Wir brauchen ein Seil«, stellte Borchart fest, »sonst müssen wir die Sachen einzeln raufschleifen.«

»Und woher ein Seil nehmen?« Dann sahen sie das kleine Rettungsfloß unter der Brücke am Ufer liegen. Es war mit einem langen, dicken Seil vertäut.

Horber lief hinunter und versuchte das Seil mit dem Bajonett zu kappen. Aber er fetzte nur kleine Fasern aus dem Tau. Schließlich legte er es auf den Holzbalken des Floßes und schlug mit dem Bajonett, wie mit einer Machete, darauf. Er kam mit dem Seil zurück, und alle, mit Ausnahme von Walter Forst, der bei seinen Panzerfäusten hockte und von der roten Sonne in Mexiko sang, befaßten sich jetzt damit, Borchart auf die alte Kastanie zu helfen.

»Du mußt hinter dem Stamm zu sitzen kommen«, meinte Scholten, »auf einen dicken Ast. Mußt den Karabiner in greifbare Nähe hängen, die Plane mit der Munition neben dir haben und das Schnellfeuergewehr auflegen können, damit du etwas triffst!«

Borchart sagte: »Danke, danke, danke«, grinste und kletterte mit dem Tau am dicken Stamm hinauf, wie ein Affe.

»Du brauchst bloß noch einen roten Hintern, dann siehst du aus wie ein Mandrill«, witzelte Horber. Dann dachte er an den kleinen Bernhard und schämte sich.

Schließlich brüllte Borchart, daß er jetzt sitze wie im Lehnstuhl, und ließ das Seil herunter. Nach und nach zog er die Sachen zu sich herauf und war hinreichend beschäftigt, sie zu verstauen.

Als sie zu viert unten standen und hinaufschauten, kam der Mann von heute morgen wieder auf die Brücke. Diesmal hatte er eine kleine Frau bei sich, die mit kurzen Schritten neben ihm herstakste.

»Sagt mal«, fragte er, »wollt ihr wirklich Remmidemmi machen?«

Ziemlich kleinlaut schien er diesmal. »Wir gehen jetzt zu Bekannten in die Stadt hinüber, sie haben einen besseren Keller. Herüben ist fast kein Mensch mehr«, sagte er, »ich habe heute den ganzen Tag noch keinen gesehen.«

»Wir machen kein Remmidemmi«, meinte Scholten, »wir haben den Befehl, die Brücke zu halten, sonst nichts. Ist das klar?«

Der Mann ging weiter, die kleine Frau trippelte neben ihm her. »Die Brücke halten«, sagte er, »mit einer Handvoll Kinder!«

»Der Kerl bringt uns Unglück«, flüsterte Horber, »das habe ich mir schon heute morgen gedacht!«

»Ein alter Quatschkopf ist das«, knurrte Scholten, »ein alter Quatschkopf!«

Scholten war bösartig geworden, alle spürten es.

Jetzt hatte er sich den Mutz geschnappt, hängte sich das Sturmgewehr über den Rücken, packte das Maschinengewehr und drückte Albert Mutz zwei MG-Kästen in die Hand. Dann gingen sie vom rechten auf den linken Gehsteig der Brücke und verschanzten sich dort hinter dem Mauervorsprung, der, aus Bruchsteinen aufgeführt, etwa einen halben Meter auf den Gehsteig hereinragte.

Scholten stellte das Maschinengewehr auf, legte sich dahinter, während Mutz zum Flußufer hinunterstieg und sich abmühte, zwei, drei, vier der dort herumliegenden großen Bruchsteine, Überbleibsel wohl noch vom Brückenbau, auf den Gehsteig hinaufzuschleppen.

Dort baute er sie direkt neben dem Mauervorsprung auf, so daß der Lauf des Maschinengewehrs wie aus einer Schießscharte herausstarrte. Scholten probierte, ob der Lauf sich noch weit genug schwenken ließ, verrückte erst einen Stein, dann noch einen zweiten, probierte es wieder und stellte schließlich fest, daß alles in Ordnung war.

Er ging hinüber zu Karl Horber und Klaus Hager, deutete mit der Schulter zu seinem MG-Stand zurück und sagte: »Schaut euch das mal an und macht es am rechten Gehsteig genauso.«

Horber und Hager schauten es sich an, fanden, daß es ganz günstig aussähe, und gingen ebenfalls ans Ufer, um Steine zu holen. Aber sie holten nicht nur vier, sie schleiften an die zwölf Bruchsteinquader herauf, manche so groß, daß sie zu zweit anfassen mußten, und bauten sich einen richtigen Schutzwall neben dem Mauervorsprung auf der rechten Seite.

Scholten sah zu, und Horber meinte: »Das ist nämlich von wegen die Gesundheit, verstehst du, Ernst?« und grinste.

Das Artilleriefeuer, das sie vorher aufgeschreckt hatte, war vorbei. Keiner hatte es gemerkt, weil jeder beschäftigt war.

Jetzt fühlte plötzlich jeder die lähmende Stille. Nichts war zu hören, nur der Fluß rauschte, und unter der Brücke sang Walter Forst: »*Wer rastet, der rostet . . .*« Borchart hockte auf dem Baum und schien zu dösen. Die anderen vier standen auf der Brücke herum.

»Wenn bloß der Kerl mit Singen aufhören würde«, jammerte Hager plötzlich und war ganz grün im Gesicht, »der Mensch geht mir vielleicht auf die Nerven!«

Forst sang jetzt:

»Drunten im Tale liegt Haberstroh, Haberstroh,
drunten im Tale liegt Heu, ja Heu.
Jedesmal, wenn ich mein Maderl seh, Maderl seh,
freu' ich mich aufs neu,
jedesmal, wenn ich mein Maderl seh, Maderl seh,
freu' ich mich aufs neu.
Drum Maderl sei lustig,
wir sehen uns bald wieder, das sowieso,
nur noch gen Eeeengeland und USA –
dann ist alles vorbei!«

»Halt die Schnauze, oder ich bring dich um«, brüllte Hager nach unten; aber Forst lachte und sang weiter:

»Wir lagen vor Madagaskar
und hatten die Pest an Bord.
In den Kesseln, da faulte das Wasser,
und täglich ging einer über Bord.
Und sein kleines Maderl, an das denkt er so gern,
das zu Haus so heiß ihn geküßt,
und dann schaut er hinaus aufs weite Meer,
wo fern seine Heimat ist!«

Forst sang, und Hager brachte ihn nicht um. Aber plötzlich sagte Hager zu Forst hinunter: »Mensch, denk doch an den Kleinen!«

Daraufhin war Ruhe. Eine solche Ruhe, daß Hager am liebsten zu Forst hinuntergegangen wäre und zu ihm gesagt hätte: »Sing weiter, Forst, es war nicht so gemeint!«

Aber Forst schwieg jetzt verbissen. Hin und wieder hörte man ihn ein bißchen mit einer Panzerfaust klappern, ansonsten hörte man den Fluß und weiter nichts.

Horber schaute auf die Turmuhr hinüber. Es war Viertel nach zwei. Lange konnte es nicht mehr dauern. Auch vom Westen her war nichts mehr zu hören, kein Artilleriefeuer, kein Gefechtslärm. Scholten murmelte: »Da müssen doch noch Deutsche vor uns sein, sonst hätten die doch nicht mit der Ari geschossen!«

Er sinnierte vor sich hin, und dann hörte er plötzlich etwas. Einen Motor! Alle hörten ihn. Und dann kam das Geräusch näher, schwoll an.

»Ein Panzer«, schrie Scholten. Aber was da um die Ecke bog und die Straße heraufkam, ein prächtiges Ziel für die Maschinengewehre, für die Panzerfäuste von Walter Forst und für das Schnellfeuergewehr von Jürgen Borchart, war ein abgewrackter deutscher Lkw, an dem die Landser hingen wie ein Bienenschwarm am hölzernen First eines Hauses.

Der Lastwagen ratterte auf die Brücke, er fuhr im Schrittempo, hielt. Der Fahrer brüllte zu den Jungen heraus: »Wird gesprengt?« Scholten schrie zurück: »Nein, verteidigt!«

»Au verdammich«, fluchte der Fahrer, »dann nischt wie weg hier, denen wären wir ein willkommener Ersatz!« Gab Gas und wollte losbrausen, aber Scholten lief neben dem alten Karren her:

»Wie weit ist der Ami noch weg«, brüllte er, »sind noch Deutsche vor uns?«

»Nein«, schreien die vom Wagen zurück, »jetzt nicht mehr. Wir sind die Letzten. Uns hätte es auch erwischt, wenn wir nicht den Lkw aufgetrieben hätten. Der Rest ist zwei Kilometer weiter oben durch den Fluß. Der Ami läßt sich Zeit.«

Die Landser auf dem Wagen brüllen und schreien immer noch, aber Scholten kann nichts mehr verstehen. Er rennt, was er kann, doch er kommt nicht mehr mit und gibt auf.

Mit keuchender Brust geht er ganz langsam auf die Brücke zurück. Streckt beim Gehen hin und wieder die Arme in die Luft und holt tief Atem, wie er es in der Turnstunde gelernt hat. Auf der Brust wird ihm langsam wieder besser. Er schmeißt sich hinter das MG und sagt zu Albert Mutz: »Jetzt wird's dann Ernst werden, Mutz, das waren die Letzten. Aber sie sagen, der Ami läßt sich Zeit.«

Mutz hat dazu nichts zu sagen, aber er fragt: »Hast du zufällig eine Zigarette? Ich muß was rauchen, sonst fang ich an zu pennen!«

Keiner hat Zigaretten, Horber nicht, Borchart nicht, Hager nicht, Forst nicht und Scholten nicht. Aber Horber sagt langsam und betont: »Ich weiß, wer Zigaretten hat!«

Dann deutet er mit der Achsel zum Denkmal hinüber, wo unter einer Plane Siegi Bernhard liegt. Im selben Augenblick steht Horber schon wieder das Wasser in den Augen. Mutz hockt am Boden und heult, und Scholten sagt: »Verdammt! Verdammt!«

Forst stelzt hinüber zum Denkmal. Keiner schaut ihm zu. Er kommt mit einem halben Päckchen Zigaretten zurück, hält sie jedem unter die Nase. Mutz sagt: »Jetzt will ich nicht mehr rauchen!« Aber Forst erwidert ruhig: »Rauch nur, ihm helfen sie nichts mehr!«

Und dann rauchen sie alle.

Sie hocken auf ihren Stahlhelmen. Die Gedanken kreisen und bleiben immer wieder bei Siegi Bernhard hängen, beim Kleinen, beim Hosenmatz.

Horber sagte leise: »Ich möchte bloß wissen, warum es ausgerechnet ihn hat erwischen müssen. Wir sind sieben gewesen, warum ausgerechnet er?«

»Er hat vorher geweint, sicher hat er es geahnt!« meinte Mutz. Hager schüttelte den Kopf: »Er hat geweint, weil er Angst gehabt hat, und weil er Angst gehabt hat, hat es ihn erwischt.«

Nach einer kleinen Pause sagte Scholten nachdenklich: »Es hat ihn erwischt, weil es sein Schicksal war«, und darauf Borchart, rasch: »Es hat ihn erwischt, weil er der Schwächste war.«

Doch Forst tat all das mit einer verächtlichen Handbewegung ab. »Das ist alles Quatsch. Es hat ihn erwischt, weil er sich nicht hingelegt hat. Wenn er sich ordentlich hingeschmissen hätte, dann hätte er keinen Splitter in die Schläfe bekommen. Er war eben ein kleiner Junge. Das hier war nichts für ihn.«

Horber starrte noch immer vor sich hin: »Vielleicht hat er gerade geträumt, der kleine Siegi, von den großen Taten, die er im Leben vollbringen würde?« Keiner auf der Brücke verstand Horber so gut wie Albert Mutz. »Ich hab' ihn direkt geliebt! Wir waren viel beisammen«, sagte er, mit einem Schluchzen in der Stimme. Auf der Stirn des schwarzen Scholten erschien eine steile Falte. »Red keinen Quatsch, Mutz, wir alle haben ihn gern gehabt, jeder auf seine Art. Aber geliebt hat ihn keiner.«

»Doch, ich«, beharrte Mutz eigensinnig.

Forst sagte hart: »Mensch, was du Liebe nennst, das ist doch bloß Mitleid. Und mit dem kleinen Siegi brauchst du kein Mitleid mehr zu haben. Der hat's geschafft. Mit dem hast du ja auch gar kein Mitleid – du bemitleidest ja nur dich selbst, Menschenskind.«

Horber kam Mutz zu Hilfe. »Doch, Mutz hat recht, ich hab' ihn auch geliebt. Er ...«

»Hört endlich auf«, unterbrach ihn Forst wütend, »er ist tot. Leider. Aber nicht zu ändern. Wir bedauern es und sind traurig. Aber lieben? Lieben kann man bloß Weiber!«

Borchart sah ihn an und fragte: »Du meinst wohl Frauen, nicht wahr, Forst? Du meintest doch Frauen?« Ehe Forst antworten konnte, sagte Mutz stur: »Ich weiß überhaupt nicht, wie das ist, Weiber lieben!«

Daraufhin trat eine Pause ein, denn keiner von ihnen wußte es, außer einem, und auch der dachte jetzt an etwas anderes. Sie alle dachten jetzt an etwas anderes, und schließlich sprach es Hager aus: »Ich glaube, daß das Sterben gar nicht so schlimm ist!« Forst verzog den Mund: »Das Sterben nicht, aber das Totsein. Mensch, stell dir das doch vor! Alles, was du hast, was du tust, was du bist, das alles ist plötzlich weg, aus, vorbei. O du mein stilles Tal – und ob das schlimm ist.«

Hager hatte nicht zugehört. Er sinnierte weiter: »Es ist bloß schlimm, wenn du es im voraus weißt. Aber man weiß es ja nicht. Und man hofft immer, daß es einen nicht erwischt. Ich hoffe es ganz fest.«

Scholten sagte: »Das alles ist Schicksal!« Darauf Mutz: »Du sagst eben Schicksal. Ich bete ein Vaterunser, wenn es kracht!« Forst, spöttisch: »Du wirst keine Zeit dazu haben!« Mutz, ruhig: »Dazu hat man immer Zeit!«

Keiner antwortete jetzt noch. Alle hatten große Angst, und wenn es einer jetzt ausgesprochen hätte, vielleicht wären sie dann alle gegangen. Auch Scholten, auch Forst. Aber jeder genierte sich vor den anderen, und so blieben sie sitzen. Schließlich, als sei er den anderen eine Erklärung schuldig, sagte Mutz: »Ich bleibe wegen dem da drüben!« Er deutete zum Denkmal hinüber. Die anderen verstanden ihn sofort.

»Ein verdammt guter Grund«, sagte Scholten, »ein Grund, der es uns leichtmacht!«

»Was wohl der Stern dazu sagen würde«, fiel dem Mutz plötzlich ein, und alle dachten an ihren Studienrat.

Er war einer der wenigen Menschen, die fast nur Freunde hatten. Eine schwere Krankheit hatte ihn schon als Buben zum Krüppel gemacht, und als er damals nach langem Krankenlager in die Schule zurückkehrte, hatte ihn das Mitleid der anderen wie ein Schlag überfallen. Es war über ihn hereingebrochen, und er hatte sich forttragen lassen von diesem Mitleid.

Die Kameraden schonten ihn, die Lehrer halfen ihm. »Geht's noch, Stern?« fragten sie ihn manchmal, während die Klasse über einer Mathematikschulaufgabe brütete. Und dann beugte sich der Mathematiklehrer über das Blatt des Schülers Stern und half ihm, und die Schulfreunde nahmen es schweigend zur Kenntnis und erkannten, daß hier einer saß, der Hilfe brauchte.

Aber dem Schüler Stern fraß dieses Mitleid am Herzen, und je kümmerlicher und buckliger sein Körper heranwuchs, desto heller und lichter wurde es in diesem Körper, und eines Tages wußte der Schüler Stern, daß in einem verkrüppelten Körper ein gesunder, wacher Geist wohnen kann. Und er lernte und büffelte, löschte abends, wenn ihm seine Mutter »Gute Nacht!« gesagt hatte, gehorsam das Licht auf seinem Nachttisch, um es zehn Minuten später wieder anzuzünden und dann halbe Nächte über seinen Büchern zu verbringen.

Als der Erste Weltkrieg seine Schatten über das Land warf, hatte Stern das Abitur gemacht, das beste Abitur der Klasse, und als sich die anderen freiwillig meldeten, war er auch dabei. Aber als sie begeistert zum Bahnhof zogen, von klingender Marschmusik und vom Jubel geleitet, stand er hinter den Fenstern seines Zimmers und starrte durch die Scheibengardinen auf die Straße hinunter. Und das ›Untauglich‹ fraß an seinem Herzen, wie damals das Mitleid. Er saß in den fast leeren Hörsälen der Universität und lernte, während von draußen die ersten Briefe kamen. Er erteilte Nachhilfeunterricht an die Söhne reicher Eltern, als in den Zeitungen die ersten Anzeigen für seine gefallenen Freunde und Schulkameraden erschienen. Und wenn er abends, bucklig und gekrümmt, durch die Straßen der Stadt stolperte, empfand er es als Makel, zu Hause zu sitzen, während die anderen verbluteten. Er meldete sich wieder, aber die wollten ihn nicht. Und sie sagten: »Mann, seien Sie doch froh, daß wir Sie nicht brauchen können. Tausend andere wären froh, und Sie jammern!«

Dann, in den Nachkriegsjahren, machte er sein Examen, und dann kam Gisela. Plötzlich war sie in sein Leben getreten. In einem Nachtlokal, bei einer feuchtfröhlichen Feier mit jungen Kollegen, hatte er das Mädchen kennengelernt; und als er Gisela heimbrachte und sich an ihrer Haustür verabschiedete, wußte er, daß diese Frau einem Wunschbild entsprach, das er lange vergeblich gesucht hatte. Sie verbrachten herrliche Monate zusammen; dann kam der Sommer, und immer häufiger passierte es, daß Gisela eine Verabredung ausschlug, weil sie gerade diesen Nachmittag zum Baden oder zum Rudern fahren wollte.

Einmal war er mitgekommen, hatte seine Badehose angezogen und dann am Strand auf sie gewartet. Schließlich war sie herangelaufen, in ihrem blauen Badeanzug, ein Bild körperlicher Vollkommenheit, und er hatte sie angestarrt. Bei jedem Wort, das sie an jenem Nachmittag zu ihm sprach, fühlte er ihr Mitleid. Innerlich bäumte er sich gegen dieses Mitleid auf, aber er wollte das Mädchen nicht verlieren. Zwei Tage später nahm er die Einladung von Freunden an und brachte Gisela mit.

Zuerst war alles gutgegangen. Sie hatten auf der Terrasse Kaffee getrunken, dann lud einer der Freunde Gisela zu einer Tennispartie ein. Der bucklige Stern saß auf der Terrasse und schaute ihnen zu, wie sie sich drüben am Tennisplatz die Bälle zuschlugen, wie Gisela, biegsam und gewandt, den Platz beherrschte, wie sie herumtollte, voll glücklicher Lebensfreude. Da stand er auf und ging. Er sah Gisela nie mehr. Am nächsten Tag verließ er die Großstadt und trat in der Provinz eine Stelle als Studienassessor an.

Er war ein guter Lehrer, ein Fachmann in seinen Wissensgebieten, aber er war ein schlechter Erzieher. Die Schüler fürchteten ihn. Er war gerecht, aber hart. Das änderte sich erst an jenem Tag, als ein kleiner Steppke, der eben erst in die Klasse gekommen war, nach der Stunde zu ihm hinging und ihn mit großen, vertrauensvollen Augen fragte, ob er nicht bereit wäre, die Modellgruppe der Klasse zu übernehmen. Sie würden gerne Schiffe basteln und hätten niemanden, der ihnen zur Hand gehe. Da wußte Studienassessor Stern plötzlich: Hier war jemand, der kein Mitleid mit ihm hatte, der seine körperliche Mißbildung als Selbstverständlichkeit betrachtete und der Vertrauen und Hilfe von ihm erwartete.

Und Studienassessor Stern begann, seine Schüler kennenzulernen, sie zu lieben, mit der ihm eigenen Bereitschaft, jeden gern zu haben. Mit unermüdlichem Eifer brachte er es soweit, daß ihm die Schulleitung einen langgestreckten Raum im Dachgeschoß zur Verfügung stellte; und mit seinem eigenen Geld schuf er die Grundlage für die Bastelabteilung, die dereinst der Stolz der Schule werden sollte. Da saßen sie an den Nachmittagen an ihren Werkbänken und hämmerten, sägten, feilten und schliffen an blanken Schiffsrümpfen herum.

Und eines Tages war es soweit. Sie zogen mit vier schnittigen Modellbooten zum Schwimmbad und starteten eine Regatta. Als er die Buben an der Ufermauer knien und die Boote zu Wasser setzen sah, wußte Studienassessor Stern, diese Buben waren seine Aufgabe. Eine Aufgabe, die er erfüllen konnte, obgleich er ein Krüppel war. Und als er in einem weiteren Speicherraum der Schule eine Tischtennisplatte aufgestellt hatte und selbst bald jeden Gegner meisterte, dachte er an Gisela und: Was war ich für ein Idiot!

In jenem Winter zog er mit seiner Klasse für vierzehn Tage auf eine Skihütte; und wenn er auch sein körperliches Gebrechen spürte, so richtete ihn die Verehrung, das Vertrauen seiner Schüler wieder auf.

Es war eine kleine Klasse, die er dann übernahm, sieben Buben und acht Mädchen. Selten hatte er zu einer Klasse den Kontakt bekommen, den er hier bekam. Er freute sich jeden Morgen, die jungen Gesichter zu sehen, und er arbeitete mit Eifer daran, die guten Anlagen in jedem seiner Schüler zu wecken, die schlechten auszuschalten. Er kannte sie alle, und er lernte sie noch besser kennen, als er auch die Mütter und Väter kennengelernt hatte.

An jenem Abend, als sich die Amerikaner der Stadt näherten und der Gefechtslärm von der Brücke heraushallte, stand Studienrat Stern in der Kirche und betete: »Vater unser, verschone meine Buben.«

Die Buben saßen schweigend herum. Jeder hing seinen Gedanken nach. Es regnete. Nicht stark, trotzdem fröstelten die übernächtigten Körper.

Forst reichte noch mal das Zigarettenpäckchen herum. Vier Stück waren noch drin. Sondermischung. Sie teilten sich drei, die vierte blieb übrig. Forst steckte sie wieder in die Tasche. Alle saugten an den halben Zigaretten. Scholten patschte ein dicker Regentropfen auf die Glut. Er riß das nasse Stückchen weg und zündete den Stummel noch mal an. Aber das Papier hatte so viel Feuchtigkeit aufgesogen, daß sich die Gummierung löste.

»Scheißzeug«, fluchte Scholten vor sich hin und schleuderte die Kippe in die trübe Wasserlache, die sich zwischen Gehsteig und Straßenrand auf der Brücke gebildet hatte.

Sie hockten auf ihren Stahlhelmen, als hätten sie völlig vergessen, wozu sie eigentlich auf dieser Brücke ausharrten, was sie auf dieser Brücke erwartete. Aber in Sekundenschnelle wurde es ihnen ins Gedächtnis zurückgerufen.

Aus der Ferne wuchs ein leises Dröhnen und Brummen heran, unaufhaltsam kroch es näher. Die sechs sprangen wie elektrisiert auf, lauschten, starrten nach Westen und sahen sich dann an: Sechs kalkweiße Gesichter mit großen, unnatürlich großen, brennenden Augen. Dann setzten sie die Helme auf, keiner sprach ein Wort.

Borchart raste auf die Kastanie los, hing nach drei, vier Kletterzügen schon am ersten Ast, wand sich hinauf wie ein Affe und verschwand weiter oben hinter dem Stamm. Walter Forst ging, immer noch an der Zigarette ziehend, betont lässig die Brückenauffahrt hinunter, zu seinen Panzerfäusten. Scholten setzte sich hinter das linke Maschinengewehr, legte sich dann hin und spähte über das Visier durch die Lücke zwischen Mauervorsprung und Bruchsteinwall. Albert Mutz öffnete neben ihm den ersten MG-Kasten, dann den zweiten, rückte sich alles zurecht, ließ die Gurte nochmals durch seine Hände gleiten. Horber warf sich hinter das MG auf der rechten Seite und bedeutete Hager, den Kasten zu öffnen, einen Gurt einzulegen. So lagen sie auf der Lauer, mit bis zum Zerreißen gespannten Nerven.

Horber fühlte, wie die Spannung in ihm hochkroch, von ihm Besitz ergriff. Am liebsten hätte er einmal ganz kurz auf den Abzug gedrückt, das Gewehr ein bißchen rattern lassen, bloß einmal, damit diese endlose, unheilvolle Spannung wich. – Aber er tat es nicht. Er lag und wartete, wie die anderen auch.

Das Motorengeräusch war inzwischen lauter geworden. Es konnte nicht mehr lange dauern, dann waren sie da. Wie wird es wohl werden? fragte sich Albert Mutz, was wird eigentlich geschehen? Ob es lange dauert, bis man tot ist, ob man es noch merkt? Oder ob es bloß die anderen feststellen werden? (Aha, den Mutz hat's auch erwischt!)

Höchste Zeit, daß sie kommen, dachte Scholten, höchste Zeit. Ich halte das noch zwei Minuten aus, länger nicht, auf keinen Fall. Ich werde jetzt bis hundertzwanzig zählen, dann muß es soweit sein!

Und Scholten fing an zu zählen: Eins, zwei, drei, vier, fünf, sechs, sieben, acht ... dreiunddreißig, vierunddreißig, fünfunddreißig. Aber er hörte wieder auf.

Borchart auf dem Baum dachte an gar nichts. Er kauerte hinter dem Stamm, hatte das Schnellfeuergewehr auf die Straße gerichtet, die der Ami passieren mußte, und kam sich vor wie eine geballte Ladung. Er brauchte nur den Zeigefinger der rechten Hand zu krümmen, einen Zentimeter vielleicht, dann flog diese geballte Ladung, die sich in ihm gestaut hatte, in die Luft. Borchart spielte mechanisch am Abzug. Bewegte ihn von der Ruhestellung immer wieder bis zum toten Punkt, ließ ihn dort anstoßen, ganz leicht nur, und dann wieder zurückschnappen in die Ausgangsstellung.

Hager stieß Horber an. »Ich glaube, jetzt geht's los!« sagte er. Und dann erstarrten sie plötzlich, die vier auf der Brücke und der fünfte auf dem Baum.

Ganz deutlich hörten sie Walter Forst. Er pfiff. Dieses Pfeifen klang dünn und stand irgendwie außerhalb des Motorenlärms, der da auf sie zukam.

Walter Forst pfiff das Lied:

»Denn heute gehört uns Deutschland
und morgen die ganze Welt!«

Es lag etwas Perfides in diesem Pfeifen, etwas Diabolisches. Scholten dachte: Dieses Pfeifen muß aufhören, sonst werd' ich verrückt!

Da fiel ihm plötzlich etwas ein. Etwas sehr Wichtiges. Er mußte es den anderen noch sagen. Er stand auf, lief gebückt zu Horber hinüber, dann unter die Kastanie, rief etwas hinauf, rannte schließlich unter den Brückenbogen, zu Forst.

Das Pfeifen hörte auf. Langsam kam Scholten zurück, legte sich wieder hinter das Maschinengewehr. Er hatte den anderen gesagt, daß sie nicht schießen sollten, bevor er selbst auf ›die Tube gedrückt‹ hatte.

»Vielleicht«, meinte Scholten, »fallen die Amis darauf herein. Vielleicht glauben sie, auf dieser Brücke sei keine Gefahr. Vielleicht ziehen sie seelenruhig auf uns zu. Zu sehen ist hier auf der Brücke nichts. Sie werden nicht damit rechnen, daß sie hier auf Widerstand stoßen.«

Und mitten in das Dröhnen der herannahenden Panzer fiel plötzlich wieder das Singen von Flugzeugmotoren.

Es bedurfte keines Kommandos. Wie der Blitz sprangen die vier hinter den Maschinengewehren auf und rasten auf beiden Seiten der Brücke hinunter zu Walter Forst, in sichere Deckung. »Ihr habt euch den besten Luftschutzkeller ausgesucht«, sagte der grinsend und deutete auf die Panzerfäuste.

Sie konnten die Flugzeuge nicht sehen, die da zwei-, dreimal quer über die Brücke flogen, aber sie hörten die Motoren und warteten auf das Pfeifen. Bereit, sich in den Dreck zu schmeißen, die Finger in die Ohren zu bohren, den Mund aufzureißen und zu warten. Sie warteten vergebens.

Die Flugzeugmotoren wurden leiser. Das Geräusch verschwand ganz. Mensch, dachte Scholten, die fliegen jetzt heim und melden: Mit dieser Brücke ist alles in Ordnung. Kein Schwein ist mehr auf dieser Brücke. Und dann wird der Herr General auf der anderen Seite sagen: All right, dann wollen wir mal! Und seine Armee losschicken.

Die sechs auf der Brücke hatten sich an das Dröhnen der Panzer gewöhnt. Es steigerte sich so allmählich, daß sie fast kein Lauterwerden des Motorengeräuschs empfanden. Der erste *Sherman* bog in die Straße, als Hager gerade zu Horber sagte: »Mensch, jetzt muß ich schiffen!«

»Du kannst jetzt nicht mehr schiffen, das hättest du früher machen können«, zischte Horber wuterfüllt. Im gleichen Augenblick brüllte Scholten: »Sie kommen! Sie kommen!«

Ruckartig wandten sich auch Horber und Hager der Straße zu. Und dann sahen sie ihn alle, den graugrünen Koloß, der da mahlend und klirrend die Fahrbahn von Westen heraufkam. Ruhig und gelassen wälzte sich das Ungetüm heran, und dann sahen die sechs noch etwas. Links und rechts an den Häuserfronten gingen Menschen. Soldaten in olivgrünen Windjacken, mit komischen Gamaschenschuhen an den Beinen, runden Helmen über den olivgrünen Jacken und Gewehren in den Händen.

Langsam und vorsichtig bewegten sich die Soldaten an den Häusern entlang, traten hier und da einmal in eine Hofeinfahrt, kamen wieder heraus, rissen einmal drohend die Gewehre empor und richteten sie gegen die Fenster in einem der oberen Stockwerke, warteten sekundenlang, gingen dann wieder weiter.

Zweihundert Meter trennten den Panzer jetzt noch von der Brücke. Hinter ihm, mit acht bis zehn Metern Abstand, die Männer in den Windjacken. Sichernd und beobachtend bewegte sich die Gruppe auf die Brücke zu, und jetzt sahen die Jungen, wie hinten ein weiterer Tank in die Straße bog und noch ein dritter. Soldaten hockten auf den beiden Panzern, in einem dicken Rudel, mit Gewehren bewaffnet und nach allen Seiten spähend, bereit, jederzeit von den Fahrzeugen zu springen und sich am nächsten Hauseck zu verschanzen.

Vielleicht noch hundert Meter war jetzt der erste Panzer von der Brücke entfernt. Die Infanteristen waren auf gleicher Höhe mit ihm. Borchart saß auf dem Baum und schaute abwechselnd auf die näher kommenden Amerikaner und hinunter zu Scholten. Forst spähte hinter der Brückenrampe hervor auf die Straße, die Panzerfaust unter den Arm geklemmt, und lauschte angestrengt nach oben. Horber blickte zu Scholten hinüber, deutete ihm verzweifelt, doch endlich anzufangen.

Hager dachte: Verdammt, ich muß schiffen, ich muß doch . . ., und spürte plötzlich, wie das Wasser von ihm lief, ohne daß er es hätte halten können. Scholten und Mutz aber, am Maschinengewehr auf der linken Brückenseite, schauten nur auf den heranrollenden Panzer, auf die sichernden, olivgrünen Gestalten links und rechts an den Häusern. Mit zusammengebissenen Zähnen starrten sie hinüber. Der scharf angezogene Kinnriemen des Stahlhelms verlieh den Bubengesichern männliche Härte. Sie lagen, starrten und warteten. Ernst Scholten wunderte sich über sich selbst. Bin gespannt, dachte er, wie lange ich das noch aushalte!

Die Mutter von Albert Mutz ist eine seltsame Frau. Der Mann, den sie vor zwanzig Jahren geheiratet hatte und dem sie zwei Söhne gebar, erwies sich als Versager. Im Leben, im Beruf, auch in der Familie. Eine andere Frau an ihrer Stelle hätte das vielleicht zwei, drei Jahre mitgemacht, dann hätte sie die beiden Buben unter den Arm genommen und wäre diesem Mann davongelaufen, heim, zu den Eltern, oder sonstwohin. Hätte sie so ausgesehen, wie die Mutter von Albert Mutz, wäre sie sonstwohin gelaufen und nicht zu den Eltern. Aber Frau Mutz blieb bei ihren Kindern.

Frau Mutz gehört zu der Art von Frauen, die so aussehen, daß sich die Männer geradezu darum zu reißen scheinen, für sie sorgen zu dürfen. Sie zu verwöhnen, nur um sie immer um sich zu haben.

Wenn an den Sonntagen Uniformierte auf der Straße für das Winterhilfswerk sammelten, dann sagten sie zu ihr: »Sicher geben Sie und Ihr Bruder auch eine kleine Spende fürs WHW!« Der Bruder war ihr jüngster Sohn Albert.

Er liebte seine Mutter. Er war stolz auf sie, wenn sie sonntags gemeinsam zur Kirche gingen. Immer, wenn er sie ansah, empfand er ein tiefes, beglückendes Gefühl. Besonders wenn sie an den Abenden am Klavier saß und ihre Hände die unsterblichen Werke von Bach, von Chopin, von Beethoven erklingen ließen. Albert Mutz schloß dann die Augen, kauerte zu Füßen seiner Mutter und ließ sich forttragen, weit fort.

Eines Abends brachte er einen mageren, schlaksigen Jungen mit nach Hause. Ein unansehnlicher Bursche, mit gelblichem, krankhaft aussehendem Gesicht, pechschwarzen, wilden, ungekämmten Haaren.

»Das ist Ernst Scholten«, stellte Mutz den Schulfreund seiner Mutter vor. »Er hört so gern Musik.«

Die Mutter faßte keine sonderliche Zuneigung zu dem neuen Schulkameraden ihres Sohnes. Ein richtiger schwarzer Teufel, dachte sie sich im stillen. Aber Ernst Scholten kam wieder. Er brachte seine Flöte mit, und der damals Vierzehnjährige spielte sein Instrument mit solcher Hingabe und Meisterschaft, daß die Frau am Klavier oft in Versuchung war, die Hände auf den Tasten liegenzulassen und ihn anzusehen.

»Deine Mutter ist eine wunderbare Frau«, pflegte Scholten hin und wieder nach solchen Abenden zu Albert Mutz zu sagen. Und seine sonst spröde Stimme wurde weich, wenn er so etwas sagte. Albert Mutz empfand eine leichte Eifersucht.

Was war los mit diesem Scholten? Wo konnte man ihn fassen, ergründen? Er war frech in der Schule, bodenlos frech. Aber er stellte sich gegen die gesamte Klasse, als es darum ging, ob man dem Religionslehrer den Reißnagel auf den Kathedersessel legen sollte oder nicht. Ernst Scholten war einer der eifrigsten Frager im Religionsunterricht und ging wöchentlich zweimal mit den anderen zur Pfarrstube bei der Kirche, als der Religionsunterricht in der Schule eingestellt werden mußte. Dabei stand in seinen Personalien: Bekenntnis — gottgläubig.

Scholten lebte in einem kleinen Gutshof bei der Stadt. Seine Eltern hatten ihn dort hingeschickt, als es in der westdeutschen Großstadt, aus der er stammte, mit den Fliegerangriffen immer bedrohlicher wurde. Und ihm war es recht. Er hatte seine Eltern auch zu Hause nicht oft gesehen. Der Vater war dauernd unterwegs, bei Besprechungen, bei Konferenzen und Versammlungen. Die Mutter war bei ihren Freundinnen, besuchte Wohltätigkeitsveranstaltungen, und hin und wieder bekam sie auch Besuch. Dann hieß es: »Ernst, geh ins Bett!«

Morgens standen im Salon noch die Gläser vom vergangenen Abend, halbvoll mit schwerem Likör. Und der Raum war erfüllt vom süßlichen, französischen Parfüm seiner Mutter. Wie er dieses Parfüm haßte! Er konnte es keinem Menschen sagen — wirklich keinem, denn er hatte niemanden. Auf dem Bücherbord in seinem Zimmer fanden sich Spinoza, Schopenhauer, Rilke, und ein Band Nietzsche stand zwischen dem zweiten und dritten Teil von Karl Mays *Winnetou.* Er las, aber er war nicht imstande, alles Gelesene zu verdauen, und so war es ein seltsames, irrlichterndes, abwegiges Weltbild, das in Ernst Scholten zu wachsen begann.

Auf dem Bauernhof bei der kleinen Stadt wurde das anders. Ernst war morgens mit den Stallmägden bei den Kühen, lernte spielend die landwirtschaftlichen Verrichtungen. Fuhr mit dem Rad zur Schule und streifte nachmittags stundenlang allein durch die weiten Wälder der Umgebung. In einem Schrank hingen zwei Kleinkalibergewehre. Manchmal nahm er eines auf seine Streifzüge mit, und manchmal brachte er einen Hasen, eine Wildente und einmal auch einen Rehbock mit nach Hause. Scholten wußte genau, daß das verboten war, was er tat. Aber er fühlte sich nicht von Skrupeln geplagt, wenn er auf den Anstand ging. Er wußte: Ich darf nicht erwischt werden, sonst fliege ich von der Penne und es gibt einen furchtbaren Wirbel! Deshalb war er vorsichtig. Aber nicht etwa, weil er ein schlechtes Gewissen hatte.

Mit Leidenschaft ging er zum Fischen. Stundenlang konnte er am Ufer des Flusses sitzen oder barfuß einen der zahlreichen Bäche hinaufwaten und den Bindfaden mit dem Köder auswerfen. Oft aber ging er ohne Angelschnur und Gewehr ziellos durch die Wälder. Er konnte mit seiner Flöte ganze Abende irgendwo draußen, auf einem Baumstamm sitzend, verbringen und in leisen, kleinen Tonfolgen vor sich hinträumen.

Die Nächte in seiner kleinen Kammer waren lang. Besonders die Sommernächte, wenn die Schwüle zu den Fenstern hereindrängte und dunkle Gewitterwolken sich im Westen auftürmten, konnte Ernst Scholten oft stundenlang keinen Schlaf finden, und wenn er dann die junge Magd in der benachbarten Kammer herumhantieren hörte, wenn er hellwach und schwitzend auf dem groben Leinen lag, dann spielte er mit dem Gedanken: Hinübergehen! Schauen, wie das ist. Aber es wäre eben nicht Ernst Scholten gewesen, wenn er gegangen wäre.

Einmal war er an einem drückendheißen Hochsommernachmittag zum nahen Fluß hinuntergelaufen, hatte die zerschlissene Tuchhose abgestreift, das karierte Wollhemd über den Kopf gezogen und war in den Fluß gesprungen. Dann hatte er sich auf eine der Steinplatten der Uferverbauung gelegt und in den wolkenlos blauen Himmel gestarrt, bis ihn plötzlich ein Geräusch aufschreckte. Knappe dreißig Meter war er flußabwärts gegangen, hatte sich durch das Weidengestrüpp gezwängt und hatte plötzlich zwei Menschen vor sich im Sand liegen und kämpfen gesehen. Er wollte schon hinlaufen, da verhielt sein Schritt. Die beiden kämpften gar nicht. Schamrot war er weggegangen und hatte sich hastig angezogen. So also ist das, hatte er damals gedacht, so also ist das! Sein Schlaf war seitdem nicht besser geworden, aber er spürte auch nicht mehr die Versuchung, in die andere Kammer hinüberzugehen.

Hin und wieder traf er sich mit den Kameraden. Fast immer hatte er dann eine Idee. Zweimal leerten sie die Fallnester einer Hühnerfarm und schwelgten, fast ohne Gewissensbisse, in ganzen Bergen von Rührei, und die letzten Skrupel verloren selbst Albert Mutz und der kleine Siegi Bernhard beim anschließend gebrauten Eierlikör. Das waren die Orgien, die man hin und wieder feierte. Jeder brachte von zu Hause etwas mit. Ein paar Zigaretten, die man aus Vaters Schreibtisch gezwickt hatte, ein Glas Eingemachtes aus Mutters Keller oder eine Flasche Wein.

Einmal waren sie in das verlassene Bergwerk bei den Hügeln vor der Stadt gezogen. Mit Taschenlampen hatten sie sich in einen Stollen geschlichen, und als Borchart, Hager und Horber streikten und mit dem kleinen Bernhard den Stollen wieder verließen, waren Mutz, Forst und Scholten weitergegangen. Nachdem sie das Ende des Stollens erreicht hatten, ohne etwas Besonderes erlebt zu haben, machten die drei wieder kehrt und gingen zurück. Hin und wieder löste sich ein Brocken Erdreich aus der Stollendecke, und dann kroch den dreien jedesmal ein sonderbares Gefühl die Wirbelsäule hoch. Zugegeben hätte es keiner.

Plötzlich aber hörten sie ein dumpfes Poltern. Sie rasten jetzt den Stollen entlang, und dann standen sie vor einem Wall aus Erdreich, Schutt und Steinen. Keiner war unter ihnen, dem nicht blitzartig klargeworden wäre, was das zu bedeuten hätte.

»Los«, sagte Scholten, totenblaß geworden, »nichts wie ran und arbeiten!« Er schaltete die Taschenlampe aus, alle drei krochen den Schuttwall hinauf und begannen wie die Besessenen, mit bloßen Händen zu graben.

»Wenn der Dreck weiter nachkommt, sind wir verratzt«, flüsterte Scholten, »aber wir müssen es probieren!«

Keiner wußte, wie lange sie geschuftet hatten, jedenfalls brachte Forst schließlich eine kleine Lücke frei und zwängte sich wie eine Schlange hinein. Die andern beiden warteten, bis sie Forst wie aus weiter Entfernung rufen hörten: »Ich bin durch!« Mutz und Scholten plagten sich hintereinander durch die freigeschaufelte Stelle und rutschten drüben, Kopf voran, den kleinen Schuttkegel auf den Stollenboden hinunter. Dann gingen sie schweigend zum Ausgang.

Als sie das Tageslicht schimmern sahen, begannen sie zu laufen, und draußen erst wurde es ihnen richtig klar, was sie soeben überstanden hatten. »Pfui Teufel«, sagte Ernst Scholten und spuckte auf den Boden.

Dann lachten sie alle drei, verlegen. Die anderen vier waren nicht weit weg, sie spielten ›Indianerüberfall‹. Langsam gingen

Scholten, Mutz und Forst zu ihnen hinüber. Halben Wegs drehte sich Scholten zu den beiden anderen um: »Wir wollen das für uns behalten!«

Die Jugend war durch das Regime organisiert. Jeden Mittwochnachmittag traf man sich auf dem Sportplatz oder im Jugendheim zum ›Dienst‹. Scholten war auch hier ein Außenseiter. Er kam nie, besaß nicht einmal eine Uniform und war wahrscheinlich in den Listen der Organisation nicht einmal geführt. Das hielt ihn nicht davon ab, am Donnerstagmorgen hin und wieder zu Studienrat Stern zu gehen: »Ich bitte um Entschuldigung, Herr Professor, aber ich konnte das Gedicht nicht lernen. Gestern war nämlich Dienst!«

Scholten sagte nicht: »Ich war beim Dienst«, sondern, »es war Dienst!« Und darin lag für ihn ein himmelweiter Unterschied. Das eine war ein Trick, das andere wäre eine Lüge gewesen; und Scholten log nicht. Hätte ihn der Studienrat gefragt: »Wie lange warst du beim Dienst?«, so hätte Scholten zugegeben: »Ich war überhaupt nicht beim Dienst!« Und dann hätte er seinen Verweis mit Anstand kassiert. Es wäre nicht der erste gewesen.

Am Tage, an dem Scholten die Aufforderung erhielt, sich abends in der Kaserne einzufinden, packte er seine Sachen. Dann nahm er den Rucksack in die linke, die Flöte in die rechte Hand und ging in die Wohnung von Albert Mutz. Dort wartete er geduldig, bis Albert mit seinem Zeug fertig war, und bat dann seine Mutter: »Bitte spielen Sie noch einmal!«

Schweigend setzte sich die Frau ans Klavier und begann zu spielen.

Ernst Scholten ging inzwischen leise zum großen Wandschrank, öffnete ihn behutsam und legte seine Flöte hinein.

»Also dann, auf Wiedersehen, Mutter!« sagte Albert Mutz, stand auf und nahm seinen Rucksack. Die Mutter trat zu dem Weihwasserbecken neben der Tür, tauchte die Fingerspitzen hinein und zeichnete ihrem Sohn ein Kreuzzeichen auf die Stirn. Dann legte sie ihm die Arme auf die Schultern und küßte ihn.

Scholten stand mit harten, fordernden Augen daneben.

»Behüt' dich Gott, mein Junge«, sagte sie zu Albert, und dann begegnete sie den dunklen Augen in dem weißen Gesicht neben dem ihres Sohnes. Und sie nahm den schwarzen, mageren Buben in die Arme und sagte: »Passen Sie gut auf meinen Jungen auf und auf sich selbst!«

Albert Mutz sagte nochmals: »Also dann, auf Wiedersehen!« Und Ernst Scholten, hölzern: »Leben Sie wohl, gnädige Frau!«

Erst als sie fortgegangen waren, fiel es ihr plötzlich auf. »Leben Sie wohl«, hatte er gesagt. Und als sie abends die Noten in den Schrank legte, fand sie die Flöte.

Ernst Scholten liebte das Leben. Und nun lag er mit zusammengebissenen Zähnen hinter einem Maschinengewehr, um den Befehl eines Generals auszuführen. Lag er überhaupt noch da, um diesen Befehl auszuführen? War es nicht längst etwas anderes, das ihn gepackt hatte? Etwas Unerklärliches, das ihn hierzubleiben zwang?

Ernst Scholten hatte den Kolben des Maschinengewehrs umklammert. Sein Finger lag am Abzug. Der Panzer war noch etwa zehn Meter von der Brücke entfernt, die Soldaten vielleicht fünfzehn, zwanzig Meter.

»Jetzt«, sagte Ernst Scholten und krümmte den Finger. Dann spürte er die Stöße des Gewehrs an seiner Schulter.

Die sechs hatten eine vierzehntägige militärische Ausbildung erhalten. Sie erschöpfte sich im Geländedienst und der flüchtigen Erklärung der Waffen. Und wenn den Sechzehnjährigen auf der Brücke jetzt eine vollendete Überraschung gelang, dann deshalb, weil sie ihre Stellungen und Positionen in so haarsträubendem Gegensatz zu jeder militärischen Überlegung gewählt hatten, weil diese Brücke so völlig wider jede gebräuchliche Strategie verteidigt wurde. Das war ein ›Indianerhinterhalt‹, mit dem vielleicht gleichaltrige *boyscouts* aus Übersee, aber keinesfalls geschulte Truppen hätten rechnen können.

Ernst Scholten spürte schmerzhaft das Stoßen des Maschinengewehrs an seiner Schulter. Er fuhr nicht wild mit dem Lauf herum, nein, einen einzigen Olivgrünen hatte er sich aufs Korn genommen, er stemmte sich gegen die Schulterstütze und hielt auf diesen Mann. Er sah links und rechts neben dem Soldaten Mörtel von der Hauswand spritzen und schoß weiter. Das Maschinengewehr schlug und stieß auf dem Zweibein. »Halt doch fester, Mutz! Mensch, halt doch fester!« brüllte Scholten, und Mutz hielt, auf dem Rücken liegend, mit der Linken und ließ durch die Rechte den Gurt gleiten. Und Scholten ließ den Finger am Abzug, und dann sah er den Mann langsam vornüberkippen, ganz langsam, und er schoß weiter, bis der Soldat in seiner ganzen Länge auf dem Boden aufschlug.

Karl Horber schoß mit dem Maschinengewehr wie ein Verrückter. Brüllte aus vollem Hals, mit verzerrtem Gesicht, und schoß, schoß auf die Soldaten an den Hausmauern.

Und dann setzte ein Inferno ein.

Der Panzer spuckte Feuer, wie ein behäbiger, satter Drache, mahlte auf die linke Straßenseite, dann wieder auf die rechte. Ein Krachen, Knattern und Flirren lag in der Luft, verlief im niederprasselnden Regen und erhob sich aufs neue. Die Soldaten waren plötzlich verschwunden, bis auf drei, vier olivgrüne Gestalten, die regungslos auf der Straße lagen. Aber die vier auf der Brücke erhielten Feuer. Das klatschte gegen die Mauervorsprünge, stob sirrend gegen die Bruchsteine und zerschlug sich.

Scholten hielt jetzt blindlings in den Raum vor der Brücke, schwenkte den Lauf ebenso wie Horber. Der Gurt war leer. Albert Mutz schob den neuen heran, mit schnellen, nervösen Händen. Scholten legte ihn ein, verklemmte ihn, riß die Halterung noch mal auf und schob den Gurt zurecht.

Und dann zog er, mit verkniffenem Gesicht, wieder den Abzug.

Erst einer, dachte er und sah plötzlich wieder Siegi Bernhard vor sich, den Kleinen, und dann hatte er die Olivgrünen wieder erspäht. Sie hatten sich in die Häuser zurückgezogen und lagen jetzt in den Fenstern der oberen Stockwerke, schossen heraus, was das Zeug hielt. Und an der Brückenauffahrt immer noch der Panzer, mahlend, feuerspeiend, ein urweltliches Ungetüm.

Jürgen Borchart hockte hinter seinem Baumstamm. Er hatte das Schnellfeuergewehr längst gegen den gewohnten Karabiner vertauscht. »Triffst nix, du Scheißding«, hatte er geflucht und den K 98 in die Hand genommen. Jetzt saß er wohlgeborgen dort oben und nahm die Fenster aufs Korn, eines nach dem anderen. Die wußten nicht, wo das herkam, wunderten sich offenbar, und immer wieder schaute einer raus, schoß auf die Maschinengewehrnester an der Brücke und bot ihm dabei ein deutliches Ziel. Einen, zwei sah er erschreckt zurückfahren, nachdem er abgedrückt hatte und einer blieb mit herabhängenden Armen auf dem Fensterbrett liegen.

Walter Forst hatte unter der Brücke gewartet, bis die Schießerei losgegangen war. Jetzt lag er, weit von seinem sicheren Unterschlupf entfernt, am Brückenrand und beobachtete den Panzer. Der fuhr nach links und fuhr nach rechts, feuerte aus allen Rohren, kam einmal auf Walter Forst zu, direkt auf ihn zu, so daß er schon sicher war, sie hätten ihn gesehen, drehte dann aber wieder halb ab und schwenkte den Turm in die entgegengesetzte Richtung. Nachdem das drei-, viermal geschehen war, wurde Forst eiskalt.

Die da drin haben überhaupt noch nichts gesehen, schloß er, sonst würden sie nicht wahllos in der Gegend rumfunken. Langsam schob er die Panzerfaust vor und lauerte. Halbhoch mußt du anhalten, dachte er, genau zwischen Turm und Wanne muß das hinzischen, dann schießen die nicht mehr!

Wieder kam der Panzer auf seine Seite. Warum fährt der nicht einfach über die Brücke hinüber und macht uns von hinten fertig, fragte sich Walter Forst, um gleich darauf zu folgern: Die meinen, wir sind ein verspätetes Sprengkommando und warten bloß darauf, sie hochgehen zu lassen!

»Wenn er das nächstemal kommt, drück' ich ab«, sagte Walter Forst.

»Ihr könnt Gift darauf nehmen«, drohte er zu dem Panzer hinüber, »ich mach' Ernst!«

Und der Panzer mahlte wieder direkt auf ihn zu. »Wenn du jetzt wendest, ist es vorbei mit dir«, flüsterte Walter Forst, und seine Augen funkelten. Er lag da und lauerte, gespannt bis zum Bersten. Der Panzer machte wieder eine halbe Wendung. Forst hielt genau hin, drückte los.

Ein Feuerstrahl schoß aus dem Rohr unter seinem Arm. Und dann schienen Sekunden zu vergehen, Minuten, Stunden — aber es war nicht einmal das Zehntel einer Sekunde vergangen, da krachte der Deckel am Turm des Panzers hoch, schwarzer Qualm stieg aus der Luke.

Der Panzer drehte sich, knirschend, ratternd und mahlend, wie ein betrunkener Koloß.

Und dann blieb er stehen.

»Ich hab' ihn«, brüllte Forst, »ich hab' ihn. Kinder, ich hab' einen Panzer geknackt, hurra!«

Walter Forst schien verrückt geworden. Aus allen Fenstern in Brückennähe krachte es, und er stand aufrecht neben der Brücke und führte einen Indianertanz auf. Mit verbissener Freude hatten die anderen den Panzer hochgehen sehen.

Ein eiskalter Hund, dachte Scholten, so ein verdammter, eiskalter Hund; und er schoß weiter auf die Fenster.

»Ich brenn' ihm gleich eine auf den Hintern, wenn er nicht verschwindet«, knirschte Borchart, »so wahr ich hiersitze und schieße; ich brenn' ihm eine auf den Hintern!«

Aber Walter Forst war schon verschwunden, mit einem Hechtsprung war er in Deckung gegangen. Die Straße herauf kamen die zwei anderen Panzer. Ohne Infanterie. Die Soldaten waren längst in Deckung, weiß der Teufel wo. In den Häusern wahrscheinlich.

Die *Shermans* fuhren bis etwa zwanzig Meter vor die Brückenauffahrt und feuerten. Drehten die Türme und feuerten. Bald auf das linke MG-Nest, bald auf das rechte. Scholten lag hinter dem Maschinengewehr und jagte den dritten Gurt hinaus. Er schoß jetzt auch auf die Panzer. So ein Quatsch, dachte er, mit Maschinengewehren auf Panzer, so ein Quatsch!

Aber er schoß weiter. Und Horber schoß weiter. Und Borchart

hatte sie am schnellsten gesehen, die Soldaten, die plötzlich drüben auf den Dächern lagen, sich hinter Kaminen verschanzt hatten und mit guter Übersicht auf die Maschinengewehre hinunterknallten. Und Forst hockte neben seinem Haufen Panzerfäuste und fluchte, weil die Panzer nicht näher kamen. »Fahrt her, verdammt, und ich mach' euch kaputt, fahrt doch bloß her, kommt doch bloß näher!«

Und dann rannte Forst, dieser Verrückte, mit einer Panzerfaust von der Brücke zum nächsten Hauseck und schoß sie auf den einen der beiden Panzer ab. Traf nicht und rannte zurück zur Brücke, wie ein Hase. Seht euch diesen Irren an, dachte Scholten.

Borchart hatte den Mann in der Dachluke gegenüber genau beobachtet. Er hatte bloß darauf gewartet, daß der sein Gewehr herausstreckte und seinen Kopf. Und der Mann dort drüben mußte sein Gewehr und seinen Kopf herausstrecken, wenn er den flüchtenden Forst treffen wollte. Aber er traf ihn nicht mehr, er ließ das Gewehr fallen und verschwand in der Luke.

»Verdammt, verdammt«, jammerte Forst, »so eine Gemeinheit, glatt an dem Panzer vorbeigeschossen habe ich, glatt daneben!« Er lag unter dem Brückenbogen und weinte vor Wut und Verzweiflung.

Anscheinend hatten die Amerikaner sich besser postiert oder Verstärkung bekommen. Das Feuer wurde schärfer, und dabei konnte man im Augenblick keinen von ihnen sehen. Die in den Panzern machten denen auf der Brücke am meisten zu schaffen. »Wenn man bloß hinkommen könnte«, tobte Forst unter der Brücke.

Und dann hatte er plötzlich eine Idee. Er würde versuchen, mit zwei, drei Panzerfäusten das Flußufer hinunterzukriechen, von hinten in die Häuser einzudringen, sich ein schönes Fensterchen nach vorne zu suchen und die Dinger aus nächster Nähe abzuprotzen. Er ärgerte sich, daß ihm das nicht schon früher eingefallen war.

Walter Forst nahm zwei Panzerfäuste von dem Stapel und machte sich auf den Weg. Flach an den steinigen Boden gepreßt, kroch er vorwärts. Zentimeter für Zentimeter, weg von der Brücke, flußabwärts. Wenn sie mich sehen, dachte er, bekomme ich eine Kugel ins Kreuz, und ich kann gar nichts dagegen machen.

Er wußte nicht, wie lange er gekrochen war, bis er das erste

Haus erreichte. Jetzt stand er auf, lief gebückt auf das Gebäude zu. Es hatte eine Tür zum Fluß, alle Häuser hier hatten eine Tür zum Fluß hinunter. Dorthin setzte man sich abends, wenn das Tagwerk vorüber war.

Forst bewegte die Klinke der Holztür, drückte sie nieder, trat in den dunklen Gang.

Ein Mann stand vor ihm. »Verschwinde, hörst du, verschwinde augenblicklich! Ich will keine Scherereien, mach, daß du rauskommst!«

»Halt die Schnauze«, antwortete Forst grob und schob den Mann auf die Seite. Wenn er mir jetzt eine Ohrfeige gibt, ist es aus mit meiner Fassung, dachte Forst, wenn er mich jetzt ins Gesicht schlägt, hat er vollkommen recht! Aber der Mann schlug nicht, er tanzte hinter Forst her. »Bitte«, flehte er verängstigt, »bitte haut doch ab. Hier sind doch schon die Amis im Haus. Ihr könnt doch draußen kämpfen, verschont doch mein Häuschen!«

Forst, hell wach: »Wo sind die Amis?«

»Droben, auf dem Dach. Sie erwischen euch ja doch. Alle! Verschwindet, solange noch Zeit ist!«

Aber Forst hatte genug gehört. Er schlich mit seinen zwei Panzerfäusten nach vorn durch den Gang und trat durch die letzte Tür.

Es war die Toilette.

Wie sinnig, dachte Forst und stieg auf das Spülbecken, um durch das kleine Fenster auf die Straße schauen zu können. Um ein Haar wäre er jetzt erschrocken. Er hatte den einen Panzer auf eine Entfernung von vielleicht sechs Meter vor sich.

Fast zum Greifen nahe. Er setzte die Panzerfaust unter die Achsel und drückte ab. Die Toilette war voller Dampf und Qualm. Mensch, dachte Forst, jetzt darf ich abhauen, die sehen ja den Qualm auf der Straße.

Er riß die Tür auf, jagte in den Gang hinaus und stand vor einem baumlangen Amerikaner.

Den Bruchteil einer Sekunde starrten sie sich in die Augen, Forst die zweite Panzerfaust in der Hand, der Amerikaner das Gewehr.

Forst stellte die Panzerfaust an die Wand. Der Amerikaner verfolgte jede Bewegung genau. Dann nahm Forst die Hände hoch, streckte sie weit über den Stahlhelm hinaus und ging ganz langsam rückwärts. Der Amerikaner folgte ihm, immer das Gewehr im Anschlag, genauso langsam.

Dann spürte Forst die Klinke der Hintertür im Kreuz. Jetzt oder nicht mehr, dachte er, hoffentlich hat der Alte vorhin nicht zugesperrt, hoffentlich, hoffentlich.

Er machte einen jähen Satz zur Seite, riß die Tür auf und war mit einem zweiten Satz draußen. Zwei-, dreimal splitterte das Holz der Türe.

Der Amerikaner schoß.

Aber Forst rannte und lag unter seinem Brückenbogen, bevor der Ami die Hintertür öffnete und zum Fluß hinunterspähte.

Erst jetzt hatte Walter Forst wieder Lust, auf die Brückenauffahrt hinauszuschauen. Was er dort sah, erfüllte ihn mit Stolz. Der zweite Panzer stand und qualmte. Vom dritten war nichts mehr zu sehen.

Wird Verstärkung holen, dachte Walter Forst.

Und dann erst überfiel ihn der Schreck über die Begegnung im Hausgang. Er kauerte sich unter den Brückenbogen und dachte: Mein Bedarf an Heldentaten ist vorläufig gedeckt.

Ringsherum krachte es. Walter Forst merkte plötzlich, daß er unsäglich müde war. Wäre bloß der Krampf hier endlich vorbei, dachte er. Später dachte er noch: Komisch, ich habe keine Angst. Vielleicht bin ich ein Held, weil ich keine Angst habe.

Vielleicht bin ich bloß saudumm!

Dann erinnerte er sich wieder an die zwei Panzer, die er geknackt hatte, und freute sich. Mit einemmal aber klang seine Freude ab. Er hatte bisher immer nur die graugrünen, qualmenden Stahlkästen vor sich gesehen — und plötzlich fiel ihm ein: Mensch, in diesen Panzern sitzen ja Menschen!

Menschen so wie ich!

Er schauderte zusammen, wenn er an die qualmenden Deckel dachte. Hoffentlich kommt keiner mehr, sagte er zu sich selbst, ich glaube, jetzt könnt' ich das nicht mehr. Pfui Teufel! Er schüttelte sich. Wieviel wohl in so einem Panzer drin sein mochten?

Dann schreckte er aus seinen Gedanken auf. Droben auf der Brücke hatte das eine Maschinengewehr ausgesetzt.

Scholten und die anderen hatten das Manöver von Walter Forst überhaupt nicht bemerkt. Sie hatten genug mit sich selbst zu tun. Haarscharf pfiffen jetzt oft die Geschosse vorbei. Schlugen gegen die kleinen Mauervorsprünge oder gegen die Bruchsteinwälle, daß die Steinsplitter durch die Luft flirrten, oder jaulten knapp über ihre Köpfe weg. Plötzlich qualmte der zweite Panzer, Scholten und Mutz sahen sich an, Horber und Hager starrten sich für einen Augenblick verdutzt ins Gesicht. Keiner wußte, wie das vor sich gegangen war. Man konnte einen Panzer doch nicht mit einem Maschinengewehr erledigen? Jedenfalls: er war erledigt. Der dritte *Sherman* fuhr ab.

Drohend schwenkte er das Rohr, spuckte hin und wieder einen Feuerstrahl und verschwand in der Richtung, aus der er gekommen war.

Aber die Infanteristen hatten sich eingenistet, die vier auf der Brücke bekamen es zu spüren. Und sie hatten auch den Eindruck, daß sich die Amerikaner langsam näher heranarbeiteten, daß sie ihre Ausgangspositionen inzwischen verbessert hatten.

Dann sah Scholten wieder eine olivgrüne Gestalt in einer Hauseinfahrt und drückte den Abzug des Maschinengewehrs. Aber das Maschinengewehr machte nur einmal ›Tack-tack‹ und verstummte wieder. Scholten riß die Halterung auf.

Die Schwarzblechhülse der Patrone steckte fest, klemmte, war nicht herauszuholen. Scholten riß das MG aus der Scharte zwischen Mauer und Bruchsteinwall, griff sich das neben ihm lehnende Sturmgewehr und setzte den Kolben gegen die Schulter. Dann drückte er ab.

Einzelfeuer.

Ich muß sparen, dachte er, man weiß nicht, was noch alles kommt!

Jürgen Borchart auf seinem Kastanienbaum fühlte sich bombensicher. Noch kein Schuß hatte sich in seine Richtung verirrt. Er schoß wie auf dem Schießstand. Ruhig, überlegt und bedächtig. Den Amerikaner in der Hauseinfahrt hatte er auch gesehen.

Bin neugierig, was der will, dachte Jürgen Borchart und nahm ihn ins Visier. Der Amerikaner hob das Gewehr und zielte auf den grauen Fleck im Kastanienbaum. Der hat es auf mich abgesehen, wunderte sich Borchart, ich muß ihm zuvorkommen!

Größe 1,77 Meter, Gewicht 62 Kilogramm, Augenfarbe blau, Haarfarbe blond. Stramme Haltung, Disziplin, ein Kerl, auf den seine Eltern stolz sein können.

»Du willst also Offizier werden, Jürgen?«

»Ja, Papa!«

»Hast du dir das auch gut überlegt, mein Junge?«

»Klar, Papa!«

»Aber das ist ein harter Beruf, Jürgen. Da heißt es gehorchen. Und nicht immer wird es dir leichtfallen, zu gehorchen. Du wirst Dinge tun müssen, von deren Richtigkeit du nicht überzeugt bist! Und man wird dich hart anfassen, mein Junge!«

»Das ist mir klar, Papa, aber man muß es eben weit genug bringen!«

»Was meinst du damit, mein Junge?«

»Man muß es so weit bringen, daß man anderen befehlen kann, dann kann man alles richtig machen!«

»Aber nur ganz wenige bringen es so weit. Die anderen müssen gehorchen, zeit ihres Lebens. Überschlaf es noch mal, mein Junge, du kannst dich morgen noch bewerben. Es muß nicht heute sein!«

»Doch, Papa, es muß heute sein!«

Dieses Gespräch zwischen Oberst Klaus Borchart und seinem einzigen Sohn Jürgen wurde im Dezember 1944 im Herrenzimmer der Borchartschen Mietwohnung geführt. Noch am gleichen Tag schickte Jürgen seine Bewerbung mit den notwendigen Unterlagen ab. Am Abend brachte er mit der Mutter den Vater an die Bahn. Er mußte zurück an die Front. Sein Urlaub war abgelaufen.

Oberst Klaus Borchart küßte seine Frau zum Abschied.

Dann sagte er seinem Sohn mit einem kräftigen Händedruck Lebewohl. »Mach mir keine Schande, mein Junge!« Der Zug rollte an. Oberst Borchart erschien am Abteilfenster, und sie winkten sich so lange zu, bis sie sich nicht mehr sahen.

Eine Woche später erhielt Jürgen die Vorladung in die Hauptstadt. Er fuhr hin, wurde untersucht, gewogen, gemessen, legte seine sportliche Prüfung ab, antwortete schnell und präzis auf die vielen Fragen, die man ihm stellte, und hinterließ einen blendenden Eindruck. Vierzehn Tage später erhielt er von der Dienststelle einen vorläufigen Annahmeschein als Anwärter für die aktive Offizierslaufbahn im Heer. Er freute sich über den kleinen, vorgedruckten weißen Schein, als sei er schon das Leutnantspatent.

Mit der gleichen Post kam ein schwarzumrandeter Brief. Oberst Klaus Borchart war an demselben Tag gefallen, an dem sein Sohn die Prüfung für die aktive Offizierslaufbahn bestanden hatte.

»Zieh deine Meldung zurück«, verlangte die Mutter.

Jürgen sagte: »Nein!«

»Zieh deine Meldung zurück, wenn du noch einen Funken Ehrgefühl im Leib hast.«

»Du bist unlogisch, Mama, ich kann meine Meldung nicht zurückziehen. Gerade, weil ich ein Ehrgefühl im Leib habe. Was meinst du, was Vater sagen würde, wenn ich jetzt die Meldung zurückzöge?«

Darauf schwieg die Mutter. Nicht für einen oder zwei Tage. Sie behielt dieses trostlose verbitterte Schweigen und beschränkte sich im Tagesablauf auf die notwendigsten Worte.

Manchmal suchte er diese Mauer zu durchbrechen: »Versuch doch einmal, mich zu verstehen, Mama, ich kann es doch nicht tun, ich müßte mich in Grund und Boden schämen!«

Aber die Mutter flammte auf: »Niemand hat jemals versucht, mich zu verstehen! Dein Vater tat es nicht, und du tust es erst recht nicht!«

Da gab er es auf.

Er konnte die Einstellung seiner Mutter nicht begreifen, beim besten Willen nicht. Er hatte noch kein einziges Mal versagt. In der Schule nicht, im Sport nicht, er stand überall unter den Besten. Warum also wollte sie ihn jetzt zwingen, etwas zu tun, dessen er sich schämen müßte?

Er verstand nicht, daß seine Mutter von der Angst getrieben war, sie könnte auch ihn noch verlieren. Sie könnte eines Tages noch einmal so einen schwarzumrandeten Brief bekommen und ein paar Tage später eine zerschossene Brieftasche, mit den letzten Erinnerungen an ihren einzigen Sohn.

Jürgen Borchart war der beste Sportler der Klasse. Er lief die hundert Meter in weniger als zwölf Sekunden, sprang weit über die Sechsmetermarke hinaus und warf die Latte beim Hochspringen bei 1,55 Meter. Er schleuderte die Handgranate fast über die ganze Breite des Sportplatzes, er schwamm am schnellsten, nur im Boxen hatte er einmal den kürzeren gezogen, und zwar ausgerechnet gegen Forst.

Er hatte nicht verloren, weil Forst stärker oder schneller gewesen wäre, sondern weil der kompromißlos schon die erste Gerade auf Borcharts Nase landen ließ, während Jürgen zwei Runden brauchte, bis er sich endlich entschloß, in dieses tanzende, schwankende Gesicht vor seinen Augen zu schlagen.

Er traf dann auch ein-, zweimal, aber nur mit dem Erfolg, daß Forst noch härter schlug, noch systematischer seine Nase bearbeitete und um ihn herumtänzelte wie ein kleiner Teufel. Borchart war damals froh, als der Sportlehrer den Kampf abbrach. Aber daß Forst zum Sieger erklärt wurde, konnte er nie ganz verwinden, obwohl das Urteil berechtigt war.

Jürgen Borchart war nicht mehr daran gewöhnt, daß ihn irgendeiner aus seiner Klasse bei irgendeiner sportlichen Disziplin schlagen könnte. Sein Tagesablauf enthielt mehrmaliges scharfes Training. Das begann am Morgen mit einer kalten Dusche und anschließendem Frühsport, Liegestütz und Hocken, fand in der täglichen Turnstunde seine Fortsetzung und am späten Nachmittag, wenn Jürgen Borchart mutterseelenallein über die Aschenbahn jagte, seinen Höhepunkt. Er beendete den Tag mit einer zweiten kalten Dusche und mindestens zehn Liegestütz bei offenem Fenster.

Jürgen Borchart pflegte sich rücksichtslos zu kasteien, wenn er Anzeichen einer Willensschwäche an sich zu entdecken glaubte. Und mit diesem probaten Mittel beherrschte er seinen Körper. Davon war er überzeugt. Bis zu jenem Tag, an dem er nach Schulschluß noch einmal in den Duschraum der Turnhalle zurückgerannt war, um die Turnschuhe zu holen, die er vormittags dort vergessen hatte. Er stieß die Tür auf, lief in den Duschraum hinein und stand erstarrt. Dann stammelte er mit hochrotem Kopf ein »Ich bitte um Verzeihung« und schoß hinaus. Die siebenundzwanzigjährige Siegrun Bauer aber, Mädchenturnlehrerin der Schule, drehte und wand sich weiter unter der Dusche, lachte hinter dem davonlaufenden Borchart her und fand es weiterhin nicht nötig, die Tür zum Duschraum abzusperren. Sie hielt nichts von versperrten Türen.

Wenn Jürgen die Turnlehrerin auf der Straße sah, ging er ihr weit aus dem Weg. Abends aber, in seinem Zimmer, konnte er ihr nicht aus dem Weg gehen. Da stand ihr Körper vor seinen

Augen, sobald er das Licht gelöscht hatte. Er probierte es an solchen Abenden mit zwanzig Liegestütz, mit dreißig. Einmal hatte er es auf sechzig gebracht und war dann zusammengebrochen. Trotzdem, sein Körper ließ sich diesmal nicht beherrschen.

In der Klasse war Borchart wohlgelitten. Aber man nahm ihn nicht ganz ernst. Zu oft hatte er seinen Willen gegen den der Klasse gestellt und sich dann doch ›umdrehen‹ lassen. Das brachte jedesmal einen kleinen Prestigeverlust mit sich.

Als er die Aufforderung bekam, sich in der Kaserne einzufinden, war er enttäuscht. Er wollte doch Offizier werden und nicht mit dem großen Haufen marschieren. Aber er scheute sich vor seinen Klassenkameraden, etwas zu unternehmen. Und jetzt saß er auf dem Kastanienbaum neben der Brücke und hatte auf einen Amerikaner angelegt, der das Gewehr seinerseits auf den Kastanienbaum gerichtet hielt.

Ich muß schneller sein, dachte Jürgen Borchart, und: Ich muß ihn treffen, sonst bin ich da heroben verratzt. Gesehen hat mich der Kerl!

Jürgen Borchart war nicht schneller. Ernst Scholten hörte das Prasseln und Rauschen in den Ästen des Kastanienbaums. Dann folgte ein dumpfer Aufprall.

Und wie Hagelschloßen prasselten die Patronenrahmen aus der Zeltplane herunter und fielen auf den Körper unter dem alten Kastanienbaum.

Leb wohl, Jürgen, dachte Ernst Scholten.

Hatte ihn beim Tod des kleinen Bernhard der Zorn gepackt, so fühlte er jetzt einen tiefen Schmerz. Er spielte mit dem Gedanken, das Gewehr hinzuschmeißen und wegzulaufen, dann sah er zu Horber hinüber. Der lag hinter dem Maschinengewehr, hatte die Sache mit Borchart gar nicht mitbekommen und schoß, was aus dem Lauf ging. Ich möchte wissen, dachte Scholten müde, auf wen er schießt!

Albert Mutz hatte sich seinen Karabiner geschnappt und gab in kurzen Zeitabständen Schuß auf Schuß ab. Aber der Mann am Hausgang, der Borchart erledigt haben mußte, stand immer noch dort. Scholten spürte wieder, wie Haß in ihm hochkroch, fast mit Freude merkte er, wie die Wut den Schmerz überdeckte. Dann stellte er das Sturmgewehr auf Dauerfeuer, preßte den Kolben gegen die Schulter, nahm den Mann am Hauseck ins Visier und zog ab.

Mit aller Kraft hielt er das Sturmgewehr, dessen Lauf immer wieder nach oben ausbrechen wollte, in der Waagrechten. Aber der Mann am Hauseck war verschwunden, als die ersten Einschläge an der Mauer aufspritzten.

Man sollte es den anderen sagen, dachte Scholten, daß Borchart tot ist!

11

Wie lange dauerte das Feuergefecht schon? Die Jungen auf der Brücke hätten es nicht geglaubt, wenn man ihnen gesagt hätte, daß seit dem Auftauchen des ersten Panzers kaum dreißig Minuten vergangen waren. Sie hatten nur das Gefühl, daß es nicht mehr lange dauern dürfe.

Sie waren müde, apathisch, nahe daran, aufzugeben. Nur der Selbsterhaltungstrieb hinderte sie jetzt daran, aufzuspringen und davonzulaufen. Selbst Scholten dachte nicht mehr an die Augen des Generals und an seinen Befehl. Er wollte weg hier, wie die anderen auch, wollte heim ins Bett. Wollte am nächsten Morgen aufwachen und in seine abgewetzte Zivilhose, sein kariertes Wollhemd schlüpfen und wandern. Weit wandern und nichts hören, kein Krachen, kein Prasseln. Ruhe wollte er haben, nur Ruhe. Und er wollte diese Brücke verlassen, er wollte nicht hier liegenbleiben und sterben.

Zwei, dachte er, hat es erwischt! Und zum erstenmal stieg etwas wie Zorn auf die anderen in ihm hoch, auf die anderen, die sie hier allein gelassen hatten.

Dann passierte etwas, das ihn jäh aufschreckte. Einer der Amerikaner, eine kleine, gedrungene Gestalt, hatte sich aus einer Hofeinfahrt herausgeschnellt, wie aus einer Startgrube auf der Aschenbahn. Und jetzt jagte der Amerikaner mit vielen kurzen Schritten auf die Kastanie neben der Brücke los, stand hinter dem mächtigen Stamm, bevor Scholten das Sturmgewehr herumreißen und feuern konnte.

Was will der Kerl, dachte Scholten, er wird uns mit einer Handgranate erledigen! Und trotzdem empfand er, neben der Angst, Sympathie für den Mann. Ein hervorragender Sprinter, dachte er, ein Sportler.

Jetzt schob sich der Lauf eines Gewehres neben dem Baumstamm hervor, eine olivgrüne Schulter, ein Arm folgten, und dann kam auch der Kopf zum Vorschein. Ein Stahlhelm, darunter ein weißes Gesicht.

Ich kann ihn treffen, dachte Scholten, er ist unvorsichtig! Aber dann verhielt sein Finger am Abzug, der Amerikaner lehnte am Baum, ohne zu schießen. Er will irgend etwas, spürte Scholten. Und dann begann der Soldat neben dem Kastanienbaum zu rufen:

»Stick'em up, boys, stick'em up, we don't fight kids!«

Und dann in gebrochenem Deutsch: »Krrig vorrbei, mak snell, sonst kaputt!«

Ich geb' ihm eine Chance, dachte Scholten, ich kann einfach nicht anders, er imponiert mir! Und betont langsam zog er sein Sturmgewehr hoch.

Prompt verschwand der Ami hinter dem Baumstamm. Dann erst drückte Scholten den Abzug durch und ließ eine Serie gegen den Baumstamm klatschen. Gleich darauf sah er, wie der Amerikaner nochmals vorspritzte:

»Give up, you son of a bitch, or I'll blow your brains out«, brüllte er herüber, und wieder jagte Scholten eine Serie gegen den Baumstamm, daß lange Späne aus der Rinde sprangen.

Dann raste der Amerikaner denselben Weg zurück, den er gekommen war. Scholten und Mutz sahen sich an. »Ein verrückter Hund«, sagte Scholten, und: »Ich kann's nicht, ich bring's nicht übers Herz.«

Der Olivgrüne hatte vielleicht die Hälfte der Strecke zurückgelegt; Scholten und Mutz starrten ihm schweigend nach, da tackte plötzlich das MG auf der rechten Brückenseite. Einmal, zweimal spuckte es eine kurze Garbe hinaus.

Der Amerikaner, vielleicht noch sieben Meter von seiner Hofeinfahrt entfernt, drehte sich einmal halb um sich selbst, streckte dabei die Linke wie eine Schwurhand zum Himmel und ließ das Gewehr aus der Rechten fallen.

Schwer schlug er auf den Boden, und dann wälzte er sich, krümmte sich, schlug mit den Beinen um sich und brüllte. Scholten hatte nur einmal in seinem Leben einen Menschen so schreien hören. Das war, als der kleine Siegi Bernhard, der jetzt stumm neben dem Denkmal lag, beim Fußballspielen einen Schlag in den Unterleib bekommen hatte.

Der Amerikaner wand sich am Boden und brüllte, und alles schien zu verstummen, jedes andere Geräusch schien zu ersterben unter diesem entsetzlichen Brüllen. Albert Mutz hatte das Gesicht auf den Boden gepreßt, den Karabiner fahrenlassen und hielt beide Hände gegen die Ohren gedrückt. Er konnte das nicht mehr hören. Ich wollte es nicht tun, ich wollte es nicht tun, betete Scholten, dann muß dieses blöde Schwein schießen!

Eine eiskalte Wut stieg in ihm auf. Er wandte sich hinüber zu Horber: »Schau dir das an, du Scheißkerl, schau dir das an! Mach doch Schluß, hörst du, mach doch ein Ende, du Scheißkerl, du hast's ja auch angefangen!«

Aber plötzlich war der Amerikaner ruhig. Ganz ruhig.

Und Karl Horber blieb die Antwort schuldig. Er lag stumm hinter seinem Maschinengewehr, und als ihn Klaus Hager an den Schultern rüttelte, rollte er halb auf den Rücken.

Karl Horber und das schlechte Gewissen

Er wußte selbst nicht, woher das kam. Aber soweit er sich auch zurückerinnerte, stets hatte er ein schlechtes Gewissen. Immer machte er einen Fehler, tat etwas Falsches, sagte etwas Beleidigendes oder vergaß etwas Wichtiges. Dabei wollte er das gar nicht. Im Gegenteil, er wollte alles recht machen. Er wollte ein lieber Junge sein, ein ordentlicher Schüler, ein nützliches Mitglied der Gesellschaft, wie das sein Vater nannte, der ehrbare Friseurmeister Fritz Horber.

Seinen ersten Fehler machte Karl Horber schon bei seiner Geburt, er kostete seiner Mutter das Leben. Zweifellos war er dafür nicht verantwortlich zu machen, aber irgendwie blieb etwas an ihm haften, denn Friseurmeister Horber konnte seinen Sohn Karl nicht anschauen, ohne an die Mutter erinnert zu werden. Dann seufzte er wohl hin und wieder und ging ins Geschäft, um die Kunden zu rasieren, ihnen die Haare zu schneiden und mit ihnen zu plaudern. Das Glück war dem Haus ferngeblieben, seitdem die Mutter gestorben war, und Fritz Horber empfand nachgerade alles, was passierte, als sein ganz persönliches Schicksal.

Und Karl Horber sorgte dafür, daß immer etwas passierte. Kleinigkeiten, aber manchmal auch ernstere Sachen. Das begann damit, daß eines Tages ein Polizist in den Friseurladen kam, steif salutierte und zu Meister Horber sagte: »Es tut mir leid, aber ich muß Ihnen eine traurige Nachricht bringen. Ihr Sohn Karl wurde von einem Auto überfahren. Er liegt im Krankenhaus. Leider wohl hoffnungslos!«

Dann räusperte sich der Polizist verlegen und verließ schließlich den Laden, indes Fritz Horber fassungslos auf das Rasiermesser in seiner Hand starrte.

Nun, so hoffnungslos der kleine Karl auch darniederlag, nach drei Monaten war er wieder zu Hause, und nach weiteren zwei Wochen war er frech, tolpatschig und vorlaut wie früher. »Unkraut verdirbt nicht«, pflegte der Meister nicht ohne gewissen Stolz zu sagen, wenn ihn seine Kunden daraufhin ansprachen. Vielleicht waren es die Sommersprossen, die roten Haare, die abstehenden Ohren, die Karl Horber schon als kleinen Jungen so schlagfertig und witzig werden ließen. Er hatte sehr bald herausbekommen, daß er seiner Umwelt mit dem schönsten ›Diener‹ und mit dem untertänigsten Eifer nicht imponieren konnte. Er war kein nettes Kind, und deshalb versuchte er auch gar nicht, so zu scheinen.

Ob seines Aussehens war er von der ersten Schulklasse an mit solcher Regelmäßigkeit gehänselt worden, daß er sich bald daran gewöhnte. Und die Hänseleien wurden seltener. Freilich, wenn das Stichwort fiel, dann war er dran. Dann machte er das, wozu er ob seines lustigen Wesens neigte, er lachte selbst am lautesten über die Spötteleien, deren Zielscheibe er war. Und das imponierte den anderen. Er war eine Großschnauze, und auch daran hatten sich die anderen gewöhnt. Man mochte ihn gern.

Trotzdem verging kaum ein Tag, der Horber nicht Ohrfeigen und Tadel einbrachte. Er war einfach ein Pechvogel. Hatten sie zu dritt eine Fensterscheibe geliefert, der Polizist kam unter Garantie nicht zu Mutz oder Forst. Nein, er erschien im Friseurgeschäft, und wenn er Meister Horber über die jüngste Missetat seines Sohnes aufklärte, dann tat er auch das mit dem Ausdruck aufrichtigen Bedauerns für den schwergeprüften Mann.

Er machte diese Mitteilungen in einem Tonfall, als wollte er sagen: »Dir und mir wäre viel Kummer erspart, wenn es damals, als dein Sohn im Krankenhaus lag, bei dem ›Hoffnungslos‹ geblieben wäre.« Für den Polizisten waren eingeworfene Fenster Delikte, die er im Wochenbericht notierte.

Aber es blieb nicht bei eingeworfenen Fenstern. Und als eines Nachts ein Heustadel abbrannte und Zeugen behaupteten, halbwüchsige Burschen seien es gewesen, da ging der Polizist zuerst einmal zu seinem alten Freund Fritz Horber, und Karl bekam von vornherein die obligaten Ohrfeigen, obwohl er die Tat energisch abstritt. Es dauerte lange, bis er zugab, an diesem Abend in einem jugendverbotenen Film gewesen zu sein. Und dann war Meister Horber in zweifacher Hinsicht beruhigt: Der Heustadel ging nicht auf das Konto seines Sohnes, aber die Ohrfeigen hatte er trotzdem verdient.

Horber war ein verhältnismäßig guter Schüler. Er wäre ein besserer Schüler gewesen, wenn er mehr gearbeitet hätte. Aber er pflegte erst dann ein Schulbuch in die Hand zu nehmen, wenn er in Gefahr war, eine schlechte Note zu bekommen. »Eminent begabt«, sagte Studienrat Stern, »aber stinkfaul!«

Einmal saßen sie bei einer Chemie-Schulaufgabe. Horber schaffte die gestellten Fragen ziemlich schnell, dann gab er das Blatt an Walter Forst, der ihm verzweifelte SOS-Rufe zumorste. Als Forst abgeschrieben hatte, reichte er das Blatt zurück.

Acht Tage später wurde die Schulaufgabe herausgegeben. Horber bekam eine Sechs. »Alles von Forst abgeschrieben«, stand auf dem Blatt.

Was half es, daß Forst zum Klassenleiter ging und den Sachverhalt schilderte. »Schön, daß du so ehrlich bist«, sagte der, »aber ich muß dir leider auch einen Sechser geben!« Damals machte sich Walter Forst zum erstenmal Gedanken darüber, ob es zweckmäßig sei, einem Freund zu helfen, wenn man sich selbst damit nur schadet.

Karl Horber machte sich solche Gedanken nie. Eigentlich war er feig, aber vielleicht lag gerade hier der Grund dafür, daß er jeden Blödsinn mitmachte. Karl Horber war nicht zuletzt dank seiner großen Klappe in den Ruf geraten, ein ganz toller Bursche zu sein. Und er vermied ängstlich alles, was diesem Ruf Abbruch tun konnte.

Eines der beliebtesten Spiele der Klasse war das ›Du-traust-dich-nicht-Spiel‹. Die Regeln waren einfach. Sowie irgendeiner den Mund zu voll nahm, rief ihm die Runde entgegen: »Du traust dich nicht!« War der andere kein Feigling, so traute er sich.

Seltsam, Scholten, Mutz, Forst, Hager, und wie sie alle hießen, sie kamen vielleicht einmal im Monat in die Situation, das ›Du-traust-dich-nicht-Spiel‹ spielen zu müssen. Horber aber fast täglich.

Einmal gab ihnen Studienrat Stern übers Wochenende ziemlich viel Hausaufgaben auf. Horber, großspurig: »Wißt ihr, was ich mache? Gar nichts mache ich, überhaupt nichts. Ich komme am Montag in die Schule und sage: ›Verzeihen Sie, Herr Professor, aber die Hausaufgabe war mir zuviel!‹«

Als er das sagte, dachte er nicht die Spur daran, daß er wirklich ohne Hausaufgabe in die Schule kommen würde. Er wollte mit seiner Rede nur wieder einmal zeigen, was für ein Kerl er sei. Die Klasse wußte das auch genau, und kaum hatte Horber ausgesprochen, hallte es ihm von allen Seiten entgegen: »Wetten, daß du dich nicht traust, Horber?«

Karl Horber sah augenblicklich ein, daß er den Mund wieder zu voll genommen hatte. Aber das zugeben, wäre ihm unmöglich gewesen. Bloß nicht vor der Klasse als Hanswurst dastehen! Er würde genau das tun, was er gesagt hatte.

Am Montag, als sich Studienrat Stern die Haushefte zeigen ließ, stand der magere, rothaarige Horber in seiner Bank auf und krähte mit künstlich gelassener Stimme: »Verzeihen Sie, Herr Professor, aber ich habe keine Hausaufgabe, es war . . .«

»Schon gut«, unterbrach ihn da der Studienrat, bevor Horber weitersprechen konnte, »wir können uns nach der Stunde darüber unterhalten.«

Aber Horber ließ nicht locker und fing noch einmal an: »Herr Professor, es war . . .«

»Ich habe dir doch gesagt, wir würden uns nach der Stunde darüber unterhalten!«

Aber jetzt war Horber auf Touren, jetzt ging es um die Ehre des Angebers.

»Es war mir zuviel, Herr Professor, deshalb habe ich die Aufgaben nicht gemacht!«

So, jetzt hatte er das heraus — nun sollte noch einer zu ihm sagen, daß er sich irgend etwas nicht zu tun traue! Er traute sich einfach alles! Aber seine Selbstanklage war bei Studienrat Stern nicht auf fruchtbaren Boden gefallen.

»Komm, Horber«, sagte er, »du bist ein bißchen nervös, ich seh' es dir an. Geh ein bißchen an die frische Luft und komm wieder, wenn dir besser ist!« Unterdrücktes Kichern in der Klasse, und Karl Horber spürte: der war ihm über.

Nach der Stunde ging er zu Studienrat Stern und wollte sich entschuldigen. »Bitte, Herr Professor, es war wirklich nicht bös gemeint! Ich wollte vor den anderen nicht als Feigling dastehen!«

»Horber«, fragte ihn der Studienrat, »wenn ich jetzt vor die Klasse hintrete und ihr diese Erklärung wiederhole, was dann?«

Horber wurde rot. »Lieber nicht, Herr Professor«, meinte er kleinlaut.

»Siehst du, Horber, das nenne ich ein menschliches Versagen —

wenn man seinen Lehrer ärgert, um vor der Klasse groß dazustehen!«

Horber entschuldigte sich nochmals, sagte, daß er sich die Sache nicht so genau überlegt, daß er das einfach so hingesagt hätte und dann nicht mehr auskonnte. Studienrat Stern sah ihn eine Zeitlang schweigend an, dann meinte er: »Horber, ich nehme grundsätzlich nichts übel. Ich war auch einmal ein Lausbub. Aber vergiß die Geschichte nicht und überleg dir in Zukunft, was du sagst!«

Horber, froh, so billig weggekommen zu sein, versprach es, und während er dieses Versprechen abgab, war er fest davon überzeugt, daß er es auch halten würde. Aber zwei Stunden später, während der letzten Pause, sagte Horber zu seinen Kameraden: »Es ist eine Affenschande, bei so einem Wetter in der Penne herumzuhocken! Man sollte die letzte Stunde schwänzen und zum Baden gehn!«

Wieherndes Gelächter der Runde, und dann flogen die Zurufe: »Du traust dich nicht, Horber, bestimmt wirst du kneifen, wetten, daß du kneifen wirst?«

Karl Horber packte seine Schulmappe und ging, bevor er auch nur überlegte, was er tat.

Er verließ seelenruhig den Schulhof und ging ins Schwimmbad. Dort erst fiel ihm ein, daß er ja gar kein Badezeug dabei hatte, und mißmutig trottete er nach Hause. Am Nachmittag war er Gegenstand einer Lehrerkonferenz, und sosehr ihm auch Klassenleiter Stern half, ein Verweis war fällig, der dritte. Friseurmeister Horber würde wieder einmal den Canossagang zum Direktorat der Schule antreten und für seinen Sprößling um gut Wetter bitten müssen.

Ein einziges Mal begleitete Karl Horber seinen Freund Ernst Scholter zum Fischen, und was dem schwarzen Scholten bis dahin kein einziges Mal passiert war, geschah auf Anhieb. Sie wurden erwischt.

Das heißt, Horber wurde erwischt; Scholten hatte schneller geschaltet und war in den Büschen verschwunden, bevor der Pächter des Fischwassers ihn greifen konnte.

Wieder einmal kam der Polizist der kleinen Stadt in den Laden von Meister Horber, wieder einmal setzte es Ohrfeigen. Aber Horber blieb dabei, daß er mutterseelenallein Forellen geangelt hätte und daß sich der Pächter mit Sicherheit getäuscht haben mußte, wenn er von zwei Fischdieben sprach. Dank des Ansehens, das Meister Horber in der Stadt genoß, wurde die Sache noch einmal abgebogen, ohne ernste Folgen nach sich zu ziehen.

Nur einen Haken hatte die Geschichte. Fritz Horber verlangte jetzt von seinem Sohn Rechenschaft über jede Minute, die er draußen verbrachte, und Besuche bei Schulfreunden wurden vom Freizeitprogramm gestrichen. Er könne ja seine Freunde zu Hause empfangen.

Droben, in seiner Speicherbude, konnten sie herumtoben, solange sie wollten. Vor allem Forst und Mutz hockten oft bei Karl Horber in der Speicherkammer; und der Friseur hatte auch nichts dagegen, wenn sie bis in die späte Nacht hinein zusammen lernten.

Und die Buben lernten allerhand. Sie spielten zum Beispiel ›Fesseln‹. Ein interessantes Spiel. Einer der Jungen wurde gefesselt, und dann schauten die anderen zwei auf die Uhr und kontrollierten, wie lange der dritte brauchte, um die Fesseln zu lösen. Oder sie machten chemische Experimente, die jedoch alle auf ein und dasselbe Ziel hinausliefen, nämlich die Bereitung von Schwarzpulver. Einmal brachte Mutz irgendeine undefinierbare Mischung zu nahe an die Spiritusflamme, und mit einem höllischen Krach flog die ganze Sache in die Luft.

Mit Gepolter stürmte der alte Horber die Treppen hinauf: »Was ist passiert, um Himmels willen, was ist passiert?«

Als er die versengten Augenbrauen und Wimpern sah, die rußgeschwärzten, aber sonst unversehrten Gesichter der Buben, tobte er: »Wer, zum Teufel, lehrt euch diesen Bödsinn?«

»Unser Chemielehrer«, antwortete Karl Horber sanft und nahm ohne Zucken die gewaltige Ohrfeige, die ihm sein Vater versetzte.

Nach der Sache mit dem Schwarzpulver kamen sie längere Zeit nicht mehr in Horbers Dachkammer zusammen. Überhaupt legte Horber eine merkwürdige Zurückhaltung an den Tag.

»Wird sich doch kein Schätzchen angelacht haben, der kleine Horber«, hänselte Forst, und Horber wurde prompt rot. Aber Forst hatte die kleine Anspielung schon wieder vergessen und beachtete das weiter gar nicht.

Tatsächlich war etwas in das Leben von Karl Horber getreten, das eine merkwürdige Neugier in ihm weckte. Sein Vater hatte eine neue Friseuse eingestellt, ein Mädchen von vielleicht zweiundzwanzig Jahren. Sie hatte langes, pechschwarzes Haar, ein bräunliches Gesicht, das ihrem Aussehen etwas Zigeunerhaftes verlieh, und grüne, schräge Augen. Über dem weißen Mantel trug sie einen schmalen schwarzen Lackgürtel, der so eng geschnürt war, daß sich Karl Horber nicht nur einmal fragte, wie das Mädchen diesen Gürtel aushalten könne.

Seitdem sie im Hause wohnte und arbeitete, war alles anders geworden. Der Vater hatte ihr die zweite Dachkammer, unmittelbar neben dem Zimmer Karl Horbers, gegeben. Er glaubte seinen Sohn wenigstens in einem Punkt zu kennen, und er glaubte das mit einem gewissen Recht. Eine äußere Veränderung im Leben Karl Horbers war auch kaum festzustellen, höchstens, daß er häufiger als sonst im Friseursalon erschien und irgendwelche unwichtigen Fragen stellte.

Oder daß er die Abende jetzt viel öfter zu Hause verbrachte und überraschend früh sein Zimmer aufsuchte. Er wußte selbst nicht, in welchem Verhältnis er zu Barbara, so hieß das Mädchen, stand. Er suchte unbewußt ihre Nähe und war daheim, wenn er wußte, daß sie zu Hause blieb. Aber wenn sie ihn ansprach, wurde er rot, gab nichtssagende, tölpelhafte Antworten und ging aus dem Zimmer. Manchmal glaubte er, in Barbara verliebt zu sein; dann wieder fühlte er sich abgestoßen von der Art, wie sie sprach, ging, durch den Salon tänzelte und, wenn fremde Leute kamen, jeden mit einem halb interessierten, halb kühlen, taxierenden Blick maß. Lockung und der Wunsch, wegzulaufen, waren die Gefühle, die ihn im steten Widerstreit beherrschten, sooft er in ihre Nähe kam. Und dazu gesellte sich die Neugierde.

Eines Tages holte sich Karl Horber den dicken Hammer vom Keller und schnitzte sich einen kleinen Holzpfropfen. Den setzte er gegen einen der großen Äste in der Bretterwand zwischen seiner und ihrer Kammer. Mit zwei, drei Schlägen hatte er den Aststummel herausgetrieben. Sorgfältig schlug er einen kleinen Nagel in den Ast, so daß er ihn jederzeit in das Loch an der Wand stecken oder auch herausziehen konnte. Er glättete den Ast mit Schmirgelpapier und ölte ihn ein.

Am Abend dieses Tages ging er besonders früh zu Bett.

Als er sie die Treppe heraufkommen hörte, löschte er sein Licht, stieg leise aus seinem Bett und schlich an die Wand hinüber. Mit einem Griff zog er den Aststummel aus dem Brett und preßte sein linkes Auge gegen die Holzwand, während sein Herz so laut klopfte, daß er Angst hatte, es müßte im Zimmer nebenan zu hören sein. Sie betrat das Zimmer. Es ist nicht schön, was ich hier mache, dachte Karl Horber, pfui Teufel, das ist nicht schön, aber sie weiß es nicht, niemand weiß es!

Die widerstreitendsten Gefühle tobten in seiner Brust. Einmal war er nahe daran, leise in sein Bett zurückzuschleichen, aber dann siegte die Neugierde.

Er mußte lange warten. Das Mädchen hatte sich aufs Bett gelegt, ohne hinzusehen eine Zigarette und Zündhölzer vom Nachttisch genommen, und jetzt lag Barbara auf dem weißüberzogenen Kissen, starrte gegen die Decke und sog den Rauch in langsamen, tiefen Zügen ein. Endlos lang schien diese Zigarette zu reichen. Karl Horber spürte, wie die Kälte des Bodens an seinen nackten Beinen emporkroch, und ein zweites Mal war er nahe daran, in sein Bett zurückzuhuschen.

Aber dann stand Barbara auf, warf den weißen Mantel über den Stuhl neben dem Bett, zog sich aus. Er verlor sie vorübergehend aus dem Auge, aber er hörte, wie sie Wasser in die Waschschüssel auf dem Nachttisch goß, hörte, wie sie sich wusch, abfrottierte und ihre Zähne putzte.

Eigentlich ganz normal, diese Geräusche, empfand Horber, eigentlich gar nicht aufregend! Dann sah er sie zum Bett treten, beobachtete, wie sie ihr Nachthemd anzog, die Bettdecke zurückschlug und dann das Licht löschte. Auch das war nicht aufregend. Überhaupt nicht.

Trotzdem stand Karl Horber am nächsten Abend wieder an der Bretterwand, spähte hinüber und hörte sein Herz klopfen. Und am dritten und vierten Tag war es nicht anders. Nach einer Woche gehörte die allabendliche Viertelstunde an der Holzwand zu seinem Tagesablauf. Es ist mein Geheimnis, dachte Horber. Ein Geheimnis, das er keinem Menschen sagen wollte. Er würde es nicht einmal beichten.

Sie waren in das Schwimmbad gegangen und lagen in der prallen Sonne. Ein fauler Nachmittag. Plötzlich fällt Forst etwas ein. »Wir gehen ins Wasser, tauchen unter der Holzwand durch und schauen uns das Frauenbad ein bißchen an.«

Alle sind begeistert. Mutz, Forst und Hager. Nur Horber winkt ab.

»Mensch, was ihr da seht, das ist höchstens zum Abgewöhnen«, sagt er altklug und wälzt sich faul auf den Rücken, blinzelt in die Sonne.

»Mensch, mach bloß keinen Wind«, widersetzt sich Forst, »du bist nur dagegen, weil du dich nicht rüberzuschwimmen traust!«

Das stimmt. Horber ist ein schlechter Schwimmer und wagt sich nicht ins tiefe Wasser. — Alle lachen.

Und dann hat Karl Horber, der großkotzige Horber, der seinem Studienrat versprochen hat, nicht mehr anzugeben, wieder einmal Kurzschluß.

»Was ihr da seht, Kinder, das sehe ich alle Tage«, sagt er lässig, »aber aus der Nähe! Wie im Kino!«

Die drei anderen sind hellhörig geworden. Was hat der Horber? Interessante Bücher? Oder Bilder? Hin und wieder kursieren solche Sachen unter den Jungen. Nicht gerade oft, aber doch hin und wieder. Forst weiß genau, wie er Horber anfassen muß, wenn er etwas aus ihm herauskitzeln will.

»Du bist ein Angeber, Horber!«

»Was bin ich?« kräht Horber. »Nimm das zurück, sage ich, oder ich schlag' dich aufs Maul!«

Aber Forst gibt nicht nach. »Beweise, Horber«, sagt er gehässig, »wir wollen das sehen, was du zu bieten hast, verstehst du? Angeben kann jeder!«

Und Horber, hitzig und ohne zu überlegen: »Bitte schön, kommt heute abend um acht auf meine Bude. Unternehmen Skatabend, ist das klar?«

Abends treffen sie sich in Horbers Kammer. Hager hat Karten mitgebracht. Auf dem kleinen, runden Tisch in der Mitte des Zimmers steht eine Nachttischlampe. Zwischen Tisch und Wand ein Ofenschirm. »Mensch, mach doch mal anständiges Licht in der Bude«, verlangt Mutz, gleich nachdem sie hereingekommen sind.

»Darf nicht heller sein«, flüsterte Horber geheimnisvoll, »sonst klappt das Kino nicht. Muß ganz dunkel sein, zur Wand hin.«

Er hat ein schlechtes Gewissen und Angst. Angst, daß das Licht immer noch stark genug sein könnte, um durchs Astloch hinüberzustrahlen ins andere Zimmer. Dann erklärt er: »Wir spielen jetzt Skat, Kinder. Später werden wir dann alle hintereinander einmal aufstehen, und ihr macht dann genau nach, was ich vormache. Aber wenn einer von euch etwas dazu zu sagen hat, dann sprecht bitte vom Kartenspielen und nicht von etwas anderem. Ist das klar?«

Sie setzten sich um den Tisch und spielten. Einer hatte immer Pause, denn sie waren zu viert. Später hörten sie jemanden die Treppe heraufkommen, und Horber sagte: »Ich spiele jetzt ein Solo!«

Er legte die Karten aus der Hand, trat leise zur Wand und spähte durch das Astloch. Dann trat er zurück und gab Hager einen Wink, an die Wand zu treten. Der stand und schaute. Schließlich zog Horber ihn am Ärmel weg und sagte: »Du mußt auch einem anderen ein Spiel gönnen, Hager!«

Forst warf einen Blick durchs Astloch, schaute dann zum Tisch zurück und zwinkerte vielsagend mit den Augen. Nach einer Weile drehte er sich um und kam zurück.

»Zugegeben, Horber, du reizt ganz schön hoch!« Und grinste zynisch.

Mutz war der letzte. Er stand und starrte hinüber.

Verdammt, sie sieht gut aus, dachte er, ein netter kleiner Kerl!

Und dann fühlte er nichts als Mitleid. Er wandte sich um. »Horber«, sagte er, »das ist eine Gemeinheit! Eine bodenlose Gemeinheit! Das hätte ich dir nicht zugetraut!«

Horber legte aufgeregt den Finger an die Lippen und blinzelte Mutz zu. »Keine Angst, Horber«, sagte Mutz, »ich verpatze dir dein Spiel nicht. Aber du kannst nicht verlangen, daß ich mitspiele!«

Er nahm seinen Mantel von Horbers Bett, verließ die Kammer und schlug die Tür zu, daß es krachte.

»Denk dir nichts, Horber«, tröstete ihn Forst, »aus ihm wird nie ein richtiger Kartenspieler. Hager«, er wandte sich an den anderen, »du gibst!«

Aber Hager wollte auch nicht mehr spielen. Er fand zwar, daß Mutz etwas übertrieben gehandelt hatte. Fast wie ein Pauker. Aber irgendwo hat Mutz recht, wußte Hager.

Er schämte sich vor dem schwarzhaarigen, schönen Mädchen in der Kammer nebenan, obwohl es ihn gar nicht kannte. Der Skatabend endete mit einer Mißstimmung. Auch Forst ging.

Schließlich hockte Horber allein in seiner Bude und hatte das heulende Elend. Wieder einmal hatte ihn seine Angeberei in eine scheußliche Situation gebracht. Jetzt wußten sie sein Geheimnis, und einer, auf dessen Freundschaft er ganz besonderen Wert legte, war ihm obendrein noch böse. Nämlich Albert Mutz. Aber am nächsten Morgen, als sie sich in der Schule begegneten, war Mutz freundlich wie immer, und Horber beschloß, ihn noch einmal auf die Sache anzusprechen.

»Sei mir nicht böse, Albert«, sagte er, »ich habe mir wirklich nichts dabei gedacht!«

»Ich weiß«, erwiderte Albert Mutz freundlich, »wenn ich das nicht gewußt hätte, hätte ich dir nämlich gestern abend in die Fresse geschlagen. Ich bin dir nicht böse wegen des Astlochs. Ich bin dir böse, weil du damit angegeben hast. Verstehst du, das ist die Gemeinheit. Daß wir alle es jetzt wissen, ist die Gemeinheit, und daß sie es nicht weiß. Und daß du heute wieder am Astloch hängst und morgen wieder und daß sie diese Sauerei jeden Abend mitmacht, im Vertrauen auf ihre vier Wände, in denen sie zu Hause und geborgen ist. Verstehst du mich jetzt, du gierige kleine Rotznase?«

Alles das sagte Albert Mutz mit verhaltener, freundlicher Stimme, aber hinter dieser Stimme spürte Karl Horber die Wut lauern, und er wollte doch einlenken.

»Ich mach das Loch zu, Mutz! Heute noch, ich versprech's dir!«

»Das soll ein Wort sein, Horber«, sagte Mutz, und seine Stimme klang jetzt nicht mehr verhalten, sondern hell und offen, wie man das gewohnt war.

Auch auf dem Nachhauseweg war Karl Horber noch fest entschlossen, das Astloch zuzumachen. Aber als er durch den Friseursalon ins Haus ging, sah er, wie Barbara über den Ladentisch gebeugt die Zeitung las.

Das Astloch blieb offen, und Karl Horber zog sich weiterhin Abend für Abend als erster in seine Kammer zurück.

Von Mutz sonderte er sich ab, vermied jedes Beisammensein mit dem großen, blonden Jungen, dessen Augen etwas Durchdringendes an sich haben konnten. Sonst führte Horber nach wie vor das große Wort, nur bei einem Thema legte er sich Zurückhaltung auf. Er pflegte nicht mehr leichtsinnig und frech über ›die Weiber‹ zu reden; und wenn er zufällig bei einer Gruppe stand, in der ein schlüpfriger Witz erzählt wurde, hatte er das Gefühl, Albert Mutz stünde hinter ihm und bohre ihm seinen klaren Blick ins Kreuz.

Horber konnte sich dann plötzlich umdrehen, um sich zu vergewissern, ob Mutz nicht tatsächlich hinter ihm stand.

Sie waren drei in der Klasse, die sich nicht an solchen Gesprächen beteiligten. Mutz, Scholten und der kleine Siegi Bernhard.

Borchart und Hager hörten zu, lieferten jedoch selbst keine wesentlichen Beiträge zur Diskussion. Horber und Forst aber waren bisher immer die Wortführer gewesen. Jetzt hatte sich das geändert. Horber war ein ›stilles Wasser‹ geworden, wie die anderen witzelten.

Eines schönen Tages wußte Horber, daß er in Barbara verliebt war. Er wußte nicht nur, wie sie aussah, er begann allmählich, mehr um sie zu wissen. Daß sie allein war. Das vor allem. Und der großsprecherische Horber überlegte verzweifelt, wie er seine Beziehungen zu dem seltsamen, schwarzen Mädchen ändern könnte.

Er betrieb sein heimliches Spähen weiter, aber immer häufiger geschah es, daß er sich hernach schämte. Immer öfter schwor er sich, das Loch in der dünnen Holzwand zwischen ihrer und seiner Kammer endgültig zu schließen. Doch wenn der Abend hereinbrach, lag er wieder auf seinem Bett und wartete auf das Geräusch der Schritte draußen auf der Treppe.

Und eines Abends stand er wieder an der Wand und schaute hinüber, sah zu, wie Barbara zu Bett ging. Und dann hörte er andere, schwere Schritte die Treppe heraufkommen, und er hörte ein leises Klopfen an der Tür nebenan. Er sah, wie sich das Mädchen umwandte, wie die Tür geöffnet wurde, ein Mann eintrat und das Licht löschte. Er hatte das Gesicht nur flüchtig gesehen, aber er hatte seinen Vater erkannt.

In dieser Nacht schloß Karl Horber kein Auge. Er wollte weinen und wunderte sich, daß er es nicht konnte. Am nächsten Morgen verkeilte er das Astloch in der Wand. Als er mittags nach Hause kam, fand er die Aufforderung, in die Kaserne zu kommen.

Und er dachte, daß es gut so sei. Als er Abschied nahm, konnte er seinem Vater nicht in die Augen schauen. Und als sein Vater sagte, er solle auch Barbara ade sagen, schüttelte er nur den Kopf.

»Sei unbesorgt, Karl«, sagte der Vater, »wir werden den Laden hier in Ordnung halten!«

»Sicher werdet ihr das«, sagte Karl, nahm seinen Rucksack und die Schulmappe voll Eßsachen, die ihm Barbara noch hergerichtet hatte, und verließ das Haus.

Die Kameraden machten es ihm leicht. Schon am Abend dieses Tages lachte und strahlte Karl Horber wieder, manchmal nur dachte er an daheim. Er hatte sich schnell damit abgefunden, daß er seine Rolle auch hier in gewohnter Weise weiterspielen würde, daß er der Angeber und der Spaßvogel bleiben würde und der Hanswurst, auf dessen Kosten die anderen schließlich lachten.

Erst auf der Brücke, als er Siegi Bernhard liegen sah, verließ ihn der Humor.

Er hing hinter dem Maschinengewehr und schoß, was der Lauf hergab, und als er den einzelnen Amerikaner vom Kastanienbaum zum Hauseck rennen sah, schwenkte er den Lauf des MGs automatisch hinüber und feuerte, bis der Mann zusammenbrach. Er hatte die seltsame Beziehung, die Scholten und Mutz mit diesem Mann angeknüpft hatten, einfach nicht mitbekommen. Weiß der Teufel, wo er überhaupt mit seinen Gedanken war, während er auf der Brücke lag und schoß. Er dachte an seinen Vater, an den kleinen Siegi Bernhard, an Barbara — und schoß. Er hörte nicht mehr, wie Scholten zu ihm herüberbrüllte. Er konnte es nicht mehr hören.

Beim zweiten Feuerstoß, den er auf den laufenden Amerikaner abgegeben hatte, schlug etwas gegen seine Stirn, wollte seinen Kopf in zwei Hälften teilen; seine Augen, wie in feurige, rote Ringe gefaßt, schienen fortzuschweben; und dann umfing ihn das Dunkel.

Das Geschoß hatte ihn ganz knapp unter dem Stahlhelmrand in die Stirn getroffen.

Die Sache mit dem Amerikaner hatte Scholten den Rest gegeben. Er hörte Mutz neben sich leise weinen und wußte, daß er in wenigen Augenblicken mitflennen würde, wenn nicht irgend etwas geschah. Er blickte zu Hager hinüber und beobachtete mit jähem Entsetzen, wie der Karl Horber bei den Schultern gepackt hatte, ihn hin und her schüttelte. Er sah, wie Horber auf den Rücken rutschte, wie seine rechte Hand vom Koppel herabglitt und schlaff auf die Steinplatten des Gehsteigs fiel, mitten in eine kleine Wasserpfütze.

Dort lag diese Hand jetzt, gelb und regungslos. Du träumst, sagte er zu sich, das kann doch nicht wahr sein. Horber kann doch nicht tot sein? Mensch, Horber, das ist doch nicht wahr? Du warst doch gestern abend noch so lustig! Du hast doch heute noch hier bei uns gesessen ...

Und Scholten dachte weiter: Wie hat es mich gepackt, vor ein paar Stunden, als ich dich weinen sah. Es war das erstemal, daß ich dich heulen sah, und jetzt bist du tot!

Er stieß Mutz in die Seite. »Es hat ihn erwischt, Albert«, sagte er und deutete mit den Augen hinüber zu Karl Horber. Mutz wandte sein Gesicht zur anderen Brückenhälfte, dann ließ er den Kopf wieder auf die Arme sinken und weinte noch hemmungsloser. Armer Mutz, dachte Scholten, das ist auch für dich zuviel!

Und das Mitleid für den starken Mutz, der hier neben ihm lag und heulte wie ein kleiner Bub, gab ihm Auftrieb. Hager bemühte sich auf der anderen Brückenseite immer noch, Horber aufzurichten. Er hatte die Verletzung an der Stirn Horbers gesehen, aber irgendwie war nicht in sein Bewußtsein gedrungen, was das häßliche, klaffende Loch zwischen Horbers Augen bedeutete. Ganz mechanisch stützte er den reglosen Körper immer wieder hoch, rüttelte ihn an den Schultern; und Scholten, der ihn beobachtete, dachte: Ich muß hinübergehen, sonst erwischen sie Hager auch noch. Der Karl hockt fast aufrecht hinter der Mauer, wenn er den Schädel noch um zehn Zentimeter hebt, ist es passiert!

Er spähte durch die Scharte neben seinem Bruchsteinwall und beobachtete die Fronten der gegenüberliegenden Häuser. Sechs, sieben offene Fenster, schwarze Höhlen. Wenn dort Amerikaner drin waren, dann standen sie in guter Deckung. In bester

Deckung. So daß sie zwar sehen konnten, aber nicht gesehen wurden.

Scholten wußte: wenn eine Gefahr auf ihn lauerte, dann konnte sie nur aus diesen Fenstern kommen. Die Hauseingänge und Hofeinfahrten waren ziemlich gut zu übersehen. Er warf einen Blick über die Dächer der am nächsten stehenden Häuser. Auch sie schienen leer zu sein.

Und plötzlich fiel Scholten etwas auf. Er fühlte etwas Beängstigendes um sich herum, und plötzlich wußte er, was es war. Die Stille.

Nicht nur sie hatten zu schießen aufgehört, auch das Feuer der Amerikaner war verstummt.

Sollte das möglich sein? dachte Scholten, sollten sie abgezogen sein?

»Mutz«, sagte er, »he, Mutz, hörst du, fällt dir gar nichts auf?«

Mutz hob den Kopf. Hin und wieder schüttelte ihn ein Schluchzen. Er lauschte. Dann drehte er das Gesicht zu Scholten hin. Ein zaghaftes Lächeln huschte über seine dreckbespritzten, grauen Backen:

»Sie sind fort, Ernst, sie haben aufgehört!«

Scholten und Mutz freuten sich, aber noch trauten sie dem Frieden nicht. Scholten wollte sichergehen.

»Komm, Albert«, sagte er, »nimm meine Knarre. Und wenn ich laufe, dann schau mir nicht nach. Schau bloß auf die offenen Fenster drüben. Richte das Gewehr jetzt gleich auf die Fenster. Und wenn du etwas siehst, dann schieß – schieß, was du kannst!«

Er packte das Sturmgewehr und reichte es Albert Mutz hinüber. Doch der schüttelte den Kopf. »Sei mir nicht böse, Ernst, aber ich kann nicht mehr schießen. Ich mag nicht mehr. Seit dem da!« Und er deutete auf den toten Amerikaner neben dem Hauseingang.

»Schön, Mutz«, sagte Scholten nach einer kurzen Pause, »dann renn ich eben so. Es wird schon hinhauen!«

Als Mutz sah, daß Scholten Ernst machen würde, packte er folgsam das Gewehr, schob es durch die Scharte, richtete den Lauf auf die Fenster gegenüber, zog den Kolben ein und legte den Finger an den Abzug.

»Du mußt festhalten, Mutz«, flüsterte Scholten, »es hat einen starken Drang nach oben!«

Zynisch klang das.

Dann ging Scholten hinter dem Bruchsteinwall in die Hocke, schnellte sich hoch und jagte hinüber zu Hager.

Mutz sah Feuerschein in zwei Fenstern, hörte gleichzeitig das ekelhafte Krachen und war versucht, den Kopf zu drehen, nach Scholten zu schauen. »Lieber Gott«, betete Mutz, »sie dürfen ihn nicht auch noch erwischen! Nicht ihn, nicht ihn . . ., lieber mich!«

Und während er so betete und sich gleichzeitig darüber wunderte, daß er ganz ernsthaft lieber selbst sterben als Scholten fallen sehen wollte, zog er den Abzug durch. Er konnte es nicht erklären, warum er es wußte. Aber er wußte, daß er getroffen hatte.

Mindestens den im linken Fenster, und er war sich dessen so sicher, daß er sich mit seinem Sturmgewehr erhob, den Ellbogen der Stützhand an die Bruchsteinmauer preßte und freistehend auf das zweite Fenster feuerte. Dann sah er in diesem Fenster wieder den Feuerschein, hörte das Pfeifen und spürte ein Brennen am Arm, noch während er das Pfeifen hörte.

Und Scholten brüllte von der anderen Brückenseite: »Wirst du dich hinschmeißen, du gottverdammter Idiot!«

Gott sei Dank, dachte Mutz, er brüllt, also lebt er. Es ist ihm nichts passiert. Dann ließ er sich hinter die Steinmauer fallen, hörte ein zweites Geschoß über sich hinwegpfeifen und dachte wieder: Er lebt, es ist ihm nichts passiert!

Dann schaute er zu Scholten hinüber. Er sah ihn hinter der Brüstung knien und auf Hager einreden, heftig mit den Händen gestikulierend. Hager hockte daneben, als sei er betrunken. Schwankte im Sitzen hin und her, und dann sah Mutz, wie Scholten Hager ins Gesicht schlug. Links, rechts, mit der flachen Hand. Er verstand es nicht. Nach einiger Zeit schien Hager zu sich zu kommen. Er fing einen Schlag von Scholten mit dem Unterarm ab, als wollte er sagen: »Jetzt reicht's!«

Ernst Scholten wußte sich nicht anders zu helfen. Als er vorhin hinübergelaufen war, saß Hager neben dem toten Horber und sah aus, als sei er verrückt geworden.

»So also«, sagte Scholten, »sieht ein Mensch aus, wenn er verrückt wird!«

Hager schaute ihn an, mit großen, glänzenden Augen. Er sang:

»Denn heute gehört uns Deutschland
und morgen die ganze Welt . . .«

Da schlug Scholten zu. Und er hörte nicht auf, unbarmherzig zu schlagen, bis Hager den Ellbogen hob und sein Gesicht schützte.

»Entschuldige, Ernst«, sagte er, »bitte, entschuldige!«

»In Ordnung«, sagte Scholten ruhig, »jeder hat mal seinen Klaps!« Aber er beschloß, auf der Hut zu sein.

»Erst war's Mutz«, sagte er dann, »jetzt bist es du, in fünf Minuten bin's vielleicht ich. Ich bitte dich bloß, Klaus, wenn's soweit kommt, dann drisch mich, verstehst du, hau mich mit aller Kraft, bis ich sage: ›Genug, Klaus, ich bin wieder da.‹ Wir können uns das nämlich nicht leisten jetzt. Hörst du?«

Scholten schob den Körper neben sich auf die Seite und legte sich hinter das MG.

»Es ist in Ordnung«, sagte Hager, »dem MG ist überhaupt nichts passiert«, und sah wieder auf den toten Horber.

Scholten hatte sich das Fenster gemerkt, aus dem auf Mutz geschossen worden war. Er zielte genau, dann winkte er zu Albert Mutz hinüber.

»Komm«, schrie er, »bring die Knarre mit.«

Albert Mutz packte folgsam das Sturmgewehr, hängte sich dann noch seinen Karabiner auf den Rücken und hockte sich ans äußerste Ende der Steinmauer. Als Scholten zu feuern begann, setzte er in gewaltigen Sprüngen über die Brücke und warf sich, heftig atmend, neben Scholten zu Boden.

»Kannst du das verstehen, Ernst«, sagte er, »es sind höchstens noch zwei von den Amis da. Sonst hätten wir mehr Feuer bekommen. Den einen im linken Fenster habe ich erwischt, aber der rechts, der schießt, und nicht schlecht!«

Seltsam, dachte Scholten, da hockt man herum und flennt, und wenn man etwas tun muß, ist man wieder ganz normal.

»Der rechts hat eben auf dich geschossen, Albert«, sagte er, »mehr sind nicht mehr da, sonst hätten die mitgeballert, wie du gelaufen bist. Sie werden abgezogen sein und nur ein paar Späher zurückgelassen haben!«

Scholten sagte Späher, und Albert Mutz mußte daran denken, wie oft Scholten selbst Späher gespielt hatte, wenn sie mit Luftgewehren und hölzernen Tomahawks auf den Kriegspfad gezogen waren.

Scholten hatte inzwischen weitergesprochen: »Wenn sie sich zurückgezogen haben, dann wollen die noch was von uns, die schenken uns doch nichts. Wir sollten den Burschen dort droben noch erwischen und dann verschwinden. Solange der nämlich da ist, kommt von uns keiner über die Brücke.«

Als Mutz seinen Freund Scholten vom Verschwinden, also vom Abhauen reden hörte, wurde ihm plötzlich leicht ums Herz. Mensch, dachte er bei sich, wir hauen ab. Freilich hauen wir ab. Wir haben ja die Brücke gehalten, wir haben genug getan.

Richtig froh wurde Albert Mutz, und seine Wurschtigkeit verschwand mit einem Male. Er war wieder Feuer und Flamme und überlegte mit Scholten gemeinsam, wie sie es wohl am besten anstellen könnten.

Scholten nahm den Stahlhelm ab, setzte ihn auf Hagers Karabiner und schob ihn langsam nach oben. In irgendeinem Album hatte Scholten einmal eine Aufnahme gesehen, auf der ein Soldat gezeigt wurde, der seinen Helm über die Grabenböschung hinaushielt, um ohne eigene Gefahr festzustellen, ob's da noch schoß. Scholten wußte nicht mehr, wo er das Bild gesehen hatte. Ist ja im Augenblick auch nebensächlich, dachte er.

Als der Stahlhelm etwa fünfzehn Zentimeter über die Mauer hinausragte, machte es drüben pffft, Steinsplitter flogen ihnen um die Ohren, und Scholten zog den Stahlhelm wieder zurück. Dann probierte er es noch mal, und jetzt hatte Mutz sein Sturmgewehr auf das Fenster gegenüber gerichtet.

»Ich bin soweit«, flüsterte er aufgeregt, und Scholten schob den Helm hoch. Als er über der Mauer war, machte es von drüben wieder pffft und pengg, und der Stahlhelm tanzte und kreiselte um den Karabinerlauf.

Mutz hatte zwanzig Schuß hinausrasseln lassen, aber jetzt fluchte er: »Ein geschickter Hund ist das, ein verdammt geschickter Hund!«

Und Scholten sagte: »Da hast du wohl recht, Mutz!« Und schaute nachdenklich auf das kleine, ausgezackte Loch auf der Stirnseite des Helms. Was der wohl für ein Gewehr hat, dachte Scholten, der andere beim Kastanienbaum hatte ein ganz kurzes, aber das Loch stammt von einem größeren Kaliber.

Und dann sah er, daß der Ärmel von Albert Mutz' Tarnjacke über und über rot war, daß an seiner linken Hand das Blut hinunterlief und daß das Sturmgewehr mit roten Spritzern bedeckt war.

»Mensch, laß dich anschauen«, sagte er erschrocken, und Albert Mutz blickte erstaunt auf seinen Arm. Er war verletzt, sein Blut lief da hinunter, bildete schon eine kleine Lache auf dem Boden, und er hatte es nicht einmal gemerkt. Jetzt erinnerte er sich wieder an das Brennen vorhin, als er auf das rechte Fenster geschossen hatte und dort den Feuerstrahl aufzucken sah. Es hatte ihn also erwischt, und er hatte es gar nicht gemerkt.

Er schob den Ärmel mit der rechten Hand hinauf. Fünf Zentimeter über seinem linken Ellbogen war es. Eine häßliche, halb offene und halb verkrustete Schramme, aus der in zwei, drei dicken Fäden dunkelrotes Blut tropfte. Das ist gar nicht schlimm, dachte Albert Mutz, es tut gar nicht weh. Und jetzt erst spürte er ein leises Ziehen und einen dumpfen Schmerz, wenn er den Arm bewegte. Man muß es abbinden, dachte er, und dann hörte er Scholten fluchen.

»Verbandspäckchen, Mensch – wir Idioten, alles haben wir gefaßt, Gewehre, Panzerfäuste, Maschinengewehre, sogar das Fressen haben wir dabei, aber kein Verbandspäckchen, die haben wir glatt vergessen.«

»Fröhlich hat es vergessen«, korrigierte Mutz, »Fröhlich oder Heilmann!«

Und beide dachten: Wo werden sie wohl stecken, wo wird Fröhlich sein? Ob sie ihn geschnappt haben, die Amis, oder ob es ihn erwischt hat? Und Heilmann, ob er sie wirklich im Stich gelassen hat oder ob er einfach verschüttgegangen ist und irgendwo anders, genau wie sie, hinter irgendeiner schützenden Mauer liegt und wartet?

Scholten kramte ein großes rotkariertes Taschentuch aus seiner Hosentasche. Er legte es zu einem schmalen Streifen zusammen, umwickelte damit die Wunde, machte einen Knoten und zog zu.

»Aua«, sagte Albert Mutz und fühlte sich unglücklich, weil es jetzt richtig weh tat.

»Wenn Dreck drin ist, gibt es vielleicht Starrkrampf«, sagte Hager und starrte interessiert auf den Verband. Es war der erste Satz, den er sagte, seitdem Mutz herübergekommen war.

Als sie mit dem Verband fertig waren, rollte Mutz den Ärmel der feuchten Jacke herunter, und Scholten deutete zu dem Fenster hinüber. »Probieren wir es noch mal«, sagte er, »sonst kommen die wieder mit Panzern und wir sind verratzt.«

Er nahm den Helm mit dem ausgezackten Loch, setzte ihn auf Hagers Karabiner und gab Hager das Gewehr in die Hand. »Halt's hoch!« sagte er.

Dann legte er sich hinter das Maschinengewehr und richtete es auf das Fenster. Mutz klemmte das Sturmgewehr gegen die Schulter, und beide starrten hinüber. Hager hob den Helm über die Mauer.

Pffft, pengg. Der Stahlhelm tanzte auf dem Karabiner, und Scholten und Mutz schossen. Dann gaben sie es wieder auf.

»Ein verdammt schneller Bursche«, sagte Scholten und biß sich auf die Lippen. »Wir erwischen den Kerl nicht.«

Und als ob der Amerikaner gemerkt hätte, was los war, erschien jetzt drüben ein Stahlhelm in der Fensteröffnung, wurde so hoch gehoben, daß jeder es deutlich sehen konnte: Der Helm saß auf einem Besenstiel oder auf einer Stange.

Und jetzt pendelte die Stange hin und her, und der Stahlhelm schwankte. Der glatte Hohn war das. »Schaut euch dieses Miststück an«, sagte Scholten bewundernd, »wir müssen den Kerl erwischen, anders kommen wir nicht weg.«

Hager öffnete den Mund. »Ich renn' mal ein bißchen rüber«, sagte er, »auf die andere Seite. Vielleicht habt ihr dann mehr Glück.«

Er zitterte vor Aufregung. Er kauerte sich neben das Mauerende und wollte gerade hochjagen, da packte ihn Scholten am Kragen.

»Ich hab' dich schon lange nicht mehr verprügelt, du verrückter Hund«, sagte er, »das ist doch hier kein Kindergarten. Drei Helden langen dir noch nicht, was?« Und gab ihm einen Stoß, daß er gegen die Mauer flog. »Ich werde auf dich aufpassen, mein Sohn«, drohte Scholten, »ich schlag dich zu Brei, wenn du das noch mal probierst. Hast du verstanden?«

Hager kauerte an der Mauer und wischte sich das Blut von der Backe. Er mußte mit dem Gesicht gegen die Bruchsteine geprallt sein. Er sagte kein Wort. Aber seine Augen glänzten und wanderten von einem zum andern.

»Mutz«, sagte er dann, »ich hab' doch recht. Anders erwischen wir den Bruder nie. Wir wollen doch nach Hause. Laßt es mich probieren. Ich renn' auf die andere Brückenseite. Dort mach' ich Pause. Dann renn' ich zum Kastanienbaum, dort mach' ich wieder Pause. Und dann lauf' ich zum Haus hinüber, und da muß der Ami raus aus dem Fenster, anders kann er mich nicht erwischen.«

»Schön, Hager«, sagte Scholten, »das ist ein wundervoller Plan.

Bloß eins hast du vergessen. Daß du nämlich gar nicht über die Brücke kommst, wenn du Pech hast!«

Wieder wandten Scholten und Mutz ihre Aufmerksamkeit dem Fenster zu. »Wie kriegen wir den Burschen zu fassen«, überlegte Scholten. Es muß doch irgendeinen Trick geben, dachte Mutz.

»Wie wäre es, wenn wir es noch mal mit dem Stahlhelm versuchen«, sagte Scholten und drückte Hager den Karabiner und den Helm in die Hand. Dann lag er wieder hinter dem Maschinengewehr, und Mutz setzte das Sturmgewehr an. Beide starrten hinüber. Genau darauf hatte der lange Hager gewartet.

Mit einem Ruck feuerte er Stahlhelm und Karabiner auf den Gehsteig, sprang auf und hetzte keuchend, wie eine Dampflokomotive, über die Brücke.

Pffft, pffft, pengg. Zweimal zuckte ein Feuerschein im Fenster auf. »Schießen, Mutz!« brüllte Scholten, »schießen, nicht umschauen!«

Er ließ das Maschinengewehr spucken, und Mutz kam mit dem Sturmgewehr dazu. Der lange Hager hatte es geschafft. Er lag hinter dem Mauervorsprung auf der anderen Brückenseite und japste nach Luft. Sprang wieder auf und raste zur Kastanie.

Pffft, machte es von drüben. Scholten und Mutz schossen, und Hager stand hinter dem breiten Baumstamm, verschnaufte.

»Ich glaube, wir haben ihn«, sagte Mutz.

»Einen Dreck haben wir«, antwortete Scholten und machte verzweifelte Zeichen zur Kastanie hinüber: Hager, dachte er, soll um Himmels willen stehenbleiben, soll keinen Schritt mehr weiterlaufen.

Aber Hager machte nur eine Pause, wie er es vorher geplant hatte, und rannte jetzt genau auf das Haus zu, in dem sich der Amerikaner verschanzt hatte.

Klaus Hager und die Angst vor dem Leben

Er war eigentlich nie aufgefallen. Soweit sie sich zurückerinnerten. Er war immer da, nur um auch mit dabeizusein, aber er hatte nie Aufhebens von sich gemacht. Hager will nicht auffallen, dachten die anderen. Er ist ein seelenguter Kerl, der froh ist, wenn man ihn in Frieden läßt. Wie sehr sie sich täuschten!

»Wie oft habe ich dir gesagt, du sollst nicht mit schmutzigen Fingern zu Tisch gehen!« Das war seine Mutter.

Klaus Hager mußte sich vor jeder Mahlzeit die Hände waschen, das war nicht anders als bei Albert Mutz oder Walter Forst oder sonst einem Kameraden. Aber vielleicht hatte man es Klaus Hager zu oft gesagt, als daß er noch ohne Widerwillen zum Wasserhahn hätte gehen können. Als kleiner Bub von sechs, sieben Jahren kam er Tag für Tag mit ungewaschenen Händen zum Mittagessen, manchmal gab es Ohrfeigen, manchmal wurde er nur zum Wasserhahn geschickt, und manchmal vergaß die Mutter auch, zu kontrollieren. An solchen Tagen fühlte sich Klaus Hager als Sieger.

»Du sollst nicht immer die schmutzigen Tiere ins Haus bringen!«

Klaus Hager konnte keine Katze, keinen Vogel, keine Eidechse und keine Maus sehen, ohne daß sein Wunsch erwacht wäre, das Tier zu fangen und es mit nach Hause zu nehmen. Ein Glück, daß er auf seinen Fangexpeditionen nur selten Erfolg hatte. Seine Mutter wäre sonst verzweifelt. Sie hatte einen Ekel vor Tieren. Einmal fing er eine kleine Amsel, die sich am Flügel verletzt hatte. Sorgfältig bettete er den Vogel daheim in eine Kiste, pflegte ihn fürsorglich und saß die halbe Nacht bei seinem kleinen Patienten. Als er morgens aufwachte, galt sein erster Gedanke der Amsel. Er kletterte aus dem Bett, rannte auf nackten Füßen zur Kiste und fand sie leer.

Eine halbe Stunde suchte er das ganze Zimmer ab, bis er die Amsel fand. Sie lag unter einem Schrank. Ihr Körper war schon starr. Klaus Hager gebärdete sich an diesem Tag so verzweifelt, schluchzte so herzzerreißend, daß sich die Eltern ernsthaft um den Jungen sorgten.

Der Vater kaufte ihm einen Wellensittich. »Hier hast du wieder einen süßen, kleinen Vogel!« Dem kleinen Klaus standen Zornfalten auf der Stirn: »Ich will keinen süßen, kleinen Vogel!« Schrie und brüllte, stampfte mit beiden Füßen auf den Boden: »Ich will meine Amsel wiederhaben!«

Er grub die Amsel im Garten ein, legte eine Steinplatte auf das kleine Grab, die der Vater mit einer Inschrift versehen hatte, und stellte ein Holzkreuz auf. Viele Kinder hatten das vor ihm getan, viele werden es nach ihm tun. Aber die lange Zeit, während der Tod der Amsel wie ein Schatten über dem Gemüt des kleinen

Klaus zu hängen schien, stimmte die Eltern nachdenklich. Sie hielten sorgsam alle ihrer Meinung nach schädlichen Einflüsse von ihm ab. Als Klaus Hager zum erstenmal in die Schule ging, man hatte ihn noch ein Jahr zurückstellen lassen, stand er während der Pause allein auf dem Schulhof. Nach einiger Zeit hatte er Kameraden gefunden, aber er schien sie nur gefunden zu haben, um mit ihnen zu streiten.

Einmal kam er mit zerrissenen Strümpfen nach Hause. Sie hatten ihn geprügelt, weil er in der Schule seinen Banknachbarn verpetzt hatte. »Mein lieber Junge«, sagte die Mutter weinend, »was haben sie dir getan!« Sie bedauerte den kleinen Klaus so sehr, daß er schließlich auch zu weinen begann. Und als sein Vater dazukam, hörte Klaus voll Staunen, wie sich die Eltern stritten. »Du sollst den Bengel nicht so verwöhnen«, sagte der Vater, »er ist kein kleines Mädchen, begreife das doch endlich, Emely!« Aber Emely begriff es nicht, und fortan holte Vater Hager seinen Sprößling jeden Mittag, Punkt zwölf, vor dem Schulhof ab.

Klaus brachte ausgezeichnete Zeugnisse mit nach Hause. Nach einiger Überlegung beschlossen die Eltern, ihn bereits nach der dritten Volksschulklasse in das Gymnasium zu schicken. So machte Klaus Hager das verlorene Jahr wieder gut und kam zu den Kameraden seines Jahrgangs in die Klasse. Er war still, aufmerksam, lachte und schwätzte nicht im Unterricht, und jeder mochte ihn eigentlich gern. Seinen Hang, andere hinzuhängen, hatten ihm die Kameraden bereits in der Volksschule ausgetrieben. Mutz, Scholten und Forst, an die er sich hauptsächlich anschloß, ließen ihn mitkommen. Keiner gab ihm jemals ein böses Wort, man nahm fast noch mehr Rücksicht auf ihn als auf den kleinen Siegi Bernhard. Man lud ihn zu jedem Ausflug besonders ein.

»Was ist, Klaus, fährst du mit zum Baden, heute nachmittag?«

Mutz und Scholten hatten Klaus Hager die Frage gestellt. Hager zierte sich: »Ach, ich weiß nicht recht, ihr fahrt mir immer zu schnell, mein Rad ist auch nicht so ganz in Ordnung; ich weiß wirklich nicht . . .«

»Schön, schön«, unterbrach ihn Scholten, »Mutz geht mit dir nach Hause und fragt deine Mutter, ob du mitkommen kannst!«

Hager, plötzlich ganz verwandelt, gar nicht mehr unsicher: »Würdest du das wirklich machen, Mutz? Ja? Dann komm' ich mit, gern komm' ich mit!«

Hager durfte nämlich meistens nicht, außer wenn der zuverlässige und ordentliche Mutz bei seiner Mutter fragte, dann bestand Aussicht. Hager hätte das nie offiziell zugegeben. Immer fand er Ausreden, und die anderen spielten gutmütig mit, bis es ihnen zu dumm wurde. Meistens war es Scholten, der dann das Hin und Her unterbrach und Klaus Hager kurz und bündig versicherte, es würde jemand von ihnen vorbeikommen und die Erlaubnis von Emely Hager einholen.

Einmal war Scholten selbst hingegangen, aber an diesem Tag hatte Hager die Erlaubnis nicht bekommen.

»Sag mir, Klaus«, fragte seine Mutter, »wer ist dieser schwarze, unsympathische Bursche mit dem gelben Gesicht? Geht er in deine Klasse? Hat er gute Noten? Sicher hat er schon schmutzige Geschichten! Spricht er nie darüber? Aber du wirst es mir ja nicht erzählen, was ihr für Gemeinheiten ausheckt!«

»Mutti«, wagte Klaus zu unterbrechen, »Mutti, du tust ihm unrecht, bestimmt. Ich kenn' ihn ganz genau. Wirklich!«

»Na, wenn du ihm so die Stange hältst, ist erst recht etwas faul«, sagte die Mutter und beschloß, diesem Scholten gründlich auf die Finger zu sehen. Sie machte Studienrat Stern einen Besuch und klärte ihn über Scholten auf. »Ein verstockter Kerl«, sagte sie, »schauen Sie ihm einmal in die Augen!« Und flüsternd: »Ich sage Ihnen, der geborene Verbrecher, und so etwas geht mit meinem Sohn in ein und dieselbe Klasse!«

Studienrat Stern atmete mehrmals tief, als Emely Hager das Lehrerzimmer verlassen hatte, und dann dachte er: Armer Klaus!

Klaus Hager erwies sich in allem als guter Durchschnitt. Nie war etwas Besonderes von ihm zu erwarten. Aber eines Morgens fand ihn seine Mutter bewußtlos im Bett. Der Arzt sorgte für die sofortige Einweisung ins Krankenhaus, und dort pumpte man ihm gerade noch rechtzeitig den Magen aus. Die Veronaldosis, die sich Klaus Hager aus dem Nachtkästchen seiner Mutter geholt hatte, hätte für die ganze Familie gereicht.

Die Mutter stürmte zur Schule. »Ihr seid schuld«, warf sie den Lehrern vor, »ihr habt zuviel verlangt von meinem Jungen!«

»Du bist schuld«, warf sie ihrem Ehegatten vor, »du hast dich nicht um den Jungen gekümmert!«

»Niemand ist schuld«, hatte Klaus Hager selbst auf einen kleinen Zettel geschrieben, »ich mag einfach nicht mehr!«

»Seid nicht gehässig zu ihm, spottet nicht, seid aber auch nicht zu nett«, mahnte Studienrat Stern die Klasse. »Seid ganz normal«, fuhr er fort, »dann wird er am schnellsten sich wiederfinden. Es gibt manchmal im Leben einen Kurzschluß, Kinder. Wir müssen uns alle um Klaus bemühen, aber er darf es nicht merken!«

»Sehr geehrte gnädige Frau«, sagte Studienrat Stern zu Emely Hager, »versuchen Sie doch einmal, die Schuld nicht nur bei anderen zu suchen. Versuchen Sie doch einmal, eine ganz vernünftige Mutter zu sein. Mir ist es gleich, was Sie uns vorwerfen, mir geht es um den Jungen. Das zweitemal wird er es nämlich geschickter anstellen, verlassen Sie sich darauf!«

»Das zweitemal?« Emely Hager war bleich geworden, und als sie nach Hause ging, war sie nahe daran, über ihr bisheriges Verhältnis zu ihrem Sohn Klaus nachzudenken. Aber eben nur nahe daran. Studienrat Stern ging zum Leiter der Anstalt und trug ihm den Fall Hager vor.

Der Oberstudiendirektor, ein gütiger, vornehmer alter Mann, hörte schweigend zu. »Er braucht einen Freund, Herr Kollege«, sagte er dann, und als Stern zweifelnd wiederholte: »Einen Freund, Herr Oberstudiendirektor?« verbesserte sich der: »Oder eine Freundin, lieber Kollege, ja, eine kleine Freundin!« Und er folgerte weiter: »Irgendeine Aufgabe muß man Klaus Hager geben, eine Aufgabe, die ihn von sich selbst ablenkt. Man müßte ihm etwas Hilfsbedürftiges, etwas Schutzsuchendes anvertrauen, etwas, das seinen Wunsch, zu sorgen und zu schützen, erweckt . . .«

»Ist das nicht ein bißchen . . .« Stern setzte ab, wußte nicht, wie er es formulieren sollte, und sagte dann doch: ». . . gefährlich?«

Er spürte, daß es das nicht war, was er hatte sagen wollen. Aber der Dirketor hatte ihn verstanden.

»Es kommt auf das Mädchen an, Kollege Stern«, und sie dachten beide an das kleine, verschüchterte Ding, das vor zwei Tagen von den Eltern angemeldet worden war und das am Montag zum erstenmal in die Klasse kommen würde.

Das Mädchen würde sich schwer tun, Anschluß zu finden. Konnte man das Experiment wagen; würde es nicht, anstatt den erhofften Erfolg zu bringen, ins Gegenteil umschlagen?

»Sie müssen behutsam sein, Kollege Stern«, sagte der Schulleiter, und als ihn Studienrat Stern verlassen hatte, dachte er noch lange über die Sache nach. War es nicht einfacher, wenn man

Klaus Hager weiter im Strom der Klasse mitschwimmen ließ? Der Oberstudiendirektor sah hinüber zu der Büste Pestalozzis, die verstaubt und unscheinbar auf dem hohen, eichenen Bücherschrank stand. Lehren heißt lieben, dachte er, auch wenn es oft einfacher wäre, nur zu lehren!

Am Montag kam die Neue. Die Klasse zeigte sich betont uninteressiert. Das war immer so. Schließlich kann man so einem kleinen Gänschen nicht nachlaufen. Die Neue saß still in ihrer Bank, ein kleines, farbloses Geschöpf. Sie kam aus dem Osten. Ihre Eltern waren vor der immer näher heranrückenden Front geflohen, ihre beiden Brüder standen im Feld. Studienrat Stern notierte sich die Personalien: Feller, Vorname Franziska, Jahrgang 1929. Er fragte weiter nach Religionsbekenntnis, Name und Beruf des Vaters und sagte dann dem Mädchen, es solle nach Schluß des Unterrichts noch ein paar Minuten dableiben.

Nachdem die Glocke die zweite Pause eingeläutet hatte, stürmte die Klasse auf den Schulhof. Stern und die kleine Franziska blieben im Zimmer. Er erkundigte sich eingehend nach ihren bisherigen Noten. Sagte dann: »Im großen und ganzen wirst du hier gut mitkommen, nur dein Lateinvierer macht mir ein wenig Sorge. Ich werde einen Mitschüler bitten, sich ein bißchen um dein Latein zu kümmern.«

Und damit war der Vorwand gefunden, Klaus Hager und Franziska Feller zusammenzuführen.

Klaus Hager war empfindlich und sensibel. Und er wußte es, aber er konnte seine Empfindsamkeit nicht fassen. Er wußte nicht, wo sie lag, auf was sie reagierte.

Einmal hatte er ein Militärbegräbnis erlebt. Der Kommandeur der Kaserne, ein alter Oberst, war gestorben. Dicht gedrängt standen die Menschen am späten Nachmittag an den Straßen zum Friedhof, unter ihnen auch Klaus. Tiefbewegt sah er den Trauerzug. Soldaten in langen Mänteln, mit geschwärzten Helmen und straffgespannten Kinnriemen, die die Gesichter noch härter erscheinen ließen. Eine Musikkapelle, die einen Trauermarsch spielte, dann eine Geschützlafette, darauf der Sarg unter einem schwarzen Laken, und dann wieder Soldaten, endlose graue Kolonnen. Ein düsteres, drohendes, erschütterndes Bild. Klaus Hager spürte die ganze Zeit ein Würgen in der Kehle. Die Musik setzte aus, und nur noch dumpfe Paukenschläge begleiteten die Schritte der Marschierenden.

Lange noch stand er an der Straße, als der Zug längst vorüber war. Die Zuschauer hatten sich verlaufen. Klaus Hager hörte aus der Ferne die Trompete, dann krachten Salven. Als der Zug wieder herannahte, stürzten die Leute aus den Häusern, öffneten oben in den Stockwerken die Fenster und beugten sich weit heraus. Mit klingendem Spiel marschierten die gleichen Männer, die soeben noch langsam und drohend vorbeigezogen waren, vom Friedhof zurück.

Aus den grauen Kolonnen stieg dröhnender Gesang empor. Mit krachendem Marschtritt zogen die Abteilungen vorbei, die Trommeln dröhnten, Querpfeifen schrillten, und dann sangen die Männer wieder, laut, dröhnend laut:

»Rot scheint die Sonne, fertig gemacht;
wer weiß, ob sie morgen für uns auch noch lacht . . .«

»Das Lied der Fallschirmjäger«, sagte eine ältliche Frau neben Klaus Hager, und er spürte, wie ihm das Wasser in die Augen schoß. Und plötzlich wollte er auch in diesen Kolonnen mitmarschieren. Es war da etwas, das er nicht zu erklären vermochte. Aber es war nur ein Teil seiner Empfindsamkeit.

Klaus Hager liebte es, an Sonntagen in der Kirche der kleinen Stadt zu knien. Seltsam, dachte er hin und wieder mit schlechtem Gewissen, ich gehe in die Kirche, aber ich kann nicht beten!

Er kam pünktlich zum Hauptgottesdienst, kniete in seiner Bank und begann, ein Vaterunser zu beten, aber plötzlich war er mit seinen Gedanken weit fort. Irgendwo dort droben unter dem hohen Gewölbe schwebten seine Gedanken, ließen sich forttragen vom brausenden Orgelklang, vom Jubel des Chors, erlebten ehrfurchtsvoll die Atmosphäre, die Weihrauch und brennende Kerzen, die Zahl der andächtigen Beter dem weiten Raum gaben.

Am liebsten stand er abends in einer dunklen Ecke der Kirche und erlebte die Maiandacht. Wenn dann helle Frauenstimmen und harte Männerbässe die Himmelskönigin in den schönen, weihevollen Liedern priesen, dann gab er sich ganz der mystischen Verzauberung hin, die alles hier herinnen umfaßte. Er konnte vor der Schmerzhaften Muttergottes in der kleinen Fensternische stehen, wenn von draußen die letzten Strahlen der Abendsonne hereinfielen und das herbe Antlitz der Statue verklärten; und dann war in seinen Augen das unablässige Starren, das große

Staunen, und ein Gefühl schmerzlicher Wonne schauerte durch seinen Körper.

Einmal hatte er gebeichtet, daß er nicht betete in der Kirche, daß er nicht beten könnte, nur sitzen und lauschen, in sich hineinhören. »Das ist keine Sünde«, hatte der Priester leise gesagt, und ein kleines Lächeln war dabei über sein Gesicht gehuscht. Aber das hatte Klaus Hager durch das Gitter des Beichtstuhls nicht sehen können.

Wenn er sich daheim ungerecht behandelt fühlte, ging Klaus abends früh zu Bett, lag bewegungslos da, starrte an die Zimmerdecke und dachte: Ich bin todkrank, ich muß sterben. Man wird mich zum Friedhof tragen, und alle werden um mein Grab versammelt sein. Meine Mutter, der Vater, die Lehrer, die Klasse. Sie werden weinen und daran denken, wie oft sie mir Unrecht getan haben.

Er sah sich selbst im Sarg liegen, ein bleiches, lächelndes Gesicht, von Blumen umgeben.

Als er Franziska Feller kennengelernt hatte, wurde das anders. Er dachte seltener ans Sterben und konnte nicht mehr verstehen, daß er jemals zu den Veronaltabletten gegriffen hatte. Wenn man mich eine halbe Stunde später gefunden hätte, wäre ich jetzt vielleicht tot, dachte er und hatte sekundenlang ein Gefühl der Furcht. Man hätte mich längst vergessen, dachte er.

Klaus Hager litt nicht unter der körperlichen Spannung, die den meisten seiner gleichaltrigen Kameraden zu schaffen machte, und er kannte nicht die leidenschaftlichen Träume, die manchen von ihnen die Nacht zur Qual werden ließen. Die Schwierigkeiten seines Alters äußerten sich in jener seelischen Überempfindlichkeit, in jenem süchtigen Sich-fort-tragen-Lassen, wenn irgend etwas Bewegendes auf ihn eindrängte. Meistens war es Musik. Und so unfähig er war, selbst ein Instrument zu erlernen, so hingerissen konnte er stundenlang vor dem Plattenschrank zu Hause sitzen und den Symphonien von Brahms, von Tschaikowski, dem Violinkonzert von Mendelssohn oder dem Klavierkonzert von Rachmaninow lauschen.

Es war nicht immer so, daß ihn eine augenblickliche Stimmung zum Plattenschrank hinführte. Nein, viel häufiger schuf er diese Stimmung bewußt und konnte sich dann so hineinsteigern, daß die heimkommende Mutter ihn mehr als einmal weinend und schluchzend neben dem Plattenschrank sitzend fand. Es war wie ein Gift, ein süßes, berauschendes Gift. Und Emely Hager pflegte gerade in solchen Augenblicken nicht etwa hinzugehen und mit einem Handgriff den Apparat abzustellen, wie es eine andere Mutter spätestens beim zweiten oder dritten Mal getan hätte, sondern sie beugte sich über ihren Sohn und strich ihm mit der Hand über den Scheitel. Er ist so empfindsam wie ich, dachte sie dann, und Traurigkeit und Stolz kämpften in ihrer Brust.

Die Gefahr also, daß die Freundschaft mit Franziska Feller in Klaus Hager Gefühle zur Gärung bringen würde, die bis dahin noch im dunkeln verborgen waren, bestand nicht. Aber eine andere Gefahr tauchte auf. Klaus Hager fühlte hier etwas Schwaches, das seinem Einfluß unterstand, und er entwickelte sich zu einem richtigen kleinen Tyrannen. Nach etwa zwei Monaten war es soweit, daß Studienrat Stern verzweifelt überlegte, wie er die beiden wieder trennen könnte, ohne Klaus Hager oder das, was er jetzt gewonnen hatte, aus dem Gleichgewicht zu bringen. Ein Rückschlag konnte bei der Empfindlichkeit des Buben erneut zum Kurzschluß führen. Aber etwas mußte geschehen, das fühlte Studienrat Stern, wenn er am Morgen die kleine Franziska in ihrer Bank sitzen sah, unruhig, unausgeglichen und scheu.

Klaus Hager war eifersüchtig. Er betrachtete Franziska beinahe als sein Eigentum. Das war der Mensch, der neben ihm am Plattenschrank kauerte, der seine wilden Ausbrüche mit hilflos bewundernder Aufmerksamkeit miterlebte, der zu ihm aufschaute. Aber das Problem, dem sich Studienrat Stern gegenübersah, löste sich von selbst.

Klaus Hager hatte eines Abends noch einen dringenden Brief seiner Mutter zur Bahn bringen müssen, damit er mit dem letzten Zug noch mitgenommen würde. Während er den Brief zum Postwagen brachte und dann zur Bahnsteigsperre zurückging, sah er plötzlich an einem der vorderen Wagen, gleich hinter der Lokomotive, Franziska stehen. Sie war nicht allein. Ein junger Mann in feldgrauer Uniform stand bei ihr, beugte sich plötzlich zu dem kleinen, stillen Gesicht hinunter und küßte es. Dann stieg er lachend, mit der linken Hand winkend, die drei Stufen zur Plattform des Wagens hinauf und verschwand durch die Tür. Franziska hatte ebenfalls die Hand erhoben und ließ sie wie verloren dort oben, bis sich der Zug in Bewegung setzte. Klaus Hager stürzte an dem Mädchen vorbei zur Sperre. Franziska hatte ihn gesehen: »Klaus«, rief sie erstaunt. Dann, als er weiterlief, weinerlich: »Klaus, hör doch, renn doch nicht weg!«

Noch einmal winkte sie dem jungen Mann, der lachend im Abteilfenster stand und die Hand mit dem großen weißen Taschentuch hin und her schwenkte; dann trippelte sie hinter Klaus Hager her. Knapp vor der Haustür hatte sie ihn erreicht, sprach auf ihn ein. Sie konnte sich das alles nicht erklären. Da blieb er stehen, starrte sie mit brennenden Augen an, daß ihr himmelangst wurde und sagte: »Geh weg . . .!«

Da gab sie es auf.

Klaus Hager warf sich in seinem Zimmer aufs Bett und heulte. Er dachte wieder an das Veronal in Mutters Nachtkästchen und schlich hinüber. Damit mach' ich sie fertig, dachte er, damit mach' ich sie am meisten fertig! Er griff nach dem Röhrchen, und dann hörte er die Stimme der Mutter neben sich: »Nein, Klaus, diesmal nicht. Ich habe dich kommen hören, ich habe mir so etwas gedacht. Nicht wegen eines kleinen Mädchens, Klaus!«

Beschämt schlich er in sein Zimmer zurück. Die Mutter kam ihm nach. »Warum machst du nicht ein bißchen Musik«, sagte sie leise, »das hilft dir doch, Klaus!« Und er ging an den Musikschrank, hörte Tschaikowskis Sechste Symphonie, und sein empfindsames Gemüt vermittelte ihm eine Orgie rauschender, brausender, farbiger Bilder.

Ein paar Tage später erhielt er die Aufforderung, abends in die Kaserne zu kommen. Emely Hager lief zu ihrem Hausarzt; sie lief zur Schule, zur Stadtverwaltung, zum Wehrmeldeamt und zur Kreisleitung. Schließlich sah sie ein, daß hier nichts aufzuhalten war.

Zum erstenmal fühlte Klaus Mitleid mit seiner Mutter – aber auch mit sich selbst, mit der ganzen Welt. Weinend machte er sich auf den Weg.

In der Kaserne nahmen die Kameraden auf seine Empfindlichkeit keine Rücksicht. Es gab keine Mutter mehr, die ihm half, und es gab keine Franziska mehr, die bewundernd zu ihm aufschaute. Einmal während der vierzehn Tage sprach er mit Albert Mutz über die Sache.

»Du bist ein Riesenidiot«, sagte Mutz freundlich, »ich habe die kleine Franziska an diesem Abend auch gesehen. Sie brachte ihren Bruder zur Bahn!«

»Ihren Bruder?«

Hager war völlig erschlagen. Er ging zu Schaubeck und bat, in die Stadt gehen zu dürfen.

»Mann, was wollen Sie denn in der Stadt?« schnaubte Schaubeck und zitterte vor Empörung, »in diesem Alter braucht man doch noch keine Weiber?« Und Hager gab es auf.

Zwei Tage vor dem Alarm kam er kurz nach Hause und ging anschließend zu Franziska. Aber sie ließ sich verleugnen. Er hörte sie im Zimmer sprechen, dann kam ihre Mutter wieder heraus und sagte verlegen: »Franziska ist unpäßlich, sie liegt im Bett!«

Hager kehrte in die Kaserne zurück und war von dem Tag an noch in sich gekehrter, noch unauffälliger als vorher. Aber in seinem Inneren saß ein Stachel, und es bereitete ihm eine seltsame Freude, selbst immer wieder an diesen Stachel zu rühren, bis es schmerzte. Ich werde irgendwann eine ganz tolle Sache machen, träumte er, ich werde dabei draufgehen, aber man wird meine Tat im Gedächtnis behalten!

Auf der Brücke hatte er Angst, dann wieder erfaßte ihn völliger Gleichmut. Der Tod Siegi Bernhards und Jürgen Borcharts hatte ihn erschüttert. Und als er Horber tot daliegen sah, sagte er sich: Ich werde verrückt, bestimmt werde ich verrückt!

Als Scholten ihn ins Gesicht schlug, so etwa, wie man einen Betrunkenen aufweckt, fand Hager zu sich zurück und schämte sich. Und in seiner Scham schwor er sich aufs neue, nun endlich etwas zu tun, das den anderen zeigen würde: Ich bin kein Waschlappen, ich bin kein Schlappschwanz — schaut her, was ich mache!

Hager fühlte, wie alles um ihn her leicht wurde, als er auf der anderen Seite der Brücke war. Was wirst du machen, wenn du das Haus erreichst? fragte er sich und stellte fest, daß er nicht einmal eine Waffe bei sich hatte, außer einem Bajonett.

Und er zog das Seitengewehr aus der Scheide und rannte genau auf das gegenüberliegende Haus zu. Er sah, wie droben im Fenster eine olivgrüne Gestalt erschien, und schlug einen Haken. Er wandte beim Laufen den Kopf und schrie: »Schießt, schießt, er ist da!«

Er hörte den Schuß aus dem Fenster nicht mehr, sah auch nicht mehr den Feuerstrahl. Er wurde jäh gebremst von einem ungeheuren Stoß, der gegen seine Brust prallte. Und während er sich überschlug und Dunkel sich um ihn breitete, hörte er als letztes das Geräusch des rasend hämmernden Maschinengewehrs.

Sie haben ihn, dachte er, ich hab's geschafft!

Sie hatten ihn wirklich. Scholten traf ihn, gerade als er den zweiten Schuß auf Hager abfeuern wollte. Der Amerikaner lehnte noch kurz auf dem Fensterbrett und sank dann langsam nach hinten. Das Gewehr blieb auf der Fensterbank liegen, der Lauf irgendwohin ins Weite gerichtet.

Scholten stand auf. Er war unsäglich müde. Dann erhob sich auch Mutz. Sie starrten lange schweigend zu den Fenstern hinüber, dann auf Hager, der klein und seltsam verkrümmt vor der Häuserzeile lag.

In der Rechten hielt er noch immer das Bajonett.

13

»Komm«, sagte Scholten zu Mutz, »gehn wir nach Hause!«

»Forst«, fiel es Albert Mutz plötzlich ein, »liegt immer noch unter der Brücke und wartet auf Panzer.«

Nachdem sie nach allen Seiten Ausschau gehalten hatten, gingen sie zu Walter Forst hinunter.

Er lag zur Hälfte auf dem Stapel von Panzerfäusten, und ein jäher Schreck erfaßte die beiden. Sollte auch er ...?

Aber als sie dann bei ihm standen, bemerkten sie etwas noch viel Unfaßbareres.

Walter Forst lag da, sein Atem rasselte leise. Walter Forst schlief.

Er hatte geschlafen, während oben das Gefecht getobt hatte. Scholten trat ihn in die Seite.

»Wach auf, du Drecksack«, sagte er grob. Forst reckte sich, gähnte verschlafen und öffnete dann erst die Augen. Eine Weile lag er so auf dem Rücken und schaute Scholten und Mutz verwundert an. Dann horchte er. Plötzlich lief ein Strahlen über sein Gesicht: »Kinder, ich hab' den Krieg verschlafen!« Mit einem Ruck war er auf den Beinen.

»Los«, sagte Scholten, »höchste Zeit, daß wir abhauen!«

»Wo sind die Amis?« fragte Forst.

»Verduftet«, erwiderte Scholten.

Und dann hörten sie die Flugzeuge. Sie wollten unter der Brücke hervor, aber es war zu spät. Ein Pfeifen und Sausen lag in der Luft, dann brausten drei *Mustangs* in etwa zehn Meter Höhe über die Brücke, und sie hörten das Tacken der überschweren MGs, das Braffz-braffz der aufschlagenden Raketengeschosse.

»Hoffentlich schmeißen die keine Bomben«, flüsterte Mutz.

»Mit dem MG könnte man sie vielleicht erwischen«, meinte Forst.

»Hiergeblieben«, sagte Scholten und horchte.

Die Flugzeuge kamen wieder, und erneut krachten die Bordkanonen, klang das ekelhafte Braffz-braffz von der Brücke herunter. Noch dreimal kamen die Flugzeuge zurück, dann verklang der Motorenlärm in der Ferne.

Scholten und Mutz kletterten die Uferböschung hinauf und betraten die Brücke. Forst stolperte hinter ihnen her. Dann sah er die Toten und schwieg entsetzt.

In der Teerdecke der Brückenfahrbahn waren ein paar große Löcher, die Spuren einiger Geschoßgarben am Gehsteig und am Geländer. Das Maschinengewehr, mit dem Scholten zuletzt geschossen hatte, war erledigt. Wie von einer Titanenfaust verbogen, starrte der Lauf nach oben.

Sie blickten noch einmal auf die Straße nach Westen, dann sagte Scholten: »Gehn wir!«

»Und was ist mit unserem Befehl?« Forsts Stimme klang betreten.

»Ich scheiße auf den Befehl«, sagte Scholten rauh, »alles hat seine Grenzen! Niemand kann mir befehlen, daß ich mich umbringen lasse. Und wenn ich mich umbringen lasse, dann hilft das auch nichts. Wir wollten diese Brücke halten, und wir haben sie gehalten. Vier von uns sind gefallen, also?«

Forst sagte: »Ich mache das, was ihr macht! Das ist doch sonnenklar!« Und Scholten dachte an den General.

Wie ist das jetzt, fragte er sich, haben wir jetzt den Befehl erfüllt oder nicht? Wenn wir ihn nicht erfüllt haben, dann hat also der General von vornherein nichts anderes gewollt, als daß wir hier so lange kämpfen, bis wir verrecken!

Mensch, dachte er sich, dann hat ja der General die vier da drüben praktisch auf dem Gewissen? Das kann doch der General nicht gewollt haben? Das ist doch unmöglich?

14

Der General stand in der niedrigen Bauernstube und sah auf die Uhr. Ununterbrochen gaben sich Melder die Türklinke in die Hand, kamen herein, salutierten und überbrachten Nachrichten. Die letzte lautete: »Division hat Planquadrat Cäsar vier, Berta zwo in ordentlicher Formation verlassen, befindet sich auf Marsch zum befohlenen Einsatzort. Nachhut in befohlener Stärke mit schweren Waffen am Ostrand der Stadt.« Der General atmete auf. Plötzlich merkte er, daß ihm der Schweiß auf der Stirn stand.

Er zog das Taschentuch aus dem Ärmel des Waffenrocks und wischte sich über das Gesicht, dann lüftete er die Feldmütze und strich mit dem Taschentuch über den massigen Schädel hinab, bis zum Kragen der Uniform. Es hat geklappt, dachte der General. Und er empfand den Stolz des Strategen, dessen Berechnung sich als richtig erwiesen hat. Er blickte wieder auf die Uhr, es war genau fünf.

Ein Melder erschien. Er kam vom Beobachtungsposten auf dem Kirchturm der Stadt. Die Meldung lautete: »Gemeldete amerikanische Vorausabteilung trat nach kurzem Feuergefecht vor der Brücke Rückzug an. Brücke gehalten, zwei feindliche Panzer vernichtet.«

Donnerwetter, dachte der General, Teufelskerle sind das. Und für einen Augenblick erschienen vor seinen Augen die Gesichter der Buben, aber nur ganz verschwommen. Der General sah zu viele Gesichter, als daß er sich Einzelheiten hätte merken können.

Es war genauso gekommen, wie er sich das errechnet hatte. Die Amerikaner hatten einen starken Spähtrupp zur Brücke geschickt, hatten Feuer erhalten und sich befehlsgemäß wieder zurückgezogen. Der General wußte genau, wie das weitergehen würde. Jabos, Artillerie, Spähtrupp und dann wieder Jabos, Artillerie und Spähtrupp, so lange, bis dieser Spähtrupp melden konnte: Die Brücke ist nicht mehr besetzt!

So hatten die Amerikaner die deutschen Verbände vor sich hergetrieben, seitdem sie die Grenzen überschritten hatten. Eine verteufelte Art von Strategie war das. Und sie schonte vor allem die eigenen Soldaten. Immer wieder Flugzeuge und Artillerie, und das so lange, bis die feldgrauen Gestalten ausgemergelt, ausgebrannt ihre Löcher verließen und zurücktaumelten, um zwei, drei

Kilometer weiter hinten neue zu graben. Dann wieder Flugzeuge, Artillerie, Flugzeuge, Artillerie . . .

Ein neuer Melder erschien. Der Beobachter am Kirchturm berichtete: »Drei feindliche Jabos, Typ *Mustang*, greifen Brücke mit Bordwaffen und Raketen an. Keine Bomben. Ende!«

Der General sah wieder die sieben Bubengesichter verschwommen vor sich, und dann fiel ihm an der Meldung auf: »Keine Bomben.«

Klar, die Amerikaner wollten die Brücke ganz. Der General schaute wieder auf die Uhr. Sechs Minuten nach fünf. Er ließ den Pionierleutnant kommen, der mit seinen Männern seit Mittag vor dem Bauernhaus auf Einsatzbefehl wartete.

»Hampel«, sagte der General, »wir machen den Amis doch noch einen Strich durch die Rechnung. Wir sprengen die Brücke. Nehmen Sie sechs Mann und fahren Sie los. Vorsicht, Hampel, wahrscheinlich Jabos. Vielleicht auch schon Panzer!«

Hampel salutierte, wollte gehen. Bevor er die Tür erreichte, sagte der General: »Einen Augenblick noch, Hampel. Sagen Sie den Jungen auf der Brücke, sie können nach Hause gehen.«

»Jawoll, Herr General!« Wieder wollte Hampel gehen, aber noch einmal hielt ihn die Stimme des Generals zurück: »Noch etwas, Hampel, sagen Sie den Jungen, ich sei stolz auf sie!«

Er sagte es, als könnte er sich damit rechtfertigen. Dann rüstete der General zum Aufbruch. Als er hinausging, fiel ihm etwas ein. Er hatte etwas vergessen. Er ging zurück und nahm aus der Schublade des schweren Tisches das Bild seiner Frau, in dem schmalen, silbernen Zierrahmen. Schade, dachte der General, und die Jungen an der Brücke fielen ihm wieder ein, schade, daß man keine Kinder hat!

Und dann traf ihn jäh der Gedanke: Hättest du diesen Befehl auch erteilt, wenn dein Junge dabeigewesen wäre? Der General steckte das Bild in die Tasche. Komisch, dachte er und versuchte, die sieben auf der Brücke verzweifelt zu vergessen, nach drei Jahren Rußland werde ich plötzlich sentimental!

15

Die drei auf der Brücke waren entschlossen, zu gehen.

»Geht ihr schon voraus«, sagte Walter Forst, »ich komme gleich nach, möchte bloß die Panzerfäuste noch ein bißchen verstauen, daß da drunten nichts mehr passiert.«

Er winkte ihnen mit der Hand zu; Scholten hängte sich das Sturmgewehr um, Mutz nahm den Karabiner, und die zwei gingen voraus über die Brücke zum Ostufer und warteten dort.

Dann erfolgte ein Bersten und Krachen. Links und rechts neben der Brücke stieg Qualm auf, weißlichgrauer, beißender Nebel, und dann traf sie der Luftdruck. Scholten und Mutz rannten zurück, stolperten, glitten, fielen durch den weißen Nebelschleier die Uferböschung hinunter und riefen:

»Walter, was ist los, wo steckst du?«

Aber sie bekamen keine Antwort.

Walter Forst und der Standartenführer

Eigentlich mochte ihn keiner so recht. Er war untersetzt, schien aber nicht kräftig, war sicher und gewandt im Auftreten, aber kalt und unpersönlich. Walter Forst konnte sich nicht daran erinnern, daß ihm jemals irgend jemand zu Hause etwas befohlen hätte, mit Ausnahme des Standartenführers; und dessen Befehle verweigerte er mit einer offen zur Schau getragenen Verachtung. Vielleicht wäre er Jugendführer geworden, er hatte die Fähigkeiten dazu. Aber allein die Tatsache, daß sich der Standartenführer darüber gefreut hätte, war für ihn Grund genug, jedes derartige Angebot abzulehnen. Er haßte seinen Vater, so weit er sich zurückerinnern konnte. Sein Vater, ein Parteimann, war von einer beflissenen, gleisnerischen Höflichkeit jedem Höhergestellten gegenüber und von einer Grobheit und Brutalität gegenüber Untergebenen, die sich manchmal zum Sadismus steigern konnte. Und am schlechtesten von allen behandelte Standartenführer Forst seine Frau, Walters Mutter.

Walter hatte in der Schule oft genug zu hören bekommen, wie Leute vom Schlag seines Vaters genannt wurden. Und wenn er zu den Zusammenkünften der Kameraden kam, so geschah es nicht selten, daß er eine verstaubte Flasche guten alten Burgunder aus der Manteltasche zog, sie auf den Tisch stellte und sagte: »Hier haben wir auch 'ne Flasche Bonzenwein!« In dieser Hinsicht war Walter Forst zuverlässig. Die Kameraden wußten und schätzten es. Man konnte in Gegenwart von Walter Forst über den Dienst schimpfen, konnte die neuesten politischen Witze erzählen — und damit erschöpften sich ja im wesentlichen ihre politischen Diskussionen. Das Thema *Glaube und Schönheit* beherrschte Walter Forst selbst am besten. Kein Tag, an dem er nicht neue Schweinereien auf Lager hatte.

Einmal mußte er, als der *Urfaust* im Unterricht behandelt wurde, die Rolle des Mephisto lesen. Und er las sie, daß den anderen ein Schauer über den Rücken lief. Eine Zeitlang hatte er anschließend den Spitznamen ›Mephisto‹, und er selbst hörte ihn nicht ungern. Aber dann vergaß man es wieder, denn Walter Forst konnte auch andere Töne anschlagen. Er war der beste Rezitator der Klasse, und wenn er Goethes *Prometheus* vortrug, so war das der Höhepunkt jeglicher Schulfeier. Walter Forst war der einzige der Klasse, der sich näher und auch kritisch mit dem Regime befaßte. Aber wenn er über das Regime urteilte, so urteilte er über seinen Vater, und wenn er es haßte, so haßte er seinen Vater.

Ein Erlebnis blieb ihm unvergeßlich in der Erinnerung haften. Es war an einem Novemberabend des Jahres 1938, er war damals neun Jahre alt. In seiner unmittelbaren Nachbarschaft wohnten die Freundlichs. Sie hatten einen kleinen Laden, aber er schien zu florieren, denn Abi Freundlich, der gleichaltrige Sohn, war immer gut angezogen, und auch seine Eltern hielten auf sich und waren angesehene Leute. Abi Freundlich, er hieß mit seinem richtigen Namen Abraham, zählte zu den besten Freunden von Walter Forst. Bald war er herüben in Forsts Kinderzimmer, spielte, balgte und tobte mit dem kleinen Walter herum, bald verbrachte Walter seine Nachmittage drüben und baute mit Abi dessen große elektrische Eisenbahn auf.

Eines Tages hatten sie sich wieder in Forsts Wohnung getroffen, als überraschend der Standartenführer nach Hause kam. Walter hörte erregte Stimmen aus dem Wohnzimmer. Seine Eltern stritten miteinander. Einen Satz seines Vaters konnte er deutlich verstehen: »Wie oft soll ich dir das noch sagen! Wir können es uns nicht leisten, daß unser Sohn mit einem Juden befreundet ist!«

Forst schaute den kleinen Abi an: »Ist das wahr«, fragte er verwundert, »daß du ein Jude bist?«

Der neunjährige Abraham Freundlich schluckte und hielt tapfer die Tränen zurück. Dann nickte er kurz mit dem Kopf und rannte aus dem Haus. Seitdem war er nicht mehr gekommen, und man hatte Walter Forst untersagt, noch einmal hinüberzugehen.

Der Standartenführer hatte es untersagt, aber Walter Forst verbrachte seine Nachmittage weiterhin in der Wohnung seines jüdischen Freundes. Den Fragen des Vaters begegnete er mit selbstsicheren, eiskalten Lügen. Und das ging gut so, bis zu jenem regnerischen Novemberabend 1938.

Er hatte die Eltern wieder streiten hören. Vorher hatten sie gegessen, dann war er auf sein Zimmer gegangen und hatte begonnen, in einem spannenden Indianerbuch zu lesen. Plötzlich vernahm er die gewalttätige, brutale Stimme seines Vaters, voller Wut, und die helle Stimme der Mutter, die sich jetzt in schrillem Diskant überschlug. »Du kannst nicht verlangen«, schrie die Mutter, »daß ich bei solchen Sauereien mitmache!« Dann knallten Türen. Der Standartenführer war gegangen.

Sekunden später öffnete sich die Tür zu Walters Zimmer. Seine Mutter hatte einen kleinen, mit wenigen Sätzen bekritzelten Zettel in der Hand und steckte ihn in einen Umschlag. Walter sah seine Mutter an, sie war totenblaß.

»Walter«, sagte sie, »es ist zwar schon spät, aber du gehst jetzt noch ein bißchen zum Abi Freundlich, zum Spielen, ja?«

»Er hat's aber doch verboten, Mutti«, sagte Walter verwundert, »er wird es merken, wenn ich abends gehe!«

»Das ist heute gleichgültig, Walter«, antwortete die Mutter, »es ist sehr wichtig, daß du rübergehst. Verstehst du? Es geht um deinen Freund. Du mußt seiner Mutter den Brief geben! Alles Weitere wird sich finden!«

Walter Forst verstand zwar nicht, weshalb die Mutter solch ein Aufhebens um einen lächerlichen Brief machte, aber er zog folgsam seinen Regenmantel an und lief zu den Freundlichs hinüber. Vater Freundlich öffnete die Tür, Walter gab ihm den Brief und sagte: »Meine Mutter schickt Ihnen das, mit einem schönen Gruß!«

Der alte Freundlich sah bald auf den Brief, bald auf Walter, und der fragte schließlich, ob er noch ein bißchen zu Abi raufdürfe. Da lachte Vater Freundlich und sagte: »Aber natürlich – er wird sich freuen.«

Walter rannte die Treppen hinauf und in Abis Zimmer. Sie bauten die Bahn auf und spielten. Indessen hörten sie auf den Gängen draußen ein unentwegtes Rennen und Laufen, und dann steckte einmal Abrahams Mutter den Kopf zur Tür herein und sagte: »Abi, komm doch einen Moment heraus!«

Walter Forst spielte inzwischen drinnen allein weiter. Dann kam der kleine Abraham wieder herein, hatte den Mantel an und die Mütze auf, und hinter ihm erschien der alte Freundlich mit seiner Frau, ebenfalls zum Weggehen angezogen, mit Taschen, Regenschirmen und Rucksäcken in den Händen.

»Sag einen schönen Gruß an deine Mutter«, sagte der alte Freundlich, und Abrahams Mutter gab Walter Forst einen Kuß. Walter wandte sich geniert ab; er haßte es, wenn fremde Leute zärtlich wurden und ihn tätschelten oder küßten. Dann stand Abraham vor ihm und in seinen grauen Augen war der Ernst eines Erwachsenen.

»Wir müssen weg«, sagte er, »die Eisenbahn kannst du behalten.«

Und dann gingen sie, und Walter Forst stürzte ihnen nach, die Treppen hinunter. »Ist das wirklich wahr, Abi«, schrie er, »gehört sie wirklich mir?«

»Nicht mitkommen, nicht schreien, ganz still, ganz still«, sagte der alte Freundlich, »ja, sie gehört dir. Geh nur wieder hinauf und pack sie ein. Nimm sie gleich mit, bevor sie ein anderer holt. Lauf, lauf, mein Jungchen!«

Und dann wanderten die Freundlichs die Straße hinunter, und Abi und Walter winkten sich zu, bis der Nebel die Davoneilenden verschluckt hatte. Dann ging Walter Forst wieder zurück ins Kinderzimmer der Freundlichs, als sei er hier zu Hause.

Der Neunjährige kniete neben der Eisenbahn und beschaute sich die Schätze, die da plötzlich sein Eigentum geworden waren. Er schaltete den Transformator ein und ließ die Züge laufen, bediente die Weichen und Signale, rangierte und ließ dann wieder den Schnellzug mit der schwarzen Lokomotive über die meterlangen Schienen rasseln. Im letzten Moment verhinderte er hier einen Zusammenstoß, stellte dort eine Weiche um und war völlig in sein Spiel versunken. Er hatte vergessen, wo er war.

Dann polterten schwere Schritte die Treppe herauf, aber Walter Forst überhörte sie völlig. Er hörte erst die Männerstimmen auf dem Gang. »Wo steckst du denn, Freundlich, alter Ganove?« dröhnte eine tiefe Stimme durch den Flur.

Walter hockte neben seiner Eisenbahn und erstarrte vor Schreck. Es war die Stimme des Standartenführers . . .

Er hörte einen anderen sagen: »Der Vogel ist, scheint's, ausgeflogen!«

Und dann wurde die Tür zum Kinderzimmer geöffnet, ein Kopf mit einer braunen Mütze streckte sich herein, und dann polterte das Gesicht, das da zu Walter hereinstierte: »Den Jungen haben sie dagelassen, Standartenführer!«

»Wenigstens etwas«, hörte Walter seinen Vater sagen, und dann tauchte der Standartenführer im Türrahmen auf. »Guten Abend«, sagte Walter mit einem zaghaften Lächeln, und dann spürte er den ersten Schlag auf der Backe brennen.

»Er hat mir doch die Eisenbahn geschenkt«, protestierte er jammernd; aber der Vater, zornrot, mit geschwollenen Stirnadern, prügelte weiter schweigend auf ihn ein. Er hörte nicht auf, bis Walter, aus Nase, Mund und Ohren blutend, neben seiner Eisenbahn lag.

»Das war mein Sohn, Leute«, sagte er, »schaut ihn euch an!« Dann gingen sie weg. Später kam ein Mann in brauner Uniform und trug den leise schluchzenden Buben nach Hause.

Walter Forsts Mutter wartete an diesem Abend lange auf den Standartenführer. Als er kam, war er betrunken, und noch während er den Mantel im Hausflur ablegte, stieß er das Mädchen, das ihm geöffnet hatte, gegen die Brust, daß es an die Wand stolperte. Dann schwankte er, beide Daumen ins Koppel gesteckt, zum Wohnzimmer.

»Einen feinen Jungen hast du«, brüllte er seine Frau an, »spielt mit Juden, blamiert seinen eigenen Vater! Wer hat die Freundlichs gewarnt?«

Er stand noch zwei Schritte von seiner Frau entfernt, einen Kopf größer als sie. Aber die Frau wich keinen Zentimeter zurück. »Ich hab' sie gewarnt – und wenn du den Jungen auch nur noch einmal anrührst, dann bring' ich dich um! Ich bring' dich um – du großes, gemeines Vieh – du, du Abschaum!«

»Sag das noch mal«, schrie der Standartenführer, »und du hockst im Kittchen!«

»Vielleicht«, antwortete die Frau leise, aber es klang gefährlich.

»Vielleicht«, sagte sie, »aber du gehst mit! Ich habe mich gesichert, ich bin nicht so dumm, wie du denkst. Mein Rechtsanwalt weiß alles, die Dokumente liegen in seinem Safe, und er schickt sie ab, wenn mir oder dem Jungen auch nur ein Haar gekrümmt wird. Und mein Rechtsanwalt ist Parteigenosse! Jetzt bring mich ins Kittchen, wenn du dich traust!«

Damit verließ sie das Zimmer. Der Standartenführer läutete dem Mädchen und verlangte Kognak, eine Flasche, und als es mit der Flasche wiederkam, schenkte er sich ein und zog das Mädchen auf seinen Schoß.

Der neunjährige Walter lag inzwischen im Bett. Er hatte den Streit bis in sein Zimmer gehört. Wie ich ihn hasse, dachte er, oh, wie ich ihn hasse, und damit schlief er ein.

Aber sosehr er seine Mutter liebte und es ihr auch zeigte, sie stellte mit Sorgen fest, wie sich der Junge in Sekundenschnelle vom netten Buben in einen kleinen Satan verwandeln konnte. Hernach tat es ihm leid, und er wollte nicht verstehen, daß nicht jeder seine Missetaten so schnell vergessen konnte, wie er selbst.

Walter Forst konnte stundenlang durch den großen Obstgarten beim Haus pirschen und aus nächster Nähe mit seinem Luftgewehr auf Vögel schießen. Wenn dann die Schar aufflog, während ein kleiner, gefiederter Körper zu Boden taumelte und dort verendete, trat ein gefährlicher Glanz in seine Augen.

Einmal freilich hatte er schlecht gezielt, die Amsel stürzte zu Boden und flatterte piepsend, den Flügel nachziehend, immer im Kreis herum. Walter Forst versuchte, sie noch einmal und besser zu treffen; aber jeder Versuch mißlang, bis schließlich der Hausmeister dazukam, wortlos eine Stange ergriff und die Amsel mit einem Schlag zermalmte.

Ein leises Knirschen war zu hören, sonst nichts. Aber dieses Knirschen fraß sich in Walters Ohren fest und wuchs zum Dröhnen an. Er lief auf die Terrasse, packte sein Luftgewehr und zerschlug es, weit ausholend, an der Mauer. Dann lief er zu seiner Mutter und weinte. Und sie dachte: In seinem Kern ist er gut, mein Junge, wie wohl jeder Mensch gut und schlecht in einem ist, nur sein Vater ist durch und durch schlecht ...

Walter Forst wurde älter, und mit zunehmendem Alter verschwand seine Grausamkeit, seine Fähigkeit, zu hassen und Böses zu tun immer mehr unter einer starren, sicheren, anerzogenen

Höflichkeit. Er war ein Junge, mit dem man nicht so recht warm werden konnte. Es mochte daran liegen, daß er das schönste Gespräch der Kameraden mit einer einzigen zynischen Bemerkung torpedieren konnte, oder daran, daß er nahezu jedem Satz, der gesprochen wurde, einen zweideutigen Sinn zu unterlegen verstand.

Sicher, er hatte die Lacher auf seiner Seite, aber das war auch alles. Man mochte ihn nicht, und Walter Forst schien sich darüber klar zu sein. Fast hatte man manchmal, wenn er einen Kameraden, der freundlich zu ihm kam, bewußt vor den Kopf stieß, den Eindruck, als wolle er gefürchtet werden, als säße das in ihm und müsse heraus.

Sie feierten den Geburtstag des Führers. Sämtliche Klassen waren in der Aula des Gymnasiums zusammengekommen, und der Schulleiter hielt eine nichtssagende Ansprache. Dann wurde das Radio eingeschaltet, und Schüler wie Lehrer hörten mehr oder weniger aufmerksam zu.

Studienrat Stern roch es zuerst. »Es stinkt«, sagte er zu seinem Chef.

»Aber ich bitte Sie, lieber Kollege«, sagte der Oberstudiendirektor verwirrt.

»Sie haben mich falsch verstanden, Herr Oberstudiendirektor«, sagte Stern lächelnd, »hier herinnen stinkt es!« Jetzt rochen es auch die anderen. Schwefelwasserstoff. Einwandfrei und unschwer zu ermitteln. Die Klassen mußten abrücken. An dem Platz, auf dem die sechste Klasse gestanden hatte, wurden drei zertretene Reagenzgläser und die dazugehörigen Korkpfropfen gefunden.

Die Turnlehrerin Siegrun Bauer verlangte eine Untersuchung. Aber die Klasse schwieg, obgleich der Täter die Reagenzgläser nicht unbemerkt auf den Boden gelegt haben konnte. Die ganze Klasse stand im Verdacht, mindestens die Buben. Lediglich einer schied aus. Walter Forst, als Sohn des Standartenführers. Aber er war es gewesen.

Stern betrieb die Untersuchung nicht mit dem nötigen Nachdruck, und er mußte sich das auch mehrmals vorwerfen lassen. »Ich habe gar nichts dagegen, wenn Sie die Sache in die Hand nehmen, Kollegin«, sagte er zur Turnlehrerin und betrachtete sie eingehend durch die Gläser seiner dicken Brille. Sie verließ ihn bald, denn sie fühlte sich immer ein bißchen unsicher in seiner

Nähe. Stern nannte sie insgeheim ›die Exhibitionistin‹, aber er hütete sich, eine derartige Bemerkung laut zu äußern.

Jürgen Borchart war nicht der einzige, der einmal in den Duschraum bei der Turnhalle gerannt war, um etwas zu holen, und dann erschrocken vor der Mädchenturnlehrerin stand. Auch Walter Forst war es so gegangen. Aber der war nicht weggerannt, sondern stehengeblieben, und der Turnlehrerin war unter seinem Blick das Lachen vergangen. Sekunden hatte Forst neben der Tür gelümmelt und sie angesehen.

Als sie ihn anschrie, er solle verschwinden, drehte er sich wortlos um und ging. Am nächsten Tag versuchte er es wieder, um die gleiche Zeit, nach der letzten Schulstunde. Er hörte das Wasser laufen, fand aber die Tür verschlossen. Er kam am dritten Tag wieder und auch am vierten; so ging das eine Woche lang.

Dann schien das Abwegige in Fräulein Bauer über den Schrecken, den ihr Walter Forst eingejagt hatte, die Oberhand davongetragen zu haben. Am sechsten Mittag fand Walter Forst die Tür offen. Er trat ein und sah sie an, seelenruhig, sprach kein Wort und ging.

Vierzehn Tage später fuhr der Schüler Walter Forst mit der Lehrerin Siegrun Bauer zum Baden an den See in der Nähe der kleinen Stadt. Und als sie abends heimfuhren, wußte Walter Forst, was er wissen wollte. Zwei Tage darauf feierte er seinen fünfzehnten Geburtstag.

Und wieder vierzehn Tage später wußte er, daß jener Sommernachmittag am See nicht ohne Folgen geblieben war. Sie trafen sich abends auf einer Bank hinter dem Sportplatz. Sie war nicht mehr spröde und exzentrisch, sondern ein Mädchen, das sich nicht mehr zu fassen wußte.

»Sie hätten die Tür nicht offenlassen sollen«, sagte Walter Forst hart und eigensinnig. Und auf ihren Verzweiflungsausbruch antwortete er: »Sagen Sie, mein Vater wäre es gewesen, das glaubt jeder!«

Und als sie die Hand erhob, ihn ins Gesicht schlagen wollte, packte er mit der Linken ihr Handgelenk und hielt eisern fest. Dann verschwand er, lachend, im Dunkel der Nacht.

Die Lehrerin beichtete schließlich dem Anstaltsleiter. Alles. Der ließ Forst kommen, aber Forst wußte von nichts.

»Ich bin völlig sprachlos, Herr Oberstudiendirektor«, log er leicht und sicher.

»Aber die Sache mit dem Duschraum?«

»Das stimmt, Herr Oberstudiendirektor, sie ließ grundsätzlich die Tür offen. Ich war nicht der einzige, der sie sah. Fragen Sie die anderen!«

Der Schulleiter fragte die anderen nicht.

Walter Forst war nichts nachzuweisen. Er zog sich elegant und mit der Miene des zu Unrecht verdächtigten braven Jungen aus der Affäre. Nur Stern war überzeugt, daß die Turnlehrerin recht hatte, und er plädierte dafür, Forst von der Schule zu verweisen. Das Kollegium entschied gegen Stern. Die Turnlehrerin wurde versetzt, und es kam zu keinem Skandal. Aber an den Stammtischen der kleinen Stadt sprach man über die Sache.

In der Klasse, in der natürlich auch über die Geschichte getuschelt wurde, war der Vorfall nur dazu geeignet, die Distanz zu Walter Forst noch zu vergrößern. Aber man verachtete ihn nicht, dazu war er in vielen Dingen zu überlegen.

Walter Forst hatte sich vor dem Jugendrichter zu verantworten, weil er einen Mann niedergeschlagen und mit Fußtritten verletzt hatte. Kein Mensch wußte, wie die Sache passiert war. Forst wurde für die Dauer der polizeilichen Untersuchung von der Schule beurlaubt. Er vertrieb sich die Zeit zu Hause mit Nichtstun und saß interesselos herum.

Als dann eine Evakuierte aus der vom Bombenkrieg bedrohten Großstadt bei ihm zu Hause eingewiesen wurde, war sein Interesse plötzlich geweckt. Er holte der jungen, blonden Frau die Koffer von der Bahn, half ihr, sich wohnlich einzurichten, und war vom ersten Tag an um sie. Auch der Standartenführer war abends plötzlich mehr zu Hause und bemühte sich um den Gast. Es machte Walter Forst diebisch Freude, seinen Vater an solchen Abenden rücksichtslos bloßzustellen.

Einmal gab der Standartenführer eine Gesellschaft. Walter hatte den Termin früh genug erfahren, um sich über einige Verbindungen, die er besaß, eine Auswahl der neuesten Jazz-Platten aus der Schweiz zu besorgen.

Als der Standartenführer, mit der Rechten die schmale Hand der schlanken, blonden Frau neben sich tätschelnd, eine seiner Tiraden auf den Endsieg losließ, setzte Walter im Nebenzimmer die Grammophonnadel auf *American Patrol*, die neueste Komposition eines amerikanischen Majors namens Glenn Miller. Walter

Forst drehte den Apparat auf volle Lautstärke und flegelte sich lässig in seinen Lehnstuhl neben dem Plattenspieler.

Drüben war man nach den ersten Tönen verstummt. Alle lauschten. Schade, daß Mutti schon ins Bett gegangen ist, das sollte sie jetzt erleben, dachte Walter Forst und wartete. Dann stürzte sein Vater ins Zimmer, wutschnaubend, die Fäuste geballt, die Arme angewinkelt.

Einen Meter von ihm entfernt stand Walter Forst, mit glasharten Augen, verschränkten Armen, ruhig.

»Hau her«, sagte er zu seinem Vater, »hau her, wenn du dich traust!« Und sein Gesicht ließ nicht den geringsten Zweifel darüber bestehen, was geschehen würde, wenn der Standartenführer wirklich zuschlagen würde.

Schweigend verließ der das Zimmer. Die Gesellschaft endete überstürzt, und der Standartenführer beendete den Abend allein mit einer Flasche Kognak. Dann tappte er durch den dunklen Flur zum Zimmer der Evakuierten. Er wollte die Klinke erfassen, sie niederdrücken, eintreten, doch vorher noch streifte sein Fuß an etwas Weiches, das da an der Türschwelle kauerte.

»Stolpere nicht«, sagte Walter Forst und erhob sich. Er wartete, bis der Standartenführer gegangen war, dann suchte er sein Zimmer auf. Möchte wissen, dachte er, warum ich nicht selbst hineingegangen bin!

In der Verhandlung vor dem Jugendrichter wurde er freigesprochen. Er gab, wie schon vorher bei der polizeilichen Vernehmung an, der Mann hätte ihn aufgefordert, mit ihm in die Büsche zu gehen. Walter Forst trat sicher und gewandt auf: »Er sprach mich an und faßte mich am Arm. Ich fühlte mich bedroht, aber auch in meiner Ehre als deutscher Junge beleidigt!«

Gut hingekriegt, Walter, dachte er, das zieht immer. Der Mann, den er verletzt hatte, war ein vorbestrafter Homosexueller, das gab den Ausschlag. Walter Forst hatte nicht gesagt, daß er sich von dem Mann in keiner Weise bedroht gefühlt hatte. Er verschwieg auch, daß er dem Mann geradezu dankbar gewesen war, als der ihn ansprach. Weil er ihn mit kalter Freude und mit voller Überlegung zusammenschlagen wollte.

Mit der Evakuierten, Helga hieß sie, saß er oft im Garten, hinter dem Haus. Er las ihr aus seinen Büchern vor, erkundigte sich teilnahmsvoll, was ihr Mann aus dem Feld geschrieben habe, und jedes seiner Worte war Berechnung. Er spielte die Rolle des unverdorbenen, naiven Jungen mit einer geradezu aufreizenden Art; und wenn er sich auch selbst nicht erklären konnte, warum er es tat, der Erfolg gab ihm recht. An jenem Abend nämlich, als er schüchtern klopfte und durch die geschlossene Tür fragte, ob sie nicht vielleicht etwas für ihn zum Lesen habe, dauerte es eine Zeitlang, und dann antwortete Helgas Stimme: »Warum kommst du nicht rein, Walter?«

Er öffnete die Tür und sah sie im Morgenrock vor dem Spiegel sitzen. Sie bürstete ihr langes, blondes Haar. Als er näher trat, stand sie auf, und ihr Morgenrock fiel auseinander. Er gab ihr die Illusion, daß sie ihn verführt hätte. In der Nacht erwachte er an ihrer Seite und hörte, daß sie weinte, da schämte er sich. Wortlos verließ er ihr Zimmer. Sie sprachen nie darüber, und als sie nach einigen Tagen auszog, weil sie ein besseres Zimmer gefunden hatte, wie sie sagte, war er froh.

Er ging wieder zur Schule. Die Sache mit der Rauferei hatte ihm zu dem Ruf verholfen, nicht nur eiskalt und skrupellos, sondern auch körperlich stark zu sein. Die anderen scheuten ihn nun noch mehr. Einmal hatte Mutz das Bild einer Kusine herumgezeigt, ein hübsches Ding von vielleicht fünfzehn Jahren, in einem hellen Sommerkleid.

Forst warf einen Blick darauf und sagte anerkennend: »Das wird einmal ein netter Betthase!« Es war in der kurzen Pause zwischen zwei Unterrichtsstunden. Mutz sagte nur: »Wir sprechen uns nach der Schule.«

»In Ordnung«, antwortete Forst.

Nach Schluß des Unterrichts versammelten sich die Buben der Klasse am Sportplatz. Mutz zog sich aus bis auf die Turnhose; Forst folgte seinem Beispiel. Mit vier Schulmappen wurde der Ring abgegrenzt.

»Boxen?« fragte Forst.

»Was du willst!« antwortete Mutz

Dann ging er auf Forst los. Ein, zwei Schläge mußte Mutz nehmen, dann hatte er Forst im Schwitzkasten. Mutz machte eine heftige Drehung und stellte sein Bein auf den Fuß von Walter Forst, der krachte auf den Boden. Mutz wartete, bis er sich erhoben hatte, fintete dann eine linke Gerade auf das Kinn und ließ die Rechte mit voller Wucht in Forsts Magengrube landen. Forst ging in die Knie und pumpte nach Luft.

Mutz wartete ab. Aus der gebückten Haltung kam Forst auf

ihn los. Sein Unterarm schlug Mutz genau auf den Hals. Mutz spuckte, mußte sich übergeben und erhielt im gleichen Augenblick einen Stoß, der ihn zu Boden warf. Er hätte heulen können vor Wut, aber er beherrschte sich. Langsam kam er wieder hoch, erwartete den erneuten Ansturm von Walter Forst in weiter Rechtsauslage, nahm dann plötzlich die Rechte zurück und hob mit aller Wucht das Knie. Gleichzeitig landete er einen linken Haken unter Walters Kinn. Der schlug lang hin, wälzte sich auf dem Boden, lag dann regungslos.

Sie brauchten ein paar Minuten, bis sie ihn wieder wach bekommen hatten. Walter Forst stand gebückt, und beim Gehen mußte ihn links und rechts einer stützen.

»Würdest du mir noch einmal sagen, was du von meiner Kusine hältst?« fragte Albert Mutz sanft.

»Sie ist ein feines Mädchen«, stöhnte Forst.

Und dann machte er etwas, das ihm den Respekt der Klasse auf Anhieb wieder verschaffte. Während sie nebeneinander den Platz verließen, blieb Forst plötzlich stehen und streckte Mutz spontan die Hand hin: »Vergessen, Mutz?« fragte er.

»Vergessen, Forst!«

Sie wurden zum Hopfenzupfen eingesetzt. Die ganze Klasse. Studienrat Stern mußte mit. Am ersten Abend standen die Buben bei dem kleinen Dorfweiher und unterhielten sich, Forst rauchte eine Zigarette. Plötzlich hielt ein Kraftwagen neben ihnen. Ein Mann im braunen Uniformmantel stieg aus, ging auf Forst zu und schlug ihm mit der Hand ins Gesicht, daß die Zigarette in einem glühenden Bogen in den Weiher fiel.

Forst schlug sofort zurück. Hätte ihn der Bannführer nur zur Rede gestellt, Forst hätte die Zigarette sofort weggeschmissen. Aber nach diesem wortlosen Zuschlagen sah er rot. Sein erster Boxhieb brachte die Oberlippe des Uniformierten zum Bluten.

»Hör auf, Walter«, rief Mutz und wollte Forst am Arm festhalten, »denk an die Uniform!«

Aber Forst war in wilder Wut. »Ich scheiße auf die Uniform«, sagte er und ging wieder auf den Bannführer los. Er hätte ihn erschlagen, wenn sie nicht zu sechst an Forsts Armen gehangen hätten.

Am nächsten Morgen war Walter Forst verschwunden. Ungefähr zur gleichen Zeit, als der Bannführer, diesmal in Begleitung zweier Gendarmen, das Haus des Hopfenbauern durchsuchte, saß Walter Forst im Schreibzimmer des Standartenführers.

»Sag mir bloß, wie ich dir da raushelfen soll«, tobte der Vater, »die Geschichte kann mir und dir und uns allen den Hals brechen!«

»Du hast doch Erfahrung in solchen Geschichten«, antwortete Walter Forst gelassen, »oder täusche ich mich?«

Er täuschte sich nicht. Standartenführer Forst bog auch diese Sache ab.

Nach den Ferien trafen sie sich wieder in der Schule, als sei nichts geschehen. Aber selbst Studienrat Stern war sich jetzt über Walter Forst nicht mehr ganz im klaren.

Eines Tages war Forst zu ihm gekommen: »Da ist etwas im Gang, Herr Professor. Man will Sie zum Barras schicken. Irgendein Bonze ist verschnupft.«

Stern sah Forst fragend an: »Warum erzählst du mir das, Walter?«

»Ich kann Schweinereien nicht leiden. Ich meine: solche Schweinereien!« Forst grinste.

Studienrat Stern war sich nicht im Zweifel darüber, welche Schweinereien Forst eher leiden könnte.

»Na, jedenfalls besten Dank, Walter«, sagte der Studienrat. »Nichts zu danken«, erwiderte Forst und verschwand. Studienrat Stern erhielt tatsächlich eine Aufforderung zu einer nochmaligen Musterung. Als der Arzt die verkrümmte Wirbelsäule des Lehrers sah, hob er die Hände und sagte: »Mit Ihnen ist beim besten Willen kein Staat zu machen. Bleiben Sie mal schön in Ihrer Schule und lassen Sie die Kinder was Schönes lernen!« Studienrat Stern sagte, daß er das gerne tun würde, und kehrte an die Schule zurück.

Aber wenn sie ihm auch nichts geholfen hatte, so dachte er doch häufig über die Warnung nach, die ihm Walter Forst hatte zukommen lassen. Und er versuchte, diesen zwiespältigen Charakter näher kennenzulernen.

Es gelang ihm nicht.

Am Ufer des Flusses stand ein kleiner Behelfsbau. Er gehörte einem maßgeblichen Mann der Stadtverwaltung, mit dem der Standartenführer eng befreundet war. Eines Tages hörte Walter beim Mittagessen eine Bemerkung über eine ›schwarze Sau‹, die sich der Betreffende angeblich halten sollte. Eine ›schwarze Sau‹

ist eine Sau, die dem Ernährungsamt nicht gemeldet ist, folgerte Walter Forst, und er beschloß, sich ein bißchen um die Sau zu kümmern.

Zwei Tage lang streifte er in der Nähe des Behelfsheimes herum, dann hatte er genug gesehen. Zusammen mit Scholten – wer sonst wäre schon dafür in Frage gekommen? – schleifte er das zweisitzige Faltboot den Fluß hinauf und baute es, knapp hundert Meter von dem Behelfsheim entfernt, zusammen. Dann breitete er eine Zeltplane im Faltboot aus, schob es ins Wasser und befestigte die Fangleine an einem Stein der Uferverbauung.

Sie warteten, bis die Bewohner des Behelfsheimes weggegangen waren, dann betraten sie das Grundstück und den kleinen Anbau, in dem die Sau untergebracht sein mußte. Forst nahm die 08-Pistole des Standartenführers aus dem Stück Leinwand, in das er sie eingepackt hatte, und tötete die Sau mit zwei Schüssen. Dann schleiften sie die eineinhalb Zentner Schweinefleisch über den Kiesboden zum Flußufer und hoben das gewichtige Paket schwitzend ins Boot. Forst hockte sich auf den hinteren Süllbordrand, ließ die Beine links und rechts über den Bootsrand hinaushängen und paddelte seelenruhig zur Stadt hinunter, während Scholten die Spuren beseitigte und sich dann in die Büsche schlug.

Ein feines Stück Fleisch ist das, dachte Walter Forst, während er gemächlich dahinpaddelte. Als er die Stadt erreichte, dämmerte es bereits. Weit unterhalb, in einem Weidengebüsch, warteten Scholten, Mutz und Horber. Horber zersägte die Sau kunstgerecht und nahm sie aus. Dann schleifte jeder seinen Anteil nach Hause.

Mutz war der einzige, der Bedenken hatte.

»Keine Sorge«, tröstete ihn Forst, »wenn der Kerl den Diebstahl meldet, fragen sie ihn zuerst, wie man ihm eine Sau stehlen kann, wenn er doch offenbar gar keine hatte – denn es war ja keine gemeldet.«

Am nächsten Mittag, beim Essen, berichtete der Standartenführer von der Gemeinheit, daß man seinem Bekannten die Sau gestohlen habe, die zudem noch gar nicht schlachtreif gewesen sei. Er schien sich zu ärgern, daß er jetzt nichts von dem guten Happen erhalten würde.

»Bei uns gibt's die nächsten Tage Schweinefleisch«, sagte Walter Forst trocken.

Und als darauf keine Antwort erfolgte, fügte er hinzu: »Übrigens, in deiner Pistole fehlen zwei Schuß. Ich hab' sie gestern ausprobiert!«

Jetzt hatte ihn der Standartenführer verstanden. Haßerfüllt schaute er seinen Sohn an, aber er sagte nichts. Kein Wort. Und in den nächsten Tagen ließ er sich das Schweinefleisch gut schmecken.

Einen Tag früher als die anderen erhielt Walter Forst die Aufforderung, in die Kaserne zu kommen. Er saß am Abend dieses Tages allein herum. Seine Mutter, die in letzter Zeit immer schwächer geworden war, hatte sich früh zu Bett gelegt. Der Standartenführer war unterwegs.

Da ging Walter Forst in den Keller und holte sich eine Flasche Wein. Aus dem Schreibtisch des Vaters stahl er eine Schachtel ägyptischer Friedenszigaretten, dann legte er seine Schweizer Jazz-Platten auf, streckte sich in den bequemen Klubsessel und rauchte, soff und lauschte.

Nach der ersten Flasche fühlte er sich sauwohl, warf das noch halbvolle Glas gegen das Führerbild, das an der Wand hing, weil er vorübergehend glaubte, es stelle den Standartenführer dar. Die Glasscheibe vor dem Bild zersprang in viele häßliche, lange Splitter, und unter dem Bild war jetzt ein dunkelroter Fleck an der Wand.

Sieht aus wie Blut, dachte Walter Forst und lachte. Dann schrie er nach dem Mädchen und sagte ihm, es solle die Scherben aufräumen. Interessiert beobachtete er, wie weit sich der Rock des Mädchens hob, wenn es sich bückte. Dann ging er in den Keller und holte eine zweite Flasche.

Er legte wieder eine Platte auf, hörte begeistert zu und schlug mit dem Fuß die schnellen Rhythmen mit. Komisch, dachte er, so ein bißchen Alkohol macht das Leben viel leichter.

In einem plötzlichen Wutanfall ging er in dem großen Raum umher, schlug Bilder von der Wand, fegte Vasen und Aschenbecher auf den Boden, setzte sich zwischendurch wieder hin und lachte schallend.

Dann fiel ihm die Unordnung im Raum auf, und er schrie wieder nach dem Mädchen und sagte: »Los, bring das in Ordnung!«

Als das Mädchen fertig war und an ihm vorbei zur Tür hinauswollte, stand er mit schwankenden Beinen auf und hielt sie fest. »Jetzt kommt erst der Clou«, sagte er grinsend und packte grob zu. Später sagte das Mädchen böse: »Dein Vater ist viel zarter!«

Er mußte dringend hinaus, aber er übergab sich bereits im Gang.

Dann ging er ins Bad und stellte sich unter die eiskalte Dusche. Was bin ich für ein Schwein, dachte er, was bin ich für ein Schwein! Dann ging er hinauf ins Zimmer der Mutter, kniete neben ihrem Bett, preßte das Gesicht gegen ihren Arm und erzählte ihr alles.

Lieber Gott, dachte sie, was habe ich für einen Sohn, was habe ich für ein Kind!

Und dann dachte sie: Ich habe ihn unter Schmerzen zur Welt gebracht, du weißt es, aber er bereitet mir jetzt mehr Schmerz als jemals zuvor!

Warum kann er nicht still sein, dachte sie, warum muß er mir das alles sagen?

Und als Walter Forst mit leiser Stimme erzählte, welche Freude es ihm damals bereitet habe, den Mann zusammenzuschlagen, da betete seine Mutter: »Lieber Gott, sei ihm gnädig!«

Als der Qualm unter dem Brückenbogen sich verzogen hatte, sahen Scholten und Mutz nichts als einen etwa zwei Meter tiefen Krater im Kiesufer, der sich langsam mit Wasser füllte. Am Auflager der Brücke hing ein Fetzen der Tarnjacke, zwanzig Meter weiter lag der Stahlhelm, voller Blut.

Schweigend verließen die Freunde die Stelle, und als sie auf der Brücke standen, legte Albert Mutz seinen Arm um die Schultern Ernst Scholtens, und sie gingen hinüber zum Ostufer.

Schweigend gingen sie nebeneinander her. Hin und wieder schwankte Scholten oder Mutz, als ob einer von ihnen im nächsten Augenblick das Gleichgewicht verlieren würde, und da merkten sie, wie müde sie waren.

Todmüde.

»Wir sollten schneller gehen«, meinte Mutz, »die Amis können jeden Augenblick da sein!«

»Egal«, antwortete Scholten, »scheißegal.«

Mitten auf der Brücke blieb er stehen und sah Albert Mutz an, mit stumpfen, leeren Augen.

»Sag mal, Albert, das bist du doch? Wir sind doch miteinander zur Schule gegangen, nicht wahr? Hau mir eine runter, Albert, oder tritt mir in den Arsch oder tu' sonst irgend etwas, das ich spüre. Ich glaub' nämlich sonst, ich träume. Oder ich bin verrückt! Bin ich verrückt? Da ist doch alles nicht wahr? Ich glaube das alles nicht!«

Scholten brüllte fast.

»Das kann doch nicht wahr sein, Albert! Wir waren doch gestern abend noch sieben!«

Und dann sang Ernst Scholten, schrie und brüllte hinaus:

»Denn heute gehört uns Deutschland ...
Deutschland ..., Deutschland ...,
und morgen die ganze Welt!«

Er wurde leiser: »Wir müssen zu ihnen nach Hause gehen, Albert. Wir müssen es ihnen sagen ..., den Müttern ... und den Vätern. Die ganze Welt ...!«

Dann stöhnte der schwarze Scholten, und jammervoll und greinend wie ein kleines Kind lag er an der Schulter des Freundes.

Albert Mutz war so weh zumute, daß er es sich selbst nicht erklären konnte, weshalb er hier ruhig neben Scholten herging, ihn stützte und seinen Ausbruch wortlos verfolgte, anstatt irgend etwas Irrsinniges zu tun.

Er sagte nur: »Frag mich nicht, Ernst, ich kann jetzt nicht denken. Ich weiß jetzt gar nichts. Nicht die einfachsten Dinge wüßte ich jetzt. Ich weiß nur, daß ich schlafen will. Lange schlafen. So müde bin ich.«

Dann hatten sie das Ostufer erreicht.

Scholten hatte seinen Arm von Alberts Schulter genommen, war stehengeblieben, aber Mutz ließ ihn nicht los.

»Komm«, sagte er, »komm zu mir nach Hause!«

»Nach Hause?« fragte Ernst Scholten und schaute starr geradeaus. Dann sagte er: »Ach so, ja, freilich, nach Hause!«

Und dann hörten sie beide den Lastwagen.

»Er kommt zu uns herunter, aus der Stadt heraus«, sagte Scholten verwundert, »vielleicht schickt der General Männer, die uns ablösen sollen?«

Gebannt waren beide stehengeblieben und warteten jetzt auf das Auto, das zur Brücke herunterkommen mußte. Der Lastwagen hielt genau neben den beiden Buben.

Leutnant Hampel kletterte aus dem Führerhaus, fünf, sechs Mann sprangen vom Lkw, und Hampel begrüßte die zwei hohlwangigen, bleichen und dreckbespritzten Gestalten, die ihn erwartungsvoll anstarrten, mit lärmender Fröhlichkeit.

»Los, los, ran an den Speck«, rief er seinen Leuten zu, »macht das ein bißchen fix, möchte nicht noch 'ne Kugel ins Kreuz, zwei Stunden vor Feierabend!«

Dann zu den Jungen gewandt: »Na, wie steht's, ihr müden Krieger! Habt euch ja prachtvoll geschlagen! Der General läßt euch seinen Dank aussprechen. Tolle Sache, was ihr da gemacht habt. Zwei Panzer, Mensch, ist 'ne Wucht. Na, könnt jetzt nach Hause gehen, Jungs.«

Der Leutnant hatte noch mehr seiner markigen Sätze auf Lager, aber irgend etwas an diesen Gesichtern störte ihn, irgendwie störte ihn auch die komische, halb geduckte, halb schlampige Haltung der zwei Gestalten vor ihm. Doch sie haben sich wacker gehalten, dachte er, man muß ihnen das anrechnen. Sind auch noch jung, nicht genug gedrillt. Müssen noch viel lernen . . .

Na, von mir nicht mehr, dachte Leutnant Hampel weiter – von mir nicht mehr!

Er mußte doch noch irgend etwas sagen, fiel ihm ein – aber was? Dann kam es ihm wieder, selbstverständlich.

»Das Lob vom General ist was wert, Jungs, das gibt's nur ganz selten. Ihr müßt das auch euren Kameraden sagen, ist das klar?«

Und jetzt war Scholten, der gleiche Scholten, der noch vor Minuten gebrochen am Arm seines Freundes gehangen hatte, hellwach.

»Möchten Sie das unseren Kameraden nicht selbst sagen?«

Er fragte es mit schneidender Stimme.

Der Leutnant dachte: Hier stänkert mich einer an, da ist etwas faul. Aber er wußte nicht, worum es sich handelte. Er fühlte beim Klang dieser Stimme: Der ist gereizt, der meutert. Ganz nah an der Grenze ist der. Er kannte diese Typen vom Exerzierplatz. Man mußte sich in acht nehmen vor ihnen. Ihren Widerstand rücksichtslos brechen, sofort.

Dann dachte der Leutnant daran, daß ja bald Schluß sein würde. Daß er und dieser Junge vielleicht im gleichen Gefangenenlager sitzen würden. Und er blieb freundlich. Freundlich, aber markig.

»Das Lob des Generals ist für jeden von euch bestimmt, ihr habt alle zusammen eine tolle Leistung vollbracht. Jedem gilt das Lob! Ist das klar?«

»Sie werden sich freuen«, sagte Scholten, »die anderen werden sich riesig freuen.«

Dann, mit einer jähen, weit ausholenden Handbewegung, daß der Leutnant verdutzt einen kleinen Schritt zurücktrat: »Da drüben, Herr Leutnant, warten sie — auf das Lob des Generals!«

Die dunklen Augen in dem hageren Bubengesicht glühten, brannten vor Haß.

Er ist übergeschnappt, dachte Albert Mutz, total übergeschnappt!

»Wir möchten jetzt gern nach Hause, Herr Leutnant«, sagte er, »wir sind müde!«

»Ihr könnt abhauen«, sagte der Leutnant gnädig. Mutz salutierte, packte Scholten am Arm und zog ihn mit sich.

Zehn Meter ließ der sich freiwillig führen. Plötzlich fragte er: »Was machen die Schweine an unserer Brücke, Albert? Siehst du, was sie machen?«

Albert Mutz sagte: »Sie haben Kisten abgeladen, sie heben die Deckel der Leitungsschächte und packen die Kisten hinein.«

Wieder gingen sie ein paar Meter weiter, müde, schweigend.

Dann wieder Scholten: »Kisten, sagst du?«

Er blieb stehen, packte Mutz mit der Faust an der regennassen Tarnjacke: »Kisten? Weißt du, was das heißt?«

Mutz starrte in die brennenden Augen seines Freundes. Er ist verrückt, dachte er wieder.

»Sie werden die Brücke sprengen«, sagte er, und im gleichen Augenblick spürte er in sich den Schmerz: Sie werden die Brücke einfach kaputtmachen, mir nichts, dir nichts ... Warum mußten wir sie dann verteidigen? Da drüben liegen fünf, die um diese Brücke gekämpft haben! Und als Mutz wieder in die Augen von Ernst Scholten blickte, begann er seinen Freund zu verstehen.

»Nein«, sagte Scholten. Er preßte dieses ›Nein‹ entschlossen durch die aufeinandergebissenen Zähne. »Sie werden unsere Brücke nicht kaputtmachen. Ich schwöre dir, daß sie es nicht tun werden!«

›Unsere Brücke‹ hat er gesagt, dachte Mutz, unsere Brücke! Und er dachte weiter: Hat er nicht recht? Ist es nicht eigentlich unsere Brücke?

Aber Mutz spürte dabei keine Leidenschaft, und er stand bestürzt vor diesem Scholten, der vor Erregung zitterte, in dessen Augen die Wut brannte.

Mit einem Ruck drehte sich Scholten um und ging wieder zur Brücke hinunter. Mutz, der ihm nachlief, sah, wie Scholten das Sturmgewehr von der Schulter nahm, wie er das Magazin aus dem Gewehr zog, es, für einen Augenblick stehenbleibend, betrachtete und dann wieder ins Gewehr einführte.

Scholten hörte die Schritte, die da hinter ihm herkamen. Er wußte, daß der Freund ihn halten wollte und auch halten würde, wenn er ihn erreichte, und er begann zu laufen. Drunten, sechs Meter vor Leutnant Hampel, machte Scholten halt.

»Laßt die Brücke stehen!« sagte er leise, und Hampel dachte wieder: Der ist gefährlich, ein gefährlicher Bursche ist das, und er drehte sich einfach um und ging zu seinen Männern am Leitungsschacht.

Vier Kisten standen noch draußen, ein Mann hockte im Schacht und nahm eine nach der anderen in Empfang. Zwei Mann waren auf der anderen Brückenseite dabei, neben dem gegenüberliegenden Leitungsschacht die restlichen Kisten vom Lkw abzuladen.

Scholten folgte dem Leutnant. Mutz hatte den Kameraden inzwischen eingeholt, packte ihn am Ärmel, wollte ihn festhalten, aber Scholten wandte nur das Gesicht und schaute Mutz an. Eine Sekunde lang. Da ließ Mutz los.

»In Ordnung, Ernst«, sagte er heiser, »du weißt, daß wir Freunde sind!«

Scholten stand vor Hampel.

»Ihr sprengt die Brücke nicht«, sagte er, das Sturmgewehr an der Hüfte, den Finger der rechten Hand am Abzug.

»Macht keinen Blödsinn«, sagte der Leutnant beschwörend, und in seinen Augen war Angst. Seine Rechte tastete suchend am Koppel entlang, in Richtung Pistolentasche.

»Finger weg«, sagte Scholten drohend, »und verschwindet von der Brücke! Es passiert gar nichts, wenn ihr verschwindet!«

Die Männer am Schacht hatten aufgehört zu arbeiten, sie warteten schweigend.

Hampel wandte sich ihnen zu: »Kein Mensch hat was von Aufhören gesagt! Macht endlich fertig und jagt das Ding hoch!«

Seine Stimme überschlug sich: »Das ist kein Kindergarten hier! Noch haben wir Krieg!«

Der Leutnant blickte auf die Uhr, dachte: Verdammt, wir sollten schon längst weg sein. Und brüllte wieder los: »Tempo, rammt die Dinger rein, und dann Zündschnur, zwei Stück pro Schacht, und dann nichts wie weg!«

Einer der Männer langte wieder nach den Kisten.

»Hand weg«, sagte Scholten und schaute den Mann an. Im gleichen Augenblick fingerte der Leutnant die Pistole heraus, lud mit der Linken durch. Aber er kam nicht mehr dazu, abzudrücken.

Aus etwa zehn Meter Entfernung traf ihn das Geschoß des deutschen Wehrmachtskarabiners 98 k.

Und Albert Mutz stand totenbleich da und setzte das Gewehr ab.

Albert Mutz und das fünfte Gebot

»Du sollst nicht töten« gehörte zu jenen Geboten, von denen Albert Mutz glaubte, daß er nie in seinem Leben auch nur in Versuchung käme, sie zu brechen. Eine farbige Bildtafel in dem Alten Testament, das im Bücherschrank seiner Mutter stand, zeigte, wie der Herr dem Kain zürnte, der den Abel erschlug. Und jedesmal, wenn der kleine Albert das Bild betrachtete, erschauerte er vor dem Zorn, der aus den Augen Gottes loderte. Und er glaubte, daß er nie in seinem Leben töten könne.

Aber als er sechs Jahre alt war, hätte er um ein Haar seinen kleinen schwarzen Kater erwürgt, wenn nicht die Mutter gerade noch rechtzeitig dazugekommen wäre. Er hatte das Tierchen auf seinem Schoß gehalten, doch der Kater wollte weg. Und als Albert Mutz nicht nachgab, fuhren ihm plötzlich scharfe Krallen über das Handgelenk. Im ersten Schmerz ließ er los, dann rannte er dem Kater nach, packte ihn mit beiden Händen und würgte ihn, blind vor Schmerz und Wut.

Die Mutter ohrfeigte ihn schweigend und ließ ihn dann einfach stehen. Da stand er jetzt, und die Tränen liefen ihm über das Gesicht. Dann spürte er, wie der Kater schnurrend um seine Beine strich. In einer jähen Aufwallung hob er das kleine schwarze Tier zu sich hoch, drückte sein nasses Gesicht gegen den weichen Pelz und wollte alles ungeschehen machen.

Und die Mutter beobachtete ihn mit einem leisen, gütigen Lächeln.

Beim Abendessen stellte sie ihm das Kartoffelgemüse hin und sagte nebenbei: »Ich habe die Wurst dem Kater gegeben, nicht wahr, Albert?«

Und er schluckte und nickte tapfer, obgleich er sich auf die Wurst gefreut hatte.

Als er abends in seinem Bettchen lag, betete er: »Lieber Gott, bitte vergib mir, daß ich den Kater gequält habe, und mach, daß mir der Kater nicht mehr böse ist.« Und der liebe Gott zeigte dem kleinen Albert, daß er sein Gebet erhört hatte: Als die Mutter das Zimmer betrat, um Albert das Weihwasser zu geben, schlich der Kater auf leisen Sohlen mit herein, sprang mit einem kleinen Satz aufs Bett und legte sich auf Alberts Schulter, den samtweichen Rücken eng an die Backe des Buben gedrückt. Dann begann er zu schnurren. Beseligt schlief Albert Mutz ein. Und die Mutter mußte lachen, als sie das Licht löschte und aus dem Zimmer ging.

Aber der Bub hatte an diesem Tag nur gelernt, daß man seiner Katze keinen Schmerz bereiten darf. Ein paar Tage später besuchte ihn ein Freund, und sie schauten gemeinsam die Fotoalben der Mutter an. Wie es dann zu dem Streit zwischen den beiden Buben kam, ließ sich hinterher nicht mehr genau feststellen. Wahrscheinlich wollten beide zur gleichen Zeit das gleiche Album. Es endete damit, daß Albert Mutz in blindem Zorn das schwere Buch packte und es seinem Freund mit aller Wucht in den Unterleib warf. Der schrie und brüllte wie am Spieß, und Alberts Mutter strafte ihren Sprößling mit Hilfe des Teppichklopfers, den sie gerade in der Hand hielt.

Am nächsten Tag gingen sie gemeinsam zur Kirche. Vor einem Bild, das, von unbeholfener Hand gefertigt, die Qualen der armen Seelen im Fegefeuer auf drastische Art darstellte, blieb die Mutter stehen. Lange starrte der Bub auf die schaurige Abbildung, vor der einige Kerzen brannten, dann fragte er: »Was tun die da, Mami?« Fragte es mit seiner dünnen, hohen Stimme, daß die Mutter nur mit Mühe ein Lächeln unterdrücken konnte.

»Sie büßen ihre Sünden, Albert!« sagte die Mutter.

»Was ist das, büßen?«

»Wenn jemand etwas Böses tut, Albert, dann tut er auch dem lieben Gott sehr weh. Weil der liebe Gott, der die ganze Welt und dich und auch mich erschaffen hat, uns alle liebhat. Und er will nicht, daß einer dem anderen etwas antut, das macht ihn traurig! Böses tun, heißt eine Sünde begehen, und Sünden muß man bereuen. Man muß für sie büßen. Deshalb haben auch Menschen, die Böses tun, Angst. Man nennt es das schlechte Gewissen!«

»Ich möchte nichts Böses mehr tun«, versprach Albert, »gehn wir, ja?« Und sie gingen.

Zwei Jahre waren seitdem vergangen, da bekam der Bub zu seinem Geburtstag das kleine Luftgewehr, das er sich seit langem so sehnlich gewünscht hatte. Er bekam es von einer Tante, und die Mutter war mit diesem Geschenk keineswegs einverstanden.

Im Gang der Wohnung baute Albert Mutz seinen Schießstand auf. Der Gang war etwa sieben Meter lang. An der Wohnungstür hatte die Mutter eine dicke Filzmatte aufgehängt, und an der war die Schießscheibe festgemacht.

Albert Mutz stand da und schoß. Neben ihm wartete der Freund und wollte auch einmal drankommen. Eine halbe Stunde hielt er geduldig aus, dann sagte er: »Laß mich bitte auch mal, Mutz!«

Aber Albert wollte noch drei Schuß probieren. Nur noch drei Schuß, und als er die drei Schüsse getan hatte, wollte er noch mal drei, und so ging es weiter, bis dem Freund die Geduld riß. Er faßte das Luftgewehr vorn am Lauf. Albert Mutz hielt es hinten am Kolben. Und nachdem sie einige Zeit festgehalten und mit viel Stimmaufwand gestritten hatten, zog Albert Mutz plötzlich heftig an, und der andere ließ brüllend los. Das Korn, an der Mündung des Laufes, hatte dem Buben die Handfläche in ihrer ganzen Breite und etwa vier Millimter tief aufgerissen.

Der Junge brüllte und stierte auf seine Hand, von der unablässig das Blut auf den hellen Holzboden hinuntertropfte.

Albert stand völlig erstarrt, er war erschrocken und hatte ein schlechtes Gewissen. Nachdem die Mutter dem anderen Jungen die Hand verbunden und ihn zum Arzt gebracht hatte, versohlte sie ihrem Sprößling den Hintern.

Es kostete sie jedesmal Überwindung, den Buben zu schlagen. Er konnte mittendrin mit seiner hohen Stimme sagen: »Mami, es langt!«

Dann mußte sie schnell aus dem Zimmer gehen.

Die körperliche Strafe schien ihr notwendig. Als Albert später am Nachmittag das Luftgewehr wiederhaben wollte, erklärte ihm die Mutter: »Ich habe es deinem Freund geschenkt, Albert. Es hat ihm solche Schmerzen bereitet, daß er es ganz haben soll. Meinst du nicht auch?«

Und wieder schluckte Albert die Tränen hinunter und nickte tapfer mit dem Kopf.

Sie lebten nicht gerade in guten Verhältnissen. Die Mutter mußte von der bescheidenen Summe, die sie allmonatlich erhielt, nicht nur den Haushalt bestreiten, ihre beiden Buben kleiden und ihnen die Schulbücher kaufen. Sie mußte auch noch Schulden abzahlen. Die Schulden ihres Mannes. Sie sprach nicht gern über dieses Thema.

Eines Tages, der kleine Albert war kaum ein Jahr auf der Welt, hatte der Mann, der ihr Jahre zuvor goldene Berge versprochen hatte, seine Frau, zwei unmündige Söhne und eine fast unübersehbare Zahl von Gläubigern sitzenlassen. Frau Mutz war damit fertiggeworden. Ihr Charme, ihre Zähigkeit und das stete Bewußtsein, daß ihre beiden Buben sie brauchten, hatten ihr geholfen. Der Tag, an dem Albert Mutz seinen zehnten Geburtstag feierte, war einer der ereignisreichsten in ihrem Leben. Der Rundfunksprecher erklärte, daß deutsche Truppen zur Wahrung irgendwelcher Interessen in Polen einmarschiert seien, der achtzehnjährige Konrad Mutz erklärte seiner Mutter, daß er sich freiwillig als Offiziersanwärter zur Luftwaffe gemeldet habe, und der letzte Gläubiger erklärte, daß er sich mit der bisher an ihn bezahlten Summe zufrieden gebe und daß er ferner gedenke, Frau Monika Mutz zu heiraten, falls sie selbst geneigt sei, seine Werbung wohlwollend entgegenzunehmen.

Das alles war ein bißchen viel auf einmal. Die Mutter saß am

Abend dieses glühendheißen Septembertages noch lange bei geöffneten Fenstern im Wohnzimmer und dachte nach, ob dies nun ein guter oder ein schlechter Tag gewesen sei. Für sie war es ein guter Tag, aber die Angst vor dem Krieg, die Angst um ihren ältesten Sohn überschattete alles. Voll Rührung betrachtete sie den kleinen Albert, der auf dem Stubenboden mit seinen Soldaten spielte. Er wenigstens mußte nicht fort, dachte sie, er wird mir bleiben!

Später schrieb sie dem letzten Gläubiger ihres Mannes einen ausführlichen Brief. Sie dankte ihm für sein anständiges Verhalten und ließ ihre Freude über sein Angebot zwischen den Zeilen spürbar werden. Jedoch, so schrieb sie ihm weiter, sehe sie ihre ganze und einzige Aufgabe darin, ihre Jungen aufzuziehen und sie zu anständigen Menschen zu machen. Sie hoffe, daß sie ihn stets zu ihren guten Freunden zählen dürfe, auch wenn sie sein Angebot nicht annehmen könne.

Als sie dann vor dem Frisiertisch saß und sich die langen, blonden Haare kämmte, kam Albert herein, um gute Nacht zu sagen. Staunend blieb er vor ihr stehen und sah sie an: »Du bist schön, Mami«, erklärte er seiner Mutter überzeugt, und sie mußte lachen, weil seine Stimme so gar keine Ansätze zeigte, allmählich erwachsener zu klingen. Als Albert gegangen war, wußte Monika Mutz, daß die soeben gehörte Erklärung die schönste des ganzen Tages war.

Vierzehn Tage später mußte Konrad Mutz einrücken. Er schrieb anfangs lange Briefe. Dann wurden die Briefe kürzer, und immer häufiger standen darin Sätze wie: ›*Wenn du zufällig eine Hartwurst auftreiben könntest oder einen Kuchen, der nicht verdirbt*‹, oder ›*Gegen Zigaretten kann ich mir von meinen Kameraden Fleischmarken eintauschen.*‹

Konrad Mutz war es genau wie Albert gewohnt, sich an den gedeckten Tisch zu setzen und zu essen. Sie kannten keinen übertriebenen Wohlstand, aber auch keine Not. Sie waren nie hungrig ins Bett gegangen, hatten zwar oft geflickte, niemals aber zerrissene Hemden, Hosen und Strümpfe getragen. Wenn die beiden Buben längst in ihren Betten schliefen, saß die Mutter bis in die späte Nacht hinein an der Nähmaschine und schneiderte und flickte. Was sie geleistet hatte und was sie weiterhin leistete, davon hatten ihre Söhne fast keine Ahnung.

Aber eines Tages kam Albert Mutz stolz nach Hause, hielt seiner Mutter einen Fünfmarkschein unter die Nase und sagte voll Stolz: »Da, schenk' ich dir!«

Er war erstaunt, daß sich die Mutter kein bißchen freute. Im Gegenteil, sie schien seltsam erregt. Er war noch erstaunter, als sie ihn scharf fragte: »Woher hast du das Geld, Albert?«

»Ich war beim Beerenpflücken, mit den anderen!« sagte er überrascht. »Die Beeren haben wir in Tüten gepackt, und dann haben wir sie verkauft! Stück dreißig Pfennige. Und dann haben wir geteilt! Ist das schlimm, Mami?«

Nein, es war nicht schlimm. Aber die Mutter wollte es nicht. Sie wollte nicht, daß der Bub Geld in der Tasche hatte, daß er überhaupt etwas mit Geld zu tun hatte. Wenn er etwas brauchte, sollte er zu ihr kommen, sollte es sich holen.

Aber konnte sie ihm das erklären, konnte sie ihm verständlich machen, daß sie Angst hatte, er könnte werden wie sein Vater? Konnte sie ihn strafen, weil er Beeren pflückte und sie verkaufte, wie es alle Jungen machten? Nein, das hätte er nicht verstanden, weil er die Geschichte seines Vaters nicht kannte. Er würde sie eines Tages erfahren.

»Hör zu, Albert«, sagte sie, »ich weiß nicht, ob du mich recht verstehen wirst. Aber wir haben doch unseren Stolz, nicht wahr? Und es wäre doch peinlich, wenn du eines Tages irgendeine Frau ansprichst und sie bittest, dir Beeren abzukaufen, und diese Frau erzählt dann überall herum: ›Bei den Mutzens geht's ja toll zu, da muß schon der Kleine Beeren verhausieren, damit das Geld langt!‹«

Albert schaute seine Mutter erwartungsvoll an, aber sie sagte nichts mehr. Da antwortete er: »Klar, Mutter, das können wir uns gar nicht leisten. Ich werde das den anderen sagen. Wir machen zwei Abteilungen. Die einen pflücken, und die anderen verkaufen. Ich werde pflücken, dann weiß es niemand!«

Da wußte die Mutter, daß ihr Junge nicht nur lieb und nett sein konnte, nicht nur jähzornig und aufbrausend, sondern auch von jener raffinierten Intelligenz, die sogar die Gläubiger seinem Vater noch nachträglich bestätigt hatten.

»Lieber Gott«, betete sie an diesem Abend, »laß es wenigstens eine gesunde Mischung werden, dann will ich zufrieden sein!«

Albert Mutz konnte geizig sein, aber auch großzügig wie ein Verschwender. Er konnte sein Pausebrot verschenken, wenn er plötzlich auf dem Schulhof einen stehen sah, der nichts hatte und hungrig auf die Brote der anderen starrte. Mit der Miene eines Fürsten konnte Albert Mutz auf so einen Jungen zugehen und ihm im Vorbeigehen seine Tüte mit dem Butterbrot in die Hand drücken: »Da, schenk' ich dir!«

Aber er setzte bei anderen dieselbe Großzügigkeit voraus.

Einmal wurde einem seiner Freunde zum Geburtstag ein Zehnmarkschein geschenkt. Das war der größte Geldschein, den Albert Mutz je zu Gesicht bekommen hatte. Er hatte sofort eine Idee. Nämlich, daß man für das Geld am besten Spielzeug kaufe, und zwar gleich nach Schulschluß. Sie gingen in den Spielzeugladen. Albert Mutz suchte sich einen schönen Panzer heraus, der beim Fahren aus zwei Rohren Feuer spuckte und spielend über Hindernisse kletterte. Dem Besitzer des Zehnmarkscheins empfahl er großmütig den Ankauf eines kleinen Dampfschiffes. Dann sah er interessiert zu, wie die Geldnote in der Geschäftskasse verschwand, klemmte seinen Panzer unter den Arm und ging nach Hause. Erst als er die Mutter sah, kamen ihm leise Zweifel, ob sie mit dem Handel einverstanden sein würde.

Die Mutter war nicht einverstanden und prügelte ihn so lange, bis er erklärte, den Unterschied zwischen ›mein‹ und ›dein‹ endgültig verstanden zu haben. Dann schickte sie ihn in das Geschäft zurück, ließ ihn den Panzer wieder gegen das Geld umtauschen und sandte die paar Mark den Eltern des Freundes. So böse hatte Albert Mutz seine Mutter selten gesehen.

Er beschloß, in Zukunft nicht mehr einzukaufen. Er hatte geradezu Angst vor Geldscheinen. Zum Muttertag kaufte er weder ein Salatbesteck noch eine Porzellandose, sondern verfaßte ein Gedicht, das er seiner Mutter widmen wollte. Da er dann jedoch in Zeitnot geriet, wurde er mit der letzten Strophe nicht mehr fertig. So nahm er sich eines der vielen roten Bücher aus dem Schrank und schrieb ab. Und als er die abgeschriebene Strophe las, wollten ihm seine eigenen nicht mehr gefallen.

Deshalb warf er das ganze Gedicht weg und schrieb jetzt sämtliche Strophen aus dem roten Buch ab. Es klang sehr gut, wenn man es halblaut vor sich hinlas.

Die Mutter freute sich ehrlich und mußte noch dazu lachen, obgleich Albert den Eindruck hatte, es sei eher ein feierliches Gedicht. Sie fragte ihn: »Hast du das ganz allein gemacht?«

Und er nickte, strahlend vor Stolz: »Ich hab's ganz allein abgeschrieben – aus dem roten Buch, weißt du?«

Sie wußte es. Ihr zehnjähriger Sohn hatte ihr ausgerechnet den *Ganymed* von Johann Wolfgang von Goethe zum Muttertag gewidmet.

Bis zu seinem vierzehnten Lebensjahr war Albert seiner Mutter Rechenschaft darüber schuldig, wo er seine Nachmittage verbrachte. Abends mußte er zu Hause sein. Später war dann die Mutter nicht mehr so streng, aber immer noch wollte sie wissen, wo er war.

Meistens steckte er ohnedies zu Hause, auf dem großen Speicher. Hier war sein Lieblingsaufenthalt.

So, wie andere Jungen leidenschaftlich gern mit elektrischen Eisenbahnen spielten, hing er an seinen Spielzeugsoldaten. Für die Schule arbeitete er nicht mehr als unbedingt notwendig war. Die Hausaufgaben haute er flüchtig hin, und dann stürmte er die Treppen hinauf zum Dachboden und ließ sich für Stunden nicht mehr sehen. So spärlich auch die Weihnachtsgeschenke der Mutter ausfielen, ein paar Spielzeugsoldaten bekam er immer. Denn die Tanten, und Albert hatte nicht weniger als fünf, kannten seine Leidenschaft und enttäuschten seine Erwartungen nicht.

Da war auf dem Speicher eine richtige Stadt aufgebaut, aus alten Schuhkartons, aus Leinwand und Packpaier. Durch ihre Straßen bewegte sich ein endlos langer Zug Marschierender, voraus die Musikkapelle. Außerhalb der Stadt lag der Feldherrnhügel, und von ihm aus überblickte die Generalität das Schlachtfeld. Dieses Schlachtfeld hatte die Mutter in den Nächten vor Weihnachten gebastelt. Es hatte Schützengräben, spanische Reiter, ein paar Bunker und viele bucklige Bodenwellen. Spielzeugsoldaten in deutschen, britischen und französischen Uniformen standen sich hier gegenüber, sogar ein Marokkaner im weißen Burnus und mit drohend geschwungenem Gewehr war darunter. In den eigenen Linien stürmten Infanteristen in feldgrauen Uniformen neben Zietenhusaren mit blitzenden Säbeln. Ein Sanitätszelt mit Sanka und Tragbahren gehörte dazu, eine Flakstellung mit Scheinwerfer, viele Geschütze und ein paar schwere Panzer. Die Geschütze wurden mit Gummistöpseln und Zündhütchen geladen und hatten eine Reichweite von gut zwei Meter.

In einer Ecke stand noch ein Blockhaus, dessen Besatzung aus Trappern bestand. Um das Blockhaus herum schwärmten feindliche Indianer, und andere umtanzten einen Marterpfahl, an dem ein Bleichgesicht verzweifelt auf baldige Rettung hoffte. Das alles war in Albert Mutz' Speicher aufgebaut, und hier schlug er seine Schlachten.

Wenn gar noch zwei oder drei seiner Freunde mit dabei waren, kannte seine Begeisterung kaum noch Grenzen. Das Spiel hatte nur eine Regel: das Heer, das Albert Mutz führte, mußte gewinnen, ganz gleich, ob er an diesem Tage die Franzosen, Deutschen, Engländer, Trapper oder Indianer befehligte. Und die Freunde anerkannten diese Regel wortlos.

Zündende Reden hielt der kleine Albert Mutz an seine Mannen, bevor er sie in die Nähe der Hauptkampflinie rücken ließ. Bei der Verteilung der Waffen, insbesondere der Geschütze, achtete er sorgfältig darauf, daß er die besseren bekam, die ihm ja aus langer Erfahrung hinreichend bekannt waren. Eine Verbindung zwischen den Schlachten, die er auf dem Speicher schlug, und dem Krieg, der zur gleichen Zeit draußen die Welt durchtobte, kam ihm nie in den Sinn.

Am Mittwochnachmittag ging auch er zum Dienst des ›Jungvolks‹, der im Jugendheim oder auf dem Sportplatz abgehalten wurde. Er ging eigentlich ganz gern hin, denn meistens wurden fröhliche Lieder gesungen, und hin und wieder marschierten sie auch zu einem Geländespiel, das schließlich nicht viel anders war als das gewohnte ›Indianerspielen‹.

Einmal kam ein Soldat in feldgrauer Uniform und sprach zu den Jungen über den Krieg und über das Heldentum der deutschen Soldaten. Abschließend fragte er, wer von ihnen Offizier werden wolle. Alle meldeten sich, mit Ausnahme von Albert Mutz.

»Was möchtest denn du werden, mein Junge?«

»Ich möchte gern Lokomotivführer werden!« Albert war tags zuvor von einer Eisenbahnfahrt zurückgekommen.

»Aber Deutschland braucht Soldaten, warum willst du nicht Soldat werden?«

Mutz, hartnäckig: »Weil ich lieber Lokomotivführer werden möchte!«

Darauf schaltete sich der Bannführer dazwischen und sagte unter dem Gelächter der anderen: »Er will Lokomotivführer werden, weil er ein Scheißkerl ist!«

Albert Mutz war es nicht gewohnt, daß man ihn mit derartigen Namen belegte, noch dazu, wenn alle zuhörten. Das Wasser schoß ihm in die Augen, er schrie: »Ich bin kein Scheißkerl!« Nahm seine Uniformmütze und ging. Der Bannführer brüllte hinter ihm her, befahl ihm, dazubleiben, aber Mutz ging stur den Gang des großen Gebäudes entlang, stolperte die steinernen Treppen hinunter und trat durch die Tür ins Freie. Tags darauf begegnete der Bannführer Alberts Mutter und ignorierte sie völlig. Die Mutter erwähnte es zu Hause nur kurz. Aber als Albert Mutz den Bannführer das nächstemal sah, ging er ganz dicht an ihm vorbei, starrte ihm interessiert ins Gesicht, machte aber keine Anstalten, zu grüßen. Der Bannführer stellte ihn zur Rede und nannte ihn einen Knilch, den man schon noch kirremachen würde. Mutz antwortete leise, aber bestimmt, daß er keinen Grund habe, den Bannführer zu grüßen, solange der Bannführer seine Mutter ignoriere.

Am nächsten Tag bekam er es schwarz auf weiß, daß er wegen Autoritätsuntergrabung das Tragen der Uniform zu unterlassen habe. Mit der gleichen Post kam ein Brief an die Mutter von ihrem Ältesten. Er hatte eine hohe Auszeichnung bekommen. Mit diesem Brief ging sie auf die Bannführung: »Hören Sie«, sagte sie zum Bannführer, »ich lasse es mir nicht bieten, daß ein Drückeberger wie Sie meinen Jungen schikaniert, während mein ältester Sohn draußen täglich sein Leben aufs Spiel setzt!« Und mit diesen Worten ließ sie den Bannführer stehen und ging wieder. Es erfolgte nichts.

Studienrat Stern ließ im Lauf einer der nächsten Unterrichtsstunden so ganz nebenbei einfließen, daß das deutsche Volk seiner Ansicht nach auch Lokomotivführer brauche. Manchmal seien sie sogar wichtiger als Soldaten. Walter Forst sagte gedämpft: »Sehr richtig!« Und lachte.

Stern hatte einen roten Kopf bekommen. »So war es nicht gemeint, Forst«, sagte er sanft. Albert Mutz freute sich über dieses kleine Zwischenspiel. Er wußte nicht, daß zwei Tage später ein Herr in Zivil bei Studienrat Stern erschien und ihn fragte, wie er denn die Sache mit dem Lokomotivführer gemeint habe.

»So, wie ich sie gesagt habe«, antwortete der Lehrer trocken.

Ob er etwa am guten Ausgang des Krieges zweifle? Darauf sagte Stern, daß es für ihn über den Ausgang des Krieges keine Zweifel gäbe. Damit fand die Unterredung ihr Ende. Aber Stern grübelte darüber nach, wer wohl aus seiner Klasse ihn hingehängt haben könnte. Albert Mutz selbst war es. Er hatte die Tatsache, daß ihm der Studienrat recht gab, voller Freude jedem erzählt, dem er an diesem Tag begegnet war.

Eine Woche später kam die Schulkommission. Mutz war gerade für den Wochenspruch verantwortlich. Stern hatte die erste Stunde in der Klasse zu geben. Punkt acht Uhr kam er mit der Kommission ins Klassenzimmer. Es waren drei ältere Herren, zwei Zivilisten und ein Uniformierter. Die Klasse grüßte, dann schmetterte Mutz seinen Wochenspruch:

»Die Jugend ist der Garant der Zukunft.«

Sehr schön hatte das geklappt. Aber deutlich ertönte eine Stimme hinterher: »Im Massengrab!«

Stille.

Studienrat Stern war rot angelaufen, die drei fremden Herren sahen ihn verwundert an.

»Merkwürdig«, sagte schließlich einer von den dreien, »äußerst merkwürdig, finden Sie nicht auch, Herr Kollege?« und schaute wieder Studienrat Stern an, der verzweifelt nach einem Ausweg suchte.

»Forst«, sagte er, »was wolltest du mit dieser dummen Bemerkung?« Walter Forst erhob sich langsam in seiner Bank, jetzt war auch ihm etwas unbehaglich geworden. Schließlich war seine Bemerkung nur für den vor ihm sitzenden Ernst Scholten und nicht für die Kommission bestimmt gewesen. Er mußte irgend etwas sagen, das die ganze Sache unpolitisch machen würde, aber was? Da fiel ihm etwas ein.

»Herr Professor, ich habe das gesagt, weil mir der Mutz unsympathisch ist. Ich wollte, daß jeder meint, er hätte das gesagt!«

Für einen flüchtigen Augenblick hat sich Mutz umgedreht und Forst zugezwinkert. Gott sei Dank, dachte Forst, er hat mich verstanden, er hat's kapiert! Aber es kam noch dicker. Mutz selbst bestätigte jetzt, daß er und Forst sich nicht leiden könnten, und Studienrat Stern sagte, zur Kommission gewandt: »Es ist fürchterlich mit den beiden. Sie sind die besten Schüler, aber jeder will den anderen noch übertrumpfen. Sie werfen sich die gemeinsten Sachen vor und tun alles, um sich gegenseitig zu schaden.«

»Merkwürdig, Herr Kollege«, sagte der Mann von der Kommission erneut, »das wirft kein gutes Licht auf die Anstalt.«

Dann wandte er sich an Forst: »Was ist denn dein Vater, mein Junge?«

»Standartenführer«, sagte Forst freundlich. Und der Mann von der Kommission wandte sich, plötzlich verstehend, zu Stern. Der zuckte die Schultern, wie zur Bestätigung, daß da ja wohl nichts zu machen sei. Später, beim Unterricht, gewann die Kommission dann doch noch einen besseren Eindruck von der Klasse. Nachdem die drei Herren gegangen waren, machte Stern etwas, das er zum erstenmal in seinem ganzen Leben tat. Er ging mit kurzen, schnellen Schritten zur Bank, in der Walter Forst saß, und pflanzte ihm eine Ohrfeige ins Gesicht. »Du Saukerl«, sagte Stern, »bringst mit deiner frechen Schnauze die ganze Klasse in Verlegenheit.« Und Forst, der sich von keinem Menschen anrühren ließ, nickte nur mit dem Kopf, als wollte er sagen: »Die hab' ich verdient!«

Eines schönen Tages kam Konrad Mutz in Urlaub. Albert war so begeistert, neben dem jungen Mann in der Leutnantsuniform spazierengehen zu dürfen, daß Konrad Mutz es nicht übers Herz brachte, Zivil anzuziehen. Albert wurde jedesmal rot, wenn ein Soldat vorbeikam und den großen Bruder zackig grüßte. Aber allmählich gewöhnte er sich daran, und schließlich war es soweit, daß er wie ein Luchs aufpaßte und seinen Bruder plötzlich mit dem Ellbogen gegen die Rippen stieß: »Hast du das gesehen? Der hat uns nicht gegrüßt!«

Konrad lachte.

Daheim, während der Gespräche mit der Mutter, lachte Konrad nicht. Sie sprachen immer so leise, daß Albert fast nichts verstehen konnte.

Dann war Leutnant Mutz eines Tages wieder fortgefahren, und Albert rannte noch am gleichen Abend in seinen Speicher hinauf, den er so lange vernachlässigt hatte. Aber was er sah, war ein Bild der Zerstörung. Zertreten und zerbröselt lagen seine Soldaten herum, die Geschütze waren verbogen. Irgendein Irrsinniger mußte dieses Vernichtungswerk betrieben haben, mußte mit schweren Stiefeln die ganze Anlage verwüstet haben.

Albert rannte heulend zu seiner Mutter und die besah sich den Schaden bestürzt. »So ein dummer Junge«, sagte sie, »als ob er damit etwas besser machen würde!« Aber Albert Mutz bekam nie heraus, wen sie gemeint hatte.

Er wäre lange Zeit nicht über die Sache hinweggekommen, hätte er nicht an seinem vierzehnten Geburtstag ein Mädchen kennengelernt, das neu in die Klasse kam. Das Mädchen war so groß wie er, hatte dunkelblondes Haar und gefiel ihm auf den ersten Blick. Albert Mutz brachte ›die Neue‹ mit zum Geburtstagskaffee, und seine Mutter hatte nichts dagegen einzuwenden. Das Mädchen hieß Traudl und entstammte einer wohlhabenden und angesehenen Familie, die in der Nähe der Stadt einen Landsitz besaß. Dorthin hatten die Eltern Traudl geschickt, als die Fliegerangriffe in der Großstadt immer schlimmer wurden, und sie lebte jetzt unter der Aufsicht ihrer alten Großmutter und einer Tante in dem großen Landhaus.

Albert Mutz nahm zwei Tage später die Gegeneinladung begeistert an. Er war von dem riesigen Park, in dessen Mitte das vornehme Haus lag, ebenso beeindruckt wie von dem kleinen Schwimmbecken, dem gepflegten Rasen und dem großen Hühnerstall. Einträchtig spielten sie den halben Nachmittag mit einem Gummiball, und wenn Traudl in ihrem luftigen Leinenanzug herumtollte, dem Ball nachsprang, dann dachte er wieder daran, wie sehr sie ihm gefiel.

Mittendrin klatschte der Ball ins Schwimmbecken, und während er herumlief und nach einer Stange suchte, sprang sie lachend und kichernd ins Wasser, paddelte auf den Ball zu und warf ihn wieder auf den Rasen hinaus. Als sie dann aus dem Becken kletterte, hing der Leinenanzug naß an ihrem Körper und war durchsichtig geworden.

Albert Mutz starrte das Mädchen an, und dann lachte er, lachte schallend. »Hahaha«, prustete er, »siehst du komisch aus!«

Und er verschluckte sich schier vor Lachen.

Traudl blickte an sich herunter, dann rannte sie ins Haus und blieb vor dem großen Spiegel im Flur stehen. Entsetzt und schamrot betrachtete sie ihr Spiegelbild, dann lief sie die Treppen hinauf in ihr Zimmer, warf sich aufs Bett und schluchzte, während Albert Mutz drunten geduldig neben dem Schwimmbecken saß und wartete. Als es ihm zu lange dauerte, ging auch er ins Haus, um sie zu suchen. Auf der Treppe kam sie ihm entgegen, in einem bunten Sommerkleid.

Auf dem obersten Absatz blieb sie stehen und schaute zu ihm herunter. Sehr beleidigt. »Du bist ein ganz blöder Kerl«, sagte sie, »ich will, daß du jetzt nach Hause fährst!«

Albert Mutz schaute sie verwundert und dann verlegen an.

Plötzlich wurde ihm klar, was sie gesagt hatte. Sie hatte ihn hinausgeworfen. Rot vor Scham und Wut verließ er das Haus, stieg auf sein Fahrrad und trat in die Pedale, daß die Kette riß. Jetzt durfte er auch noch zu Fuß heimlaufen.

Traudl erzählte die Geschichte am Abend ihrer Tante, weil die gefragt hatte, warum denn der nette Junge nicht zum Kaffee geblieben sei. Aufmerksam hörte sich die Tante die Geschichte an, dann lächelte sie und sagte: »Albert Mutz ist ein lieber, braver Bub, er ist ganz anders als die anderen. Ich würde mir an deiner Stelle die Sache noch einmal durch den Kopf gehen lassen. Mir sind Buben, die bei solchen Anlässen lachen müssen, lieber als andere!«

Albert Mutz erzählte die Geschichte ebenfalls seiner Mutter und unterbrach sie dann empört: »Aber du lachst ja auch?«

»Freilich, Albert«, sagte sie und mußte wieder lachen, »ich kann auch gut verstehen, warum du lachen mußtest!«

Aber dann hielt sie es doch für angebracht, ihrem Sohn zu sagen, weshalb das Mädchen über sein Lachen beleidigt war. Und sie ließ es dabei nicht bewenden, sondern erklärte ihm auch, wozu die Natur zwei verschiedene Geschlechter geschaffen hatte. Albert Mutz war sehr stolz, daß seine Mutter mit ihm wie mit einem Erwachsenen sprach, aber so richtig war ihm die ganze Sache doch nicht klargeworden.

»Es wird jedem einmal klar«, sagte die Mutter darauf, »ich möchte nur, daß du zu mir kommst, wenn du irgend etwas auf dem Herzen hast!«

Und er versprach es.

Walter Forst hatte einmal erklärt: »Der Mutz hat ausgesprochene Spätzündung!« Und eine Zeitlang hatte Albert diesen Ausspruch als Makel empfunden. Dann vergaß er es wieder. Einmal hatten sie in der Schule einen lateinischen Satz übersetzt, etwa des Inhalts, daß bei den Vorfahren Jünglinge und Mädchen gemeinsam und ohne Kleidung in den Flüssen und Seen badeten und daß nur die mitmachten, die noch unberührt waren. Darauf streckte Albert Mutz prompt den Finger in die Höhe und fragte die Lateinlehrerin: »Warum, Fräulein Doktor?«

Einige in der Klasse lachten schallend. Mutz wurde rot, und die Lehrerin gab ihm eine Stunde Arrest. Ausgerechnet für den Nachmittag, an dem er doch mit den anderen spielen wollte. Er erzählte die Sache wütend seiner Mutter, und die versuchte, es ihm zu erklären.

»Geh bitte zum Rektor«, sagte er, »laß den Arrest zurücknehmen!« Aber das lehnte die Mutter entschieden ab. »Eine Stunde Arrest kann dir auf keinen Fall schaden.«

Die Arreststunde wurde interessant. Die Lateinlehrerin hatte sich einen großen Stoß Hefte zum Korrigieren mitgebracht und gab ihm ein lateinisches Übungsstück zum Übersetzen. Er saß da und büffelte, dann warf er wieder einen Blick zum Pult, wo seine Lehrerin saß. Die Strahlen der Nachmittagssonne zauberten einen silbernen Schimmer auf ihr dunkles Haar, und wie sie so dasaß, ernst und in sich gekehrt über die Schulhefte gebeugt, war sie ihm plötzlich ganz sympathisch.

Leise sagte er: »Fräulein Doktor!«

Sie hatte ihn nicht gehört. Er sagte noch mal, etwas lauter: »Fräulein Doktor!«

Jetzt sah sie ihn an. »Ich wollte mich entschuldigen, wegen heute vormittag. Ich . . .«, er zögerte, »ich habe die Frage wirklich ernst gemeint. Es tut mir leid, daß ich so dumm bin. Meine Mutter hat mir jetzt alles erklärt!«

Da stand sie auf, kam zu seiner Bank und setzte sich auf das Schreibpult.

»Mir tut es leid, Albert, aber als die anderen lachten, mußte ich annehmen, es wäre eine ausgemachte Sache. Es tut mir jetzt wirklich leid. Du bist mir doch nicht böse, nein?«

Albert Mutz wurde wieder rot, so hatte noch kein Lehrer mit ihm gesprochen.

»Keine Spur«, sagte er verlegen.

»Na, dann geh mal schön nach Hause und sage deiner Mutter einen Gruß von mir. Ich werde ihr noch schreiben.« Und als er aus der Klasse rannte, sah sie ihm lächelnd nach.

Die Mutter bekam tags darauf zwei Briefe. In dem einen stand, daß ihr Sohn Konrad in englische Gefangenschaft geraten sei. Im anderen schrieb die Lateinlehrerin, daß sie auf den kleinen Albert stolz sein könne. Über beide Briefe freute sie sich von ganzem Herzen. Konrad war in Sicherheit. Er hatte es überstanden. »Mutter«, hatte Konrad gesagt, bevor er wieder an die Front fuhr, »ich habe Angst, daß ich sterben könnte!«

»Vertrau auf den da, Konrad«, hatte sie geantwortet und auf das schwarze Kruzifix über der Tür gedeutet.

Im darauffolgenden Sommer bettelte Albert Mutz seine Mutter, sie solle ihn doch mit Ernst Scholten zu dem großen See im Süden fahren lassen. Mit den Fahrrädern würden sie die Tour machen, im Zelt wollten sie schlafen und brav sein, ganz bestimmt. Die Mutter hatte schlaflose Nächte, bis sie ihrem Sohn die Fahrt erlaubte.

Eines Tages war es dann soweit. Sie hatten Ferien. Es sollten herrliche Ferien werden. Mit Zeltplanen, einem riesigen Rucksack und einer ganzen Litanei guter Ratschläge machten sich Ernst Scholten und Albert Mutz auf den Weg. Am See stellten sie die Fahrräder ein, mieteten sich einen Kahn und bekamen ihn für eine lächerlich geringe Summe. Glücklich ruderten sie zu der kleinen, unbewohnten Insel hinüber, deren Felsplatten sanft in den See abfallen.

Sie schlugen ihr Zelt auf, bereiteten am Spirituskocher den ersten Tee, und Ernst Scholten zog seine Flöte heraus und spielte. Am Morgen krochen sie in den Trainingsanzügen aus dem Zelt, streiften Hosen und Hemden ab und sprangen in das eiskalte Wasser. Dann frühstückten sie und schließlich lagen sie einträchtig nebeneinander auf den Felsplatten und ließen sich von der Sonne rösten.

Es waren einfache und doch unvergeßliche Tage für beide. Sie sprachen nicht viel, hatten keinen Streit, waren entweder im Wasser oder tobten auf der Insel herum.

Eines Nachmittags hatten sie sich wieder auf die Klippen gelegt. Plötzlich wachte Mutz auf. Ernst Scholten war nicht da. Mutz schaute nach dem Kahn, auch der fehlte. Beruhigt wollte er sich wieder auf die Seite legen, dann stand er aber doch auf und spähte auf den See hinaus. Weithin kein Boot zu sehen. Es herrschte ziemlicher Seegang, die Wellen hatten kleine Schaumkämme.

Plötzlich erfaßte Mutz eine namenlose Angst. Ernst ist etwas passiert, dachte er, bestimmt ist ihm etwas passiert, sonst müßte ich ihn ja sehen! Und er lief die ganze Insel entlang, schaute nach allen Seiten, ohne den Freund zu entdecken.

Er weinte. Ernst war ertrunken, was mache ich bloß, sicher ist er ertrunken! Plötzlich schien ihm der See nicht mehr freundlich und gutmütig, drohend waren nun die Wellen und kalt war der Wind. Mutz betete.

»Lieber Gott«, betete er, »laß dem Ernst nichts passiert sein.

Ich verspreche dir, daß ich ins Kloster gehe, wenn ihm nichts passiert ist!«

Genau in diesem Augenblick sah er das Boot, winzig klein in der Ferne, und die Ruder bewegten sich. Du Schuft, dachte Mutz, du fährst da draußen herum und amüsierst dich, und ich muß jetzt ins Kloster! Die Sache bereitete ihm ernste Gewissensbisse.

Als Ernst Scholten anlegte und ausstieg, sagte ihm Albert Mutz, daß er seinetwegen versprochen habe, ins Kloster zu gehen. Mutz hat einen Sonnenstich bekommen, dachte Scholten, ich muß ihn ganz sanft behandeln!

»Wem hast du denn das versprochen«, fragte er scheinheilig, und Mutz antwortete empört: »Wem, wem? Dem lieben Gott natürlich!«

Scholten pfiff durch die Zähne, er konnte das. Eine ernste Sache, dachte er, und dann sagte er laut: »Du weißt aber nicht, ob der liebe Gott dich überhaupt im Kloster haben will?«

»Nein«, erwiderte Mutz verdrossen, »aber versprochen ist versprochen, das ist doch sonnenklar!«

»Nun«, meinte Scholten, »du hast ja noch Zeit. Du kannst dir das noch in aller Ruhe überlegen!«

Unter dem Hinweis, daß sein Lausbubenleben ohnedies bald beendet sein würde, forderte Ernst Scholten seinen Freund am nächsten Morgen auf, mit hinauszufahren und einmal die Netze der Fischer durchzusehen. Sie fanden im ersten Netz zwei schöne Renken und ließen es damit genug sein. Wiederum mit dem Hinweis auf das bevorstehende strenge Klosterleben, verleitete Scholten den Freund tags darauf, drei Fische mit auf die Insel zu nehmen.

Am vierten Tag kam der alte Gendarm fluchend und schwitzend zur Insel herübergerudert, und Ernst Scholten empfing ihn in strammer Haltung und salutierte.

Stramme Burschen, dachte sich der Alte, die stehlen nicht. Oder doch?

»Nein«, behauptete Ernst Scholten eiskalt, »vor allem mögen wir gar keine Fische«, und schielte zu der Weidenrute, die zwischen den Klippen steckte, und an der die vier Renken hingen, die sie diesen Morgen aus den Netzen geholt hatten.

Sie boten sich an, jeden Morgen hinauszufahren und nachzusehen, ob sich jemand an den Netzen zu schaffen mache. »Zwei

Kerle müssen es sein«, sagte der Gendarm, »man hat sie gesehen!«

Dann nahm er die Mütze ab und wischte mit seinem großen roten Taschentuch über die Stirn. Sie machten ihm einen Tee, und dann begleiteten sie ihn mit ihrem Kahn ein weites Stück über den See.

»Menschenskind«, frohlockte Scholten später, »jetzt können wir jeden Tag die Netze filzen, ganz legal, im Dienste der Polizei!«

Aber Albert Mutz hatte die Nase voll.

Auch die schönsten Ferien gehen einmal zu Ende, und eines Tages war Albert Mutz wieder zu Hause. Daheim lag ein Brief von der Tante. Wenn Albert Lust hätte, könnte er noch vierzehn Tage zur Ernte kommen. Und ob er Lust hatte. Die Schule mußte ihn beurlauben.

Schon zwei Tage später fuhr er zum Bauernhof seiner Tante, und dann arbeitete er zwei Wochen lang, daß ihm das Wasser in Strömen herunterlief. Es waren zwei interessante Wochen.

Die Mehrzahl der Arbeiter bei seiner Tante waren Franzosen, Polen und Jugoslawen. Nur ein Deutscher, der fast siebzigjährige Knecht, war auf dem Hof. Im Stall arbeiteten eine Französin, zwei Polinnen und drei deutsche Mädchen. Sie alle schienen sich gut zu vertragen. Das Essen war reichlich und bei der Arbeit wurde niemand angetrieben, schon deshalb nicht, weil die Tante vor den fremden Arbeitern Angst hatte.

Abends saßen sie auf der Tenne und sangen, einer spielte auf der Ziehharmonika, und dann begannen sie zu tanzen. Polkas und Dreher, lustige Melodien, plötzlich wurde dann von irgendwoher eine Schnapsflasche herumgereicht, und die Männer wurden lauter, lachten, schrien und hatten dann auch einmal eine kleine Streiterei.

Albert Mutz sollte nicht auf die Tenne gehen. Seine Tante saß an solchen Abenden in der großen Küche, hinter dem blankpolierten eichenen Tisch, und las in der Zeitung. Neben sich hatte sie eine große Pistole auf der Bank liegen. Die fremden Arbeiter waren ihr unheimlich, weil sie ihre Sprache nicht verstand.

Aber die Mägde saßen manchmal mit drüben auf der Tenne, und keiner tat ihnen etwas zuleid. Zumindest nichts, was den Mägden nicht recht gewesen wäre. Zweimal hatte die Tante mitten in der Nacht den Gendarm angerufen, er möchte doch kommen und nachsehen. Der strampelte auf seinem Fahrrad heraus zum Hof, ging zur Tenne und wurde mit lautem Johlen empfangen. Einer streckte ihm die Schnapsflasche hin, dann nahm der Gendarm schon einen Schluck und fuhr lachend wieder ab.

Eines Abends ging Albert Mutz doch hinüber. Zuerst nahm man keine Notiz von ihm, dann rückte einer der Männer zur Seite und machte ihm Platz, bedeutete ihm mit einer Handbewegung, sich zu ihnen zu setzen. Er hörte dem Harmonikaspieler zu, summte dann auch die Melodie mit, und es gefiel ihm prächtig in dieser Runde. Als dann die Schnapsflasche kreiste, wurde er nicht übergangen, und nach dem zweiten, dritten Schluck brannte ihm der Fusel nicht mehr so stark in der Kehle wie beim ersten. Lachend hatten sie ihm zugesehen und ihm den Rücken geklopft, als er sich verschluckte.

Dann begannen sie zu tanzen, sich nach den Klängen der Musik zu drehen, mit den Füßen auf den rauhen Dielen zu stampfen, und plötzlich traten sie zurück, bildeten einen weiten Kreis. Der Harmonikaspieler hatte sich erhoben, nahm die Arme jetzt weit auseinander und spielte eine feurige, zündende Melodie.

Von irgendwoher huschte eine weiße Gestalt in den Kreis der Männer, und Albert Mutz erkannte die Stallmagd seiner Tante, die Französin.

Auf bloßen Füßen stand sie dort, in einem hellen Rock, einer brandroten Bluse, mit hocherhobenen Armen.

Und dann begann sie sich zu drehen, daß die schwarzen Haare in Strähnen über ihre Stirn fielen. Immer schneller wirbelte sie herum. Machte hier einen Schritt auf die Männer zu, wich dort einem schnellen Handgriff lachend aus, fletschte die Zähne wie eine Raubkatze und starrte mit glänzenden Augen in die Runde.

Mittendrin brach die Musik ab, da taumelte sie auf den nächsten zu und ließ sich in seine Arme fallen.

Wieder kreisten die Schnapsflaschen, sangen die Männer, spielte der Bursche mit der Ziehharmonika, und wieder stand nach einer Pause die Französin auf und begab sich zur Mitte. Diesmal sang sie, eine Zigarette in der Hand, ein melancholisches Liedchen, dessen Text Albert Mutz nicht verstehen konnte.

Dann ging die Musik wieder zu einer schnelleren Melodie über; die Frau ließ die Zigarette fallen, trat die Glut mit dem bloßen Fuß aus, jetzt tanzte sie wieder.

Sie drehte sich, daß der Rock bis weit über ihre Hüften flog;

und die Männer stierten auf die nackten Beine, die glatten Schenkel mit weitaufgerissenen Augen und feuchten Lippen. Albert Mutz spürte das Erregende dieser Atmosphäre und wollte gehen, aber an der Tür blieb er noch mal stehen, schaute zurück und nahm dieses Bild in sich auf: Die tanzende Frau in einem Kreis gieriger Männer.

Albert Mutz fand in dieser Nacht keinen Schlaf. Er verstand jetzt, was die Mutter gemeint hatte, als sie sagte: »Es kommt über jeden, irgendwann kommt es auch über dich!«

Das Bild, das er von der Tenne mit in seine Kammer genommen hatte, erregte ihn und stieß ihn gleichzeitig ab. Die Gesichter der Männer stießen ihn ab. Er konnte nicht einschlafen. Schließlich stand er auf, zog sich an und fuhr mit dem Rad in die Nacht hinaus.

Als er neben dem Dorfbach herfuhr, kam ihm plötzlich ein Gedanke. Er hielt an, legte das Fahrrad in den Graben, zog sich ganz aus und stieg in das kalte Wasser. Er tauchte so lange unter, bis er vor Kälte schlotterte. Dann fuhr er zum Hof zurück.

Als er das Rad abstellte, kam er an der Mägdekammer vorbei und sah Licht. Unwillkürlich blickte er hin, gerade in dem Augenblick, als sich die Frau, die in der Tenne getanzt hatte, das Hemd über den Kopf zog. Sie ist schön, dachte er, schöner als man sie sich vorstellen könnte; und dann dachte er, ich hätte mir das kalte Bad sparen können. Aber als er im Bett lag, spürte er, wie müde er war, und dann schlief er rasch ein.

Am nächsten Morgen fuhr er heim. Zu Hause erwarteten ihn Überraschungen. Traudl dankte plötzlich wieder auf seinen Gruß, war nett und freundlich wie damals, bevor die Sache am Schwimmbecken passiert war. Sie gingen abends zusammen in ein Theaterstück.

Eine Wanderbühne spielte die *Iphigenie*. Traudl verfolgte das Spiel auf der Bühne hingerissen, während sich Albert Mutz ein bißchen langweilte. Er schaute das Mädchen an seiner Seite an, während auf der Bühne große und wertvolle Sätze gesprochen wurden. Anschließend brachte er sie nach Hause.

Sie fuhren auf den Rädern nebeneinander her, und Albert Mutz dachte, daß so ein Fahrrad eine recht lästige Sache sein könne. An einer Steigung, die er sonst immer hinaufgefahren war, stieg er ab, doch sie enttäuschte ihn, strampelte weiter hinauf und wartete erst droben, bis er nachgekommen war.

Absolut kein Gefühl, dachte Albert Mutz, aber ich muß sie küssen!

Als sie an der großen Einfahrt zum Park abstiegen, war es endlich soweit. Er drückte seine Lippen für einen kurzen Augenblick vorsichtig auf die ihren, und sie ließ es geschehen.

Ganz leicht, ganz flüchtig, fast wie ein Hauch war das. Und doch mehr.

Albert Mutz spürte etwas Volles, Weiches und den Geschmack irgendeiner Creme auf seiner Zunge, als er sich damit über die Lippen fuhr.

Und er dachte: Irgendwie war das nicht in Ordnung. Das war kein Kuß. Traudl stand, als er mit seinen Überlegungen zu einem Ende gekommen war, schon innerhalb der Einfahrt und reichte ihm eine kleine, kühle Hand über das Tor heraus. Er drückte sie mechanisch und schaute dann dem Mädchen nach.

Plötzlich rief er ihren Namen. Traudl drehte sich noch mal um, kam den Kiesweg herunter zum Tor zurück. Mutz stellte das Fahrrad an die Einfahrt und war schon im Garten.

»Ich hab' was vergessen«, sagte er, und dann nahm er ihren Kopf zwischen die Hände, fast ein bißchen gewalttätig, und gab ihr einen Kuß. Diesmal dauerte die Sache ziemlich lange, weil er nicht losließ. Anschließend bekam er eine Ohrfeige und Traudl sagte: »Du gemeiner Kerl!« Weg war sie.

Aber es hatte nicht ganz überzeugend geklungen, und Albert Mutz pfiff schallend vor sich hin, als er auf dem Fahrrad heimfuhr. *»Im Feldquartier, auf hartem Stein«*, pfiff er, *»streckt ich die müden Glieder!«*

Das Mädchen Traudl band Albert Mutz so fest, daß er nicht daran dachte, irgendwelche Dummheiten zu machen, und sie hielt ihn so gleichmäßig ›auf Distanz‹, daß er sich keinen Illusionen auf eventuelle Abenteuer hinzugeben brauchte. Trotzdem war er einmal nahe daran.

Albert und Traudl hatten sich abends mit den Fahrrädern verabredet und radelten dann gemeinsam zu dem kleinen Badesee vor der Stadt. Sie machten einen der Kähne los und ruderten hinaus. Die Sterne blinkten vom Himmel, es war noch verhältnismäßig warm, weit und breit regte sich nichts. Plötzlich wußte er, daß er sie liebte. Sie lagen nebeneinander im Boot und waren zärtlich zueinander. Sie drängten zueinander. Aber gerade, als Mutz dem

Mädchen Traudl seine ewige Liebe beteuerte, ertönte aus der Stadt die Sirene.

Schweigend ruderten sie ans Ufer zurück, setzten sich auf die Räder und fuhren los. Mittendrin hielt Traudl an und sagte zu Albert Mutz: »Du — sei mir nicht böse, ich bin so froh, daß die Sirene gekommen ist!« Er war nicht froh darüber, aber er heuchelte Verständnis.

Am Nachmittag, als Mutz die Aufforderung erhielt, sich in der Kaserne zu melden, brauchte er eine Viertelstunde, um das Tagebuch durchzustöbern, das er vor Jahren einmal begonnen, dann aber wieder aufgegeben hatte. Hin und wieder las er eine Seite, amüsierte sich köstlich, und dann warf er das Buch in den Ofen. Alles, was ihm nicht unbedingt erhaltenswert schien, verbrannte er. Sogar die Briefe von Traudl.

Anschließend setzte er sich hin und schrieb dem Mädchen ein paar Zeilen. Er zerriß das begonnene Blatt mehrmals, begann immer wieder neu. Aber alles, was er da von sich gab, schien phrasenhaft, verlogen, pathetisch.

Dann schrieb er einfach:

»Liebe Traudl! Muß einrücken und sehe dich wahrscheinlich länger nicht mehr. Bin dir bestimmt treu. Vergiß mich nicht.

Dein Albert!«

Beim Durchlesen strich er das *›Bin dir bestimmt treu‹* wieder aus und schrieb die geänderte Fassung dann noch einmal. Er steckte das Blatt in einen Umschlag, frankierte den Brief, trug ihn zum nächsten Kasten und warf ihn ein. Als er wieder nach Hause kam, stand Ernst Scholten da und wollte ihn abholen.

Albert Mutz hatte sich über sein Verhältnis zu Scholten nie viel Gedanken gemacht. Erst auf der Brücke begann er darüber nachzudenken, und als sie schließlich nach dem Abzug der Amerikaner zum Ostufer hinüberstolperten, dachte Mutz: Komisch, er ist mein bester Freund und er ist mir geblieben!

Später, als Scholten gegen den Leutnant des Sprengkommandos anging, fühlte Mutz, daß er an einer entscheidenden Stelle stand. Wenn er sich für das entschied, was er im Geschichtsunterricht gelernt hatte, dann mußte er sich gegen seinen Freund wenden, denn dann war Ernst Scholten ein Meuterer, ein Saboteur, ein Hochverräter.

Aber Scholten war sein Freund.

Scholten hatte ›unsere Brücke‹ gesagt, und Mutz fand, daß er recht hatte. Andererseits handelte Scholten nicht sehr logisch, denn hätten sie die Brücke nicht verteidigt, wären die Amerikaner längst herüben und Leutnant Hampel käme gar nicht mehr in die Versuchung, zu sprengen.

Albert Mutz überlegte und fand kein Ende. Er stand da, den Karabiner an der Hüfte, und wartete ab.

Und dann sah Mutz mit lähmendem Entsetzen, wie der Leutnant plötzlich die Pistole in seiner rechten Hand hielt, wie er sie gegen Ernst Scholten erhob. Scholten konnte das nicht bemerken, denn er stand mit dem Rücken zum Leutnant.

Mutz zögerte. Dann bemerkte er, wie auch die linke Hand des Leutnants an die Pistole griff, den Schlitten zurückriß und ihn wieder vorschnellen ließ, wie sich die Waffe weiter hob. Und in diesem Augenblick war sein Grübeln wie abgeschnitten. Er dachte nicht mehr an Geschichtsunterricht, nicht mehr an Hochverrat, Meuterei; er sah nur noch Ernst Scholten da drüben stehen und hinter ihm einen Mann, der im Begriff war, dem Freund in den Rücken zu schießen.

Mutz riß den Karabiner an die Schulter, sah ungenau die Gestalt des Leutnants im Dachkorn des Gewehrs und drückte ab.

Dann repetierte er, sicherte das Gewehr und nahm es wieder zur Hüfte herunter. Er starrte regungslos auf den Leutnant, der langsam nach vorne zusammenbrach und aufs Gesicht fiel. Und dann hörte Albert Mutz seine Mutter sagen: Du sollst nicht töten, du sollst keinen Menschen und kein Tier quälen, du sollst keine Schmerzen bereiten. So will es Gott.

Und jetzt war er ein Mörder geworden.

17

Scholten war herumgefahren, als der Schuß fiel. Er sah den Leutnant liegen und blickte sich dann suchend nach Albert Mutz um. Der stand da, völlig erstarrt, wie eine Statue, leicht gebückt, den Karabiner an der Hüfte. Sein Gesicht war alt geworden.

Braver Mutz, dachte Scholten, und heiß schoß die Rührung in ihm hoch, Rührung und tiefe Zuneigung zu Mutz, der sich in jeder Situation als Freund bewährt hatte. Er hätte ihn am liebsten umarmt.

Scholten war mit der Illusion auf die Brücke zurückgekehrt, daß er die Sprengung verhindern könnte, wenn er mit seinem Sturmgewehr drohen würde. Aber das hatte sich als Trugschluß erwiesen. Trotzdem mußte jetzt die Brücke gerettet werden, so dachte er, sonst wäre das, was Albert Mutz für ihn getan hatte, sinnlos.

»Verschwindet«, sagte Scholten zu den Männern, »los, los, verschwindet, sonst knallt's noch mal!«

»Halt die Luft an«, erwiderte einer der Männer mürrisch, »wir gehn ja schon.«

Und Scholten und Mutz sahen zu, wie die fünf Männer zum Lastwagen gingen. Und da fiel ihnen erst auf, daß sie waffenlos waren, alle fünf.

»Jetzt schmeißen wir den Mist noch in den Fluß«, sagte Scholten, »dann sind wir fertig, dann kann nichts mehr passieren.«

Er dachte nur noch an die Sprengung, an die Brücke, an die fünf toten Kameraden, an seinen Freund Albert Mutz. Er dachte jetzt nicht an Leutnant Hampel. Vor allem wußte er nicht, daß diese Männer seit Kriegsbeginn mit ihrem Leutnant durch die halbe Welt gezogen waren, daß sie Brücken gebaut, Brücken gesprengt und nicht selten die letzte Zigarette untereinander geteilt hatten.

Ernst Scholten dachte auch nicht daran, daß die fünf Männer ihre Karabiner auf dem Lastwagen liegengelassen hatten, weil sie sie ja bei der Arbeit nicht brauchten.

Aber jetzt standen die Männer auf dem Lastwagen, und jetzt fuhr er langsam an, und jetzt hatte er die Brückenauffahrt am Ostufer überquert, war hinter einem Hauseck verschwunden. Albert Mutz fiel es auf, daß der Motor nicht in der Ferne erstarb, sondern daß er plötzlich abgedrosselt wurde und verstummte.

»Ernst«, rief er, »sei vorsichtig! Die sind nicht weggefahren! Die kommen wieder!«

Ernst Scholten hatte die erste Kiste gepackt und sie über das Geländer gewuchtet. Hoffentlich kann das Ding nicht krepieren, wenn es aufschlägt, dachte er und ließ los.

Er hörte bloß ein dumpfes Aufklatschen, da hatte er schon die zweite auf dem Geländer.

Als er die vierte Kiste in die Tiefe plumpsen ließ, pfiff der erste Karabinerschuß links an seinem Stahlhelm vorüber. Ernst Scholten tauchte in den offenen Leitungsschacht und sah, daß Mutz auf der anderen Brückenseite ebenfalls im Schacht hockte. Mutz hatte den Karabiner auf einer Kiste liegen und lauerte zum Ostufer hinüber.

Ob er wohl daran denkt, daß die Kiste voll Sprengstoff ist, und was passiert, wenn sie ihm zufällig ein Ding da reinsetzen?

Aber Albert Mutz dachte nicht daran. Er erkannte gar nicht, daß auch er in Gefahr war, er wollte nur Scholten decken, solange der die Kisten in den Fluß warf.

Scholten hob wieder eine aus seinem Schacht heraus, schob sie den halben Meter zur Brückenkante und schickte sie, mit einem Stoß unter dem Geländerbalken durch, in die Tiefe. Dann machte er dasselbe noch einmal und hatte es geschafft. Wenigstens auf dieser Brückenseite.

Vom Ostufer peitschten wieder ein paar Schüsse herüber. Scholten langte mit dem Arm aus seiner Versenkung hervor und holte das Sturmgewehr zu sich heran. Dann verschwand er wieder im Schacht.

Mutz begann jetzt, die Sprengkisten, die in seiner Reichweite standen, mit dem Gewehrkolben über die Brückenkante zu schieben. Die erste stürzte hinunter. Scholten streckte drüben den Kopf aus dem Schacht. »Mach doch schneller«, brüllte er, verschwand aber sofort wieder, als ein Geschoß an ihm vorbeisang.

Dann sah er, wie Mutz auf der anderen Seite an der zweiten Kiste herumzerrte und einfach nicht mit dem Ding fertig wurde. Ich muß hinüber, sagte er sich, er braucht mich jetzt!

Er kletterte vorsichtig aus dem Schacht, stand einen Augenblick halb gebückt und bekam einen Schlag gegen die linke Schulter, der ihn fast umwarf. Er nahm das Sturmgewehr mit der Rechten auf, taumelte gegen das Brückengeländer und zog den Kolben gegen die Schulter, so gut er es vermochte.

»Keine Illusionen mehr«, sagte er zu sich selbst, »jetzt bist du verratzt!«

Er sah drüben am Ostufer den Feuerschein aufblitzen und schoß fast im gleichen Augenblick. Mit seinem ganzen Körpergewicht legte er sich auf die hämmernde, rüttelnde Waffe.

Er befahl seinem linken Arm, hochzugehen, festzuhalten, aber der linke Arm blieb hängen und gehorchte nicht. Scholten biß die Zähne zusammen und schoß wieder.

Er hörte einen Schrei, und bissige Freude stieg in ihm hoch. Er war kein Soldat mehr, er war wieder beim Indianerspielen. Er war Winnetou, der große Häuptling. Von da drüben hatte ihn einer an der linken Schulter erwischt; er würde das Bleichgesicht töten.

Ernst Scholten wurde müde und schläfrig, er hatte immer noch den Finger am Abzug, aber das Gewehr war längst verstummt, das Magazin war leer.

Wo sind die Feiglinge, dachte Ernst Scholten, sie sollen kommen, damit ich sie skalpieren kann, alle. Dann hörte er den Motor des Lastwagens, aber er wußte nicht mehr, was das bedeutete.

Und er dachte: Wie kommt ein Lastwagen mitten in die Prärie? Und dann dachte er: Wo habe ich bloß meine Flöte gelassen?

Albert Mutz hatte den Lastwagen auch gehört, aber gleichzeitig hörte er aus dem Westen das Dröhnen der Panzer. Sie kommen, dachte er, und niemand wird sie aufhalten, diesmal!

Er sah zu Scholten hinüber und erschrak. Ernst Scholten lehnte am Geländer, das Kinn war ihm auf die Brust gesunken, und es sah aus, als ob er im Stehen schliefe.

Er ist müde, dachte Albert Mutz, und ich bin auch müde. Lieber Gott, ich kann nicht sagen, wie müde ich bin!

Er schob die restlichen Kisten zur Brückenkante hin und gab einer nach der anderen einen Stoß mit dem Fuß, so daß sie über die Brückenkante hinausrutschten, das Übergewicht bekamen und hinunterplumpsten.

Dann ging er zu seinem Freund hinüber. »Komm, Ernst«, sagte er, »wir haben genug getan!« Er sagte es bitter.

»Wir haben die Brücke verteidigt, wir haben fünf Freunde verloren, wir haben die Sprengung vereitelt und ich – ich habe einen Menschen umgebracht.«

Mutz weinte.

Plötzlich merkte er, daß sich Ernst Scholten nicht rührte.

»Ernst!« Er schüttelte ihn. Da hob Ernst Scholten das Gesicht und blickte Albert Mutz an. Es war das Gesicht eines Toten, nur noch die Augen leuchteten, in einem seltsamen, starren Glanz, weit in die Ferne gerichtet. Scholten blickte Mutz an, blickte durch ihn hindurch.

»Ich danke meinem weißen Bruder, er hat mir das Leben gerettet«, flüsterte er.

»Ernst«, sagte Mutz beschwörend, »reiß dich zusammen, red keinen Blödsinn. Sag doch, wo hat es dich erwischt? Wir müssen weg hier, die Amerikaner kommen!«

»Die Amerikaner?«

Scholten verstand ihn nicht. Plötzlich kam er für Augenblicke zu sich. Seine Augen öffneten sich noch weiter, und er erkannte Mutz. Scholten versuchte zu lächeln, aber es wurde nur ein Grinsen daraus, ein häßliches, fratzenhaftes Grinsen.

»Albert«, flüsterte er, »die Brücke! Sie ist ganz! Siehst du? Wir haben sie gehalten.« Er schien nachzudenken, mühsam nachzudenken.

»Wie war das nur mit dem General, wie war das, Albert?«

»Es ist nicht wichtig jetzt«, sagte Albert Mutz, und die Tränen liefen ihm über die Backen, »es ist nicht wichtig. Wichtig ist, daß wir hier wegkommen. Ernst, hörst du mich nicht? Wir müssen weg!«

Aber Ernst Scholtens Blicke waren wieder in weite Fernen gewandert. Sein Gesicht wurde immer blasser. Plötzlich öffnete er die rechte Hand, und erst jetzt sah Mutz, daß Scholten bis zu diesem Augenblick den Sturmkarabiner in der schneeweißen Faust umklammert hatte.

Das Sturmgewehr rutschte zwischen dem Geländer durch, und Mutz wartete darauf, es im Wasser aufschlagen zu hören; aber das Geräusch blieb aus.

Dann sah er, daß das Sturmgewehr mit dem Magazin an der Brückenkante hängengeblieben war und hin und her pendelte.

Gerade als er sich bücken wollte, um es festzuhalten, wieder heraufzuziehen, sackte Ernst Scholten in sich zusammen. Albert Mutz fing den Freund in den Armen auf und ließ ihn langsam zu Boden gleiten.

Ernst Scholtens linker Fuß stieß gegen das Sturmgewehr, und jetzt fiel es endgültig in die Tiefe.

Ernst Scholten lag auf den steinernen Platten des Gehsteigs, und Albert Mutz sah, daß sich seine Lippen bewegten. Es sah aus, als betete Scholten. Mutz beugte sich zu dem weißen Gesicht hinunter und hielt sein Ohr an die Lippen des Freundes. Ernst Scholten atmete mühsam, und jetzt versuchte er zu sprechen, er formte Worte, er sagte: »Nicht vergessen – nicht vergessen – nicht ...« Und dann öffnete er weit den Mund, ein Stoß roten Blutes quoll heraus. Er versuchte noch einmal, tief zu atmen, aber ganz plötzlich fiel sein Kopf nach rechts. Lag ruhig.

Ganz ruhig.

Albert Mutz schloß die starren, weiten Augen. Ernst Scholten lag jetzt da, als ob er schliefe. »Lieber Gott«, betete Mutz, »sei gut zu ihm!« Seine Lippen bewegten sich mechanisch, und er dachte nicht darüber nach, was er betete. Unverwandt hing sein Blick am Gesicht des toten Freundes. Die Panzermotoren waren jetzt nahe.

Ein paar Minuten mochte Albert Mutz neben Ernst Scholten gekauert sein. Plötzlich fiel sein Blick auf den Leutnant, der neben dem Gehsteig lag. Und dann blieb er auf der Pistole hängen, die dem Leutnant entfallen war, als er zusammenbrach. Die Pistole lag knapp neben der ausgestreckten rechten Hand des Offiziers auf dem spiegelnden, nassen Asphalt der Fahrbahn. Der Lauf der Pistole schimmerte matt, an der oberen Kunststoffplatte des Kolbens war ein Stück abgesprungen. Das alles bemerkte Albert Mutz, so genau betrachtete er die Waffe.

Die Pistole übte eine seltsame Anziehungskraft auf den reglos daknienden Jungen aus. Er erhob sich, ging die paar Schritte, bückte sich und hob die Pistole auf. Vorsichtig, daß er nicht zu nahe an den Leutnant hinkam. Er untersuchte die Pistole.

Es ginge ganz schnell, lockte es in seinem Inneren, und eine süße Schläfrigkeit überkam ihn, als er die Pistole hochhob, in ihren Lauf starrte und den Finger an den Abzug legte.

Langsam krümmte er den Finger und spürte ein prickelndes Gefühl, je weiter er den Abzug nach hinten zog; dann hatte er den Anschlag erreicht.

Er wußte: noch ein Millimeter, ein ganz leises Drücken noch, und es wäre vorbei.

Dann sah er seine Mutter vor sich.

Er sah sie an dem kleinen Nähtisch sitzen, das Gesicht über die Arbeit gebeugt, und dann hob sich dieses Gesicht und schaute ihn an. Und er hörte die Mutter sagen: »Du machst immer alles so kaputt, Albert. Ich arbeite ja gerne für dich, aber muß es denn sein, daß du deine Sachen so wenig schonst?«

Und er sah seine Mutter, wie sie neben der Badewanne stand und ihm seinen Rücken einseifte. Er sah sie an seinem Krankenbett sitzen, damals, als er die schwere Lungenentzündung hatte und die Ärzte ihn schon aufgeben wollten. Seine Mutter hatte ihn nie aufgegeben.

Die Bilder vor seinen Augen verschwammen, und Albert Mutz merkte, daß er weinte.

Angewidert warf er die Pistole weg, ging noch einmal zu Ernst Scholten hinüber und sah in dieses weiße, starre Gesicht. »Leb wohl, Ernst«, sagte er mit erstickter Stimme. Dann hörte er vom

Westufer den Lärm der Panzer, das Dröhnen von Artillerieabschüssen und das Orgeln und Pfeifen über sich in der Luft.

Irgendwo im östlichen Stadtteil schlugen die Geschosse ein, heulten und zerbarsten dann mit dumpfem Getöse.

19

Albert Mutz verließ die Brücke und ging die Straße hinauf, immer an der linken Häuserseite entlang. Wie ein Mensch, der vom langen Wandern müde ist, der aber auch weiß, daß das Ziel nicht mehr weit sein kann. Zwei Fragen hämmerten unablässig auf ihn ein: Warum mußte alles so kommen? Wo lag da noch ein Sinn?

Er wußte keine Antwort — und trotzdem, irgendeinen Sinn muß ja doch das Leben und auch das Sterben haben?

Wenn er daran dachte, daß die Brücke stand, obwohl sie längst gesprengt und in Stücke zerrissen im Flußbett liegen müßte, dann hatte er das Gefühl, daß darin ein geheimer Sinn verborgen lag.

Kein befriedigender Sinn. Aber auch den mußte es geben.

Nur er, Albert Mutz, würde diesen Sinn nie entdecken können. Er würde bloß daran glauben können, daß es ihn gab.

Während er die Straßen hinaufging, fühlte er wieder, wie ausgebrannt er war. Er hörte die Abschüsse der amerikanischen Geschütze, das Orgeln der Granaten, die Detonationen. Einmal schleuderte ihn der Luftdruck gegen eine Hauswand, und als er sich taumelnd gefangen hatte und weiterging, spürte er, daß die Wunde an seinem Arm wieder blutete. Steinsplitter hatten sich in seine Wange gefressen, und er fühlte ein brennendes Bohren in seinem Gesicht.

Er wanderte durch das Inferno aus Krachen, Dröhnen, blitzendem Feuerschein und qualmendem Rauch, das jetzt über die Stadt herniederstürzte, er wanderte durch die Hölle, als sei er gefeit.

Er spürte keine Angst mehr und keine Bedrohung.

Er setzte Fuß vor Fuß, als geschähe das alles irgendwoanders, weit, weit von ihm entfernt.

Er sah sie wieder vor sich: Siegi Bernhard — wie hatte er sich damals angestellt, als sie ihm den Maikäfer in den Hemdkragen steckten.

Jürgen Borchart — der Superathlet mit dem sportlichen Körper, der nicht verlieren konnte.

Karl Horber — der immer lustige Angeber, dessen jugendliche Leidenschaft sich mit dem Blickwinkel eines Astloches begnügen mußte.

Klaus Hager — mit seiner Musikbegeisterung und seinen Minderwertigkeitskomplexen.

Walter Forst – der zynische, verdorbene, bedauernswerte Walter Forst ...

Und Ernst Scholten.

Albert Mutz spürte wieder die Frage hämmern: Warum? Warum?

Und während um ihn herum Granaten barsten, Dächer in Brand setzten und Breschen in die Hausmauern schlugen, fragte er im Weitergehen: Warum ausgerechnet ich?

Und er fragte weiter: Was geschieht, wenn man tot ist? Hört es einfach auf? Oder kommt noch etwas anderes danach?

Und er erschrak über seine Gedanken und betete: »Lieber Gott, verzeih mir meine Gedanken!«

So ging er seinen Weg.

Dann sah er vor einem Haus einen alten zerbeulten Personenwagen stehen, mit dem weithin leuchtenden roten Kreuz im weißen Feld. Und während vom Westen her die Geschütze Tod und Vernichtung in die kleine Stadt schleuderten, öffnete sich die Haustür, und zwei Männer trugen eine Frau heraus. Albert Mutz lief auf das Auto zu und hielt die Tür auf.

»Das Kind kommt zu früh, wahrscheinlich ist es der Schreck«, flüsterte der eine der Männer dem Jungen zu, »aber wir werden es schaffen!«

Dann fuhr der Wagen los, bahnte sich einen Weg durch die Trümmer, die auf der Straße herumlagen, und verschwand.

Albert Mutz spürte, er war dem Sinn, den er so verzweifelt suchte, ganz nahe ... Und ein seltsames Gefühl der Verbundenheit mit jenen beiden Männern und mit der unbekannten Frau erfaßte ihn. Hoffentlich werden sie es schaffen, dachte er.

Als er weiterging, merkte er, daß er ruhiger geworden war. Die fressende Leere in seinem Inneren war gewichen. Er dachte an seine Mutter, an das Mädchen Traudl und fühlte eine tiefe Zärtlichkeit. Sie würden sich ihr Leben gestalten, wenn das alles einmal vorbei wäre.

Dann dachte er daran, daß er erst sechzehn Jahre alt werden würde.

Schließlich kam er in seine Straße. Als er die Gartentür öffnete, blieb er mit dem Karabiner am Torpfosten hängen. Er nahm die Waffe von der Schulter, schaute sie lange an, dann ging er auf die Straße zurück, faßte das Gewehr mit beiden Händen am Lauf und schmetterte den Kolben mit aller Wucht auf den Boden, so daß er zersprang.

Dann setzte er sich auf den steinernen Treppensockel vor der Tür, stemmte die Ellbogen auf die Knie und stützte das Gesicht mit den Händen. So blieb er sitzen und starrte in die Nacht hinaus.

Er wußte nicht, wie viele Stunden vergangen waren, als etwas Weiches schmeichelnd um seine Beine strich. Er nahm den Kater hoch, setzte ihn auf seinen Schoß und begann, das Tier hinter den Ohren zu kraulen. Unablässig fuhren seine Finger durch den weichen Pelz. Hin und wieder beugte Mutz sein Gesicht zu dem Tier hinunter und hörte mit tiefer Rührung das Schnurren.

Das Geschützfeuer hatte aufgehört. Und als am Straßenende das Rollen der amerikanischen Panzer aufdröhnte, erhob er sich und ging, den Kater eng an sein Gesicht gepreßt, zur Haustür.

»Höchste Zeit«, sagte er, »daß wir beide nach Hause kommen!« Dann drückte er auf die Klingel.

Seine Mutter öffnete.

Bevor er eintrat, wandte er noch einmal den Blick. Im Osten drängte die fahle Helligkeit des neuen Tages herauf.

Ich stand an jenem Abend noch lange auf der Brücke. Schaute in den Fluß hinab. Auch diesmal fand ich keine Antwort auf die Frage, wo denn der Sinn all dessen läge, was damals geschah. Hinter mir flutete der Verkehr vorbei, unter mir rauschte der Fluß. Seine Wasser umspülten ein Sturmgewehr, das jetzt seit zehn Jahren dort unten lag. Sie, die da vorüberfuhren, in chromblitzenden Autos, auf blanken Motorrädern, die da zu Fuß vorübergingen im Feiertagsgewand, sie alle wußten nichts von diesem Sturmgewehr.

Und wenn sie es wüßten?

Ein älterer Mann stand neben mir. Aber er schaute nicht in den Fluß hinunter, sondern auf die Straße hinaus. Er deutete auf eine Horde junger Burschen und Mädchen, die auf Motorrollern vorüberrasten, und sagte:

»Das ist nun die Jugend von heute. Soweit sind wir gekommen!«

Ich hätte ihm keine Antwort geben sollen, aber ich war mit meinen Gedanken noch zehn Jahre zurück. Ich sagte: »Die Jugend ist nicht gut und nicht schlecht. Sie ist wie die Zeit, in der sie lebt!«

Und er, mit väterlichem Wohlwollen: »Für so ein Urteil sind Sie mir noch ein bißchen zu jung. Sie müssen erst mal was erleben und Erfahrungen sammeln, junger Mann!«

Ich schaute ihn lange an.

Dann verließ ich die Brücke.